JÜRGEN TIETZ
BERLINER MONSTER

1947: KOMMISSAR ADLERS
ERSTER FALL

KRIMINALROMAN

K
A
M
P
A

Wenn Sie zweimal jährlich über unsere Neuerscheinungen informiert werden möchten, schreiben Sie uns bitte an: newsletter@kampaverlag.ch oder
Kampa Verlag, Hegibachstr. 2, 8032 Zürich, Schweiz

DIE GRÜNE SEITE DER KAMPA RED EYES
Gedruckt auf säurefreiem und chlorfrei gebleichtem Papier aus verantwortungsvollen Quellen, zertifiziert durch das Forest Stewardship Council.

Veröffentlicht als Kampa Red Eye
Alle Rechte vorbehalten
Copyright © 2022 by Kampa Verlag AG, Zürich
Covergestaltung: Lara Flues, Kampa Verlag
Covermotiv: Mathieu Persan © Kampa Verlag
Satz: Tristan Walkhoefer, Leipzig
Gesetzt aus der Stempel Garamond LT / 220150
Druck und Bindung: CPI books GmbH, Leck
Auch als E-Book erhältlich
ISBN 978 3 311 12562 4

www.kampaverlag.ch

Nachkrieg

Zwischen den staubgrauen Ruinen sprossen erste Holunderbüsche hervor und kleine Essigbäume. Junge Akazien mit stachligen Stämmen machten sich breit. Wer konnte, zupfte den frischen Löwenzahn aus dem Boden, ehe es jemand anderes tat. Junge Brennnesseln geben einen köstlichen Salat. Giersch schmeckt würzig. Dazu etwas Öl auf Lebensmittelkarte. Oder vom Schwarzmarkt. Mit etwas Essig und einer Prise Salz – was für eine Delikatesse.

Der Krieg war vorbei.

Doch hinter dem Vorhang des Friedens dauerte er noch an. Der Krieg war leiser geworden, unsichtbarer, kälter. Der Krieg hatte sich neue Orte gesucht. Die Schützengräben und Frontlinien zogen sich nicht mehr sichtbar durch das Gelände. Der Krieg war nach innen gewandert. In die Köpfe der Menschen. Er zog mitten durch ihre Herzen. Nur manchmal zeigte er auf den staubigen Straßen der Stadt unvermittelt wieder seine Fratze. Dann zerrissen Donner die Stille des Tiergartens.

Wir zuckten zusammen.

Waren das wirklich Detonationen?

Passierte das nur in unseren Köpfen?

Oder waren es die Sprengungen der Aufräumarbeiten in den zahllosen Ruinen? Eine einstürzende Hauswand?

Panzer rasten durch die blasse Ruinenlandschaft am

Landwehrkanal. Wir ängstigten uns. Warfen fragende Blicke umher. Dann herrschte plötzlich wieder Stille. Nachkriegstotenstille.

Hatte es schon wieder begonnen, das große Schießen? Das endlose Sterben? Waren die jüngsten Verhandlungen in Moskau gescheitert?

Wer wusste das schon?

Gerüchte waren die vage Währung des Alltags. Der Handel mit Zigaretten beherrschte den Schwarzmarkt. Doch erst die Gerüchte waren es, die ihren Wert steigen oder fallen ließen. Die Zeiten waren unsicher. Die Zukunft war ungewiss. Die Vergangenheit war kein Thema. Sie war ein dunkler Abgrund. Ein Nichts. Ein Alles. Ein Wimpernschlag. Ein Vergessen. Ein Verlust. Darüber strahlte ein blauer Frühlingshimmel, so blau, als wäre nichts geschehen. So blau, als wäre alles möglich. So blau wie bei der Olympiade. So blau wie vor Stalingrad. So blau wie über dem Lazarett in Bayern. So blau. So blau. So endlos blau.

Tag eins

Kommissar Hans Adler schaute die Reihe der kahlen Kastanien am Reichpietschufer entlang. Er gierte nach Sonne, gierte nach Wärme. Alle Berliner gierten in diesen Tagen nach Frühling. Zaghaft trauten sich erste Knospen aus den schweren braunen Ästen hervor. Erst seit wenigen Tagen war es in Berlin etwas wärmer geworden. Bis tief in den März hinein hatte der Winter die Stadt fest umklammert gehalten. Der Eiswinter. Der Hungerwinter. Der Todeswinter. Der Winter, in dem das große Sterben weiterging und einfach nicht mehr aufhören wollte. Das Sterben war jetzt ganz leise geworden. Es war kein lärmender Tod mehr in tosendem Bombenhagel und zerfetzenden Maschinengewehrsalven. Jetzt kroch er über Nacht in die frierenden kranken Körper. Es war ein stummer Tod der Erschöpfung. Bis auf die Knochen abgemagerte Leichen hatten sie in den vergangenen Monaten reihenweise aus Wohnungen und Verschlägen geholt. Verhungert. Oder erfroren. Wer konnte das schon so genau sagen? Wen interessierte das überhaupt?

Der graue Winter in Berlin war noch nie ein Vergnügen gewesen. Umso grausamer war er ohne Holz, ohne Kohlen, ohne Essen, ohne Medizin. Kein Wetter jedenfalls zum Baden in der Spree oder für die Schifffahrt. Auf dem Landwehrkanal trieben noch lange dicke Eisschollen. Deshalb hatte es wohl auch gedauert, ehe die Leiche des Jungen entdeckt wurde. Blass, aufgedunsen. Angefressen und ohne Augen lag der kleine Körper jetzt auf der Uferböschung des Kanals. Verloren in der Welt. Eine eilends herbeigeholte Decke verhüllte nur notdürftig den kindlichen Körper. Sie vermochte den Jungen nicht mehr zu wärmen.

Adler ging vorsichtig die steinernen Stufen der Böschung hinab und schaute auf das Kind. Zehn mochte der Bub gewesen sein, elf vielleicht. Noch vor der Pubertät jedenfalls. Noch bevor sein eigentliches Leben begonnen hatte. Gezeugt im Sommer der Olympiade vielleicht, hatte er kaum mehr erlebt als Not und Bomben, als Hunger und Ruinen und tausendfachen Tod. Um den Hals des Knaben zog sich eine dunkle Verfärbung. Würgemale. Über die Todesursache musste also nicht lange spekuliert werden.

Schwieriger war festzustellen, wie lange das Kind bereits im Wasser lag. Adler schloss die Augen. Er versuchte, sich das Gesicht des Kindes ohne die Entstellungen vorzustellen. Ein kleiner Junge, blond und schmächtig. Unter dem rechten Knie war eine Narbe. Vom Fußballspielen vielleicht?

Spatzen flatterten hektisch um die Kastanien, als wollten sie die Bäume zur Eile mahnen. Es ist Zeit zum Brüten, raunten sie. Wir brauchen Geäst. Wir brauchen Blätter als Schutz, schlagt endlich aus.

»Schon wieder ein Bub. Dachte mir, Sie wollen das bestimmt gleich sehen.«

Wachtmeister Hoffmann trat neben Adler.

Spielende Kinder hatten die Leiche entdeckt und ihren Eltern Bescheid gegeben.

Was für ein grausiger Fund, dachte Adler.

Aber wer wusste schon, welches Grauen diese Kinder schon zuvor erlebt hatten. Im Luftschutzkeller. In der Dunkelheit. Die Sirenen beim Fliegerangriff, die Müdigkeit, wenn sie aus dem Bett hetzen mussten. Nacht für Nacht die Koffer greifen. Das Nötigste gepackt. Für den schlimmsten Fall. Treppab. Los, schnell, schnell, beeilt euch. Dann die Angst im Bunker. Der Schweiß, der ohrenbetäubende Lärm, das Stöhnen und Jammern der Erwachsenen, das Weinen und Schluchzen, wenn die Angriffe und Bombeneinschläge immer näher rückten. Und dann die letzten Tage vor dem Ende. Gewehrsalven wechselten sich ab mit unerträglicher Stille. Wann wohl der Russe kommt? Pst. Sei still. Bloß nichts riskieren. Nicht jetzt, in letzter Minute, von einem Hundertzehnprozentigen aufgeknüpft werden. Aber vielleicht auch besser, als dem Russen in die Hände zu fallen. Die Angst. Die lähmende Angst des nahen Untergangs.

Die beiden Kinder lehnten an einer Kastanie am Ufer und schauten neugierig hinab, was die Erwachsenen da bei dem toten Kind wohl machten.

»Sie wohnen mit den Eltern gleich um die Ecke in einem der Flüchtlingslager«, fuhr Hoffmann fort.

Bett an Bett, nacktes Leben an nacktem Überleben. Gerettet vor dem Russen und darauf warten, dass irgendetwas wieder begann. Nur was sollte beginnen? Es war ja nichts mehr vorhanden. Etwas, das zumindest den Anschein von Normalität besaß. Von Arbeit und Alltag. Von Geldverdienen und kleinem Glück. Das war das Leben in all den überquellenden Berliner Flüchtlingsunterkünften. Ach was, das war ja gar kein Leben. Das war ein Vegetieren. Wer Verwandte im Westen hatte oder Freunde, der zog weiter und ließ die eingekesselte Stadt hinter sich. Wer konnte schon sagen, was als Nächstes mit Berlin passieren würde?

»Die Familie kommt aus Ostpreußen. Allenstein. Die Eltern suchen nach Arbeit in Berlin. Vergebens bisher.«

Ein Sonnenstrahl fiel Hoffmann ins Gesicht. Er wischte ihn mit der Hand fort wie eine lästige Mücke und drehte sich zur Seite weg.

»Wollen Sie mit ihnen sprechen, Herr Kommissar?«

»Mit den Kindern?«

»Mit den Eltern, dachte ich.«

»Sie haben sie schon vernommen?«

»Jawoll, Kommissar Adler.«

»Und?«

»Haben nichts mit dem toten Jungen zu tun, war mein Eindruck. Auch die Kinder nicht. Niemand kennt den Buben bisher. Scheint nicht von hier zu sein.«

»Gut gemacht, Hoffmann«, lobte Adler den Wachtmeister. »Bringt den Jungen in die Charité. Vielleicht fällt Frau Dr. Fischer ja etwas an ihm auf.«

Doch was sollte das sein?, fragte sich Adler.

Keine Kleider, kein Name, keine Herkunft, kein Hinweis. Nur ein totes nacktes Kind. Es war bereits das dritte, das sie im letzten Vierteljahr so bloß wie tot aufgefunden hatten. Zwei Jungen, ein Mädchen. Alle etwa im selben Alter, etwa zehn Jahre alt. Alle erwürgt. Bei keinem Kind gab es auch nur den Hauch einer Spur, woher es stammte, wie es hieß, wer seine Mutter gewesen sein mochte, wer der Vater. Nichts. Drei unbekannte tote Kinder. Namenlose.

Vorsichtig ging Adler die glitschigen Stufen der Uferböschung wieder hoch zur Straße. Er strauchelte kurz, konnte sich aber fangen, ohne zu stürzen. Das Gleichgewicht war noch immer sein Feind.

»Alles in Ordnung, Herr Kommissar?«

»Danke schön, Hoffmann. Alles gut gemacht. Wir sehen uns nachher im Präsidium.«

Damit ging er zu den beiden Kindern hinüber, um mit ihnen zu sprechen.

Das Mädchen schien etwa im Alter des toten Jungen zu sein. Herausfordernd schaute es den Kommissar aus seinen großen blauen Augen an. Die struppigen blonden Haare, die sie im Seitenscheitel trug, waren nackenlang. Ihr Bruder stand ängstlich neben ihr. Seine Finger umschlangen krampfhaft die Hand seiner großen Schwester. Er mochte zwei Jahre jünger als das Mädchen sein, schätzte Adler.

»Ihr habt den Jungen gefunden?«, begann Adler das Gespräch und ging in die Hocke, um den Kindern in die Augen schauen zu können.

»Ja«, antwortete das Mädchen, während der Junge schwieg und zu Boden blickte.

»Habt ihr ihn vorher schon einmal gesehen?«

»Nein.«

»Es ist keiner eurer Spielkameraden?«

»Wir haben keine Spielkameraden.«

»Ach so, warum denn nicht?«

Adler schob seine Hand in die Tasche seines alten grauen Mantels und holte eine Papiertüte mit Maiblättern hervor. Grüne saure Bonbons, die er den Kindern entgegenhielt.

Der Junge wollte schon zugreifen, überlegte es sich dann aber noch einmal.

»Wir dürfen nichts von Fremden annehmen«, ließ er Adler wissen.

»Das ist sehr vernünftig. Ich denke, bei der Polizei könnt ihr allerdings eine Ausnahme machen, wenn ihr wollt.«

Der Junge schaute zu seiner Schwester hoch. Sie nickte, und beide nahmen sich ein Maiblatt aus der Tüte.

»Wollen wir uns dort drüben hinsetzen? Dann könnt ihr mir erzählen, was ihr gesehen habt, einverstanden?«

Er zeigte auf die Stufen vor dem berühmten Shell-Haus, das wie eine Welle am Ufer des Kanals vor- und zurückschwappte. Doch die Eleganz des Bauwerks hatte schwer gelitten. Aus der Fassade hatten die Bomben riesige Stücke herausgebrochen. Die Fensterscheiben waren sämtlich geborsten. Adler stand auf, und die Kinder folgten ihm über die Straße und ließen sich neben ihm nieder.

»Fritz hat ihn zuerst gesehen«, sprudelte es aus dem Mädchen heraus, kaum dass sie saßen.

»Du bist also Fritz, und wie heißt du?«

»Marie.«

»Und was habt ihr dann gemacht, Marie?«

»Nix.«

Marie zögerte.

»Wir haben bloß geguckt«, traute sich jetzt auch Fritz, etwas zu sagen.

»Der hatte ja keine Augen mehr, dass der tot war, war klar wie Kloßbrühe.«

Adler schauderte über die welterfahrene Gewissheit der Kinder, die schon in ihrem Alter auf den ersten Blick zwischen Tod und Leben zu unterscheiden wussten. Was würde in zehn oder zwanzig Jahren mit ihnen sein? Wie würden ihre Seelen das Erlebte, das Gesehene verarbeiten? Würden sich alle Toten in ihrer Erinnerung festsetzen? Würden sie nachts in ihren Träumen herauskriechen – böse Fratzen, die sie in ihrem unruhigen Schlaf quälten?

»Und dann seid ihr zu euren Eltern gelaufen?«

»Ja, und die Mutti ist mitgekommen und hat geguckt und immer wieder gerufen: ›Der arme Junge, der arme Junge!‹«

»Ja, und dann hat Onkel Ewald die Polizei gerufen«, rief Fritz.

»Wer ist denn Onkel Ewald?«, fragte Adler leise.

»Das ist doch der Hausmeister von da, wo wir wohnen«, klärte ihn Fritz auf, verblüfft über Adlers Unwissenheit.

»Ach so, Onkel Ewald. Und der ist dann auch hergekommen?«

»Nee, der kann doch nicht mehr richtig laufen. Der ist ganz dick und hat nur noch ein Bein. So wie du nur einen Arm hast.«

Marie knuffte ihren Bruder in die Seite.

»Lass mal, Marie. Der Fritz hat ja recht. Ich hab halt nur noch einen Arm. Und wisst ihr, was ich immer sage? Lieber nur noch einen Arm als gar keinen mehr. Stimmt doch, oder?«

Marie grinste.

»Unser Lehrer in Allenstein, der Dr. Krüger, hatte auch

nur noch einen Arm. Der andere sei auf dem Schlacht-feld in Tannenberg geblieben, hat er gesagt. Und wenn er besonders gute Laune hatte, dann schleuderte er den leeren Ärmel seiner Jacke umher und zauberte etwas daraus hervor.«

»Was denn?«

»Das Heft mit dem besten Diktat.«

»Ui.«

»Und weißt du was? Das war meistens mein Diktat«, erzählte Marie stolz. Sie strahlte Adler mit ihren riesigen blauen Augen an. Glücklich versunken in der Erinnerung an ihre Schulstunden in Allenstein, von denen sie noch nicht wusste, dass sie nur in ihrer Erinnerung fortleben würden. So wie das Bild von Dr. Krüger mit dem schleudernden Jackenärmel. Einer Erinnerung, die immer blasser werden würde.

»Ja dann«, sagte Adler. »Hilfst du mir mal hoch, Fritz?«

Er stützte sich behutsam auf die Schulter des Jungen und richtete sich langsam auf. Mit der rechten Hand schlug er sich den Staub von der Hose.

»So, und weil ihr der Polizei so prima geholfen habt, bekommt ihr noch meine restlichen Maiblätter. Und falls euch noch etwas anderes einfällt, was ihr gerade vergessen habt, mir zu erzählen, dann sagt ihr mir Bescheid. In Ordnung? Der Onkel Ewald oder der Wachtmeister Hoffmann dort vorne, die wissen, wo ihr mich finden könnt.«

Adler schüttelte den Kindern formell die Hand. Marie machte einen Knicks und Fritz einen Diener. Dann drückte Adler zwinkernd Marie die Papiertüte in die Hand. Nicht ohne sich zuvor selbst ein Bonbon aus der Tüte zu fischen.

Wackelig, mit einer Hand am Lenker, radelte Adler durch das Diplomatenviertel, das die Nazis am Rand des Tiergartens angelegt hatten. Vorbei an den Ruinen, die von den mächtigen Botschaften der Italiener und Japaner übrig geblieben waren, und weiter durch den Tiergarten. Oder besser durch dessen Reste. Dort, wo einst ein üppiger Wald zum Spazieren eingeladen hatte, ragten jetzt nur noch einzelne Baumstümpfe in die Luft. Im letzten Winter hatten die Berliner alles geklaut und verheizt, was nach dem Kampf um Berlin 1945 noch vorhanden war. Anstelle von Blumenrabatten wurde jetzt Gemüse zur Selbstversorgung angepflanzt. Dazwischen ragten die »Puppen« der »Siegesallee« empor. Kaiser Wilhelms traurige Ahnengalerie sah ziemlich mitgenommen aus. Hier fehlte eine Nase, dort ein Bein. Manche Sockel waren vollkommen leer. Vorbei am ausgebrannten Reichstag mit dem kahlen Kuppelgerippe auf dem Dach fuhr Adler durch das zerschossene Brandenburger Tor. Immer weiter nach Osten führte sein Weg. Die Linden hoch. Das Hohenzollernschloss sah erstaunlich gut erhalten aus. Vom ehemaligen Berliner Polizeipräsidium, der legendären Roten Burg am Alex, konnte man das dagegen nicht behaupten. Von ihr war nur noch Schutt und Asche übrig geblieben.

Nicht weit entfernt, in der Keibelstraße, hatte die Berliner Polizei neue Räume bezogen.

Im Flur stieß Adler auf Johannes Stumm, den stellvertretenden Berliner Polizeipräsidenten.

»Nehmen Sie mal Ihr kostbares Fahrrad von der Schulter, Adler. Das klaut Ihnen hier schon keiner.«

»Weiß man's?«

»Nun machen Sie mal halblang. Wir sind hier schließlich bei der Polizei.«

Stumm grinste und winkte den Kommissar in sein Büro.

Adler lehnte sein Rad an die Flurwand und folgte ihm.

»Zigarette?«

Stumm nahm eine Blechdose mit Garbátys vom Schreibtisch und hielt sie Adler hin.

»Ich weiß, dass Sie nicht rauchen, Adler. Aber nehmen Sie sich mal zwei. Ist schon in Ordnung.«

Adler nahm die angebotenen Zigaretten und steckte sie sich in die Brusttasche seiner Jacke.

»Was macht der Fall des toten Jungen?«, fragte Stumm besorgt.

»Ich komme gerade erst vom Landwehrkanal. Wir wissen noch nichts.«

»Ich möchte, dass Sie den Fall vordringlich bearbeiten, Adler. Drei tote Kinder … Das sorgt für Unruhe in der Bevölkerung, sobald die Leute spitzbekommen, dass wir es mit einem Mehrfachmörder zu tun haben.«

»Meinen Sie, dass es sich um denselben Täter handelt?«

Stumm ging um den Schreibtisch herum und ließ sich auf dem Bürostuhl nieder. Die qualmende Zigarette in der rechten Hand, wies er Adler den freien Stuhl auf der anderen Seite des Schreibtisches zu.

Adler setzte sich, zupfte umständlich mit der verbliebenen Hand die Hosenbeine hoch.

»Möglich, dass wir es mit einem Serientäter zu tun haben. Wahrscheinlich sogar. Aber bisher fehlen uns ja konkrete Anhaltspunkte. Da müssen Sie ran, Adler.«

»Wir sind dran, Herr Polizeivizepräsident. Aber wir haben leider so gut wie nichts in der Hand. Die Kinder waren wahrscheinlich alle schon länger tot, als wir sie gefunden haben«, berichtete Adler.

Alle drei Kinder waren erwürgt worden. Vermutlich mit bloßen Händen. Wie der Kleine vom Kanal zu Tode gekommen war, würde Frau Dr. Fischer untersuchen. Alle Anzeichen sprachen dafür, dass auch er brutal erwürgt worden war. Der Mord an den Kindern war grausam gewesen. Völlig verroht, hemmungslos. Alle Kinder hatten in etwa das gleiche Alter gehabt, um die zehn Jahre. Alle waren unbekleidet gewesen, als man sie auffand. Alle wirkten stark vernachlässigt. Sie waren unterernährt. Das traf in dieser Zeit allerdings auf fast alle Kinder zu. Und nicht nur auf Kinder.

Adler hielt inne.

Die Erinnerung an den Anblick der Kinder machte ihm zu schaffen.

Es war nur schwer auszuhalten sich vorzustellen, welches Martyrium die drei wohl durchlitten hatten, ehe man sie einfach weggeworfen hatte wie Müll. Das waren kleine Kinder gewesen. So wie Fritz, mit dem er heute Morgen gesprochen hatte. So wie Marie.

»Welche Bestien machen so etwas? Was sind das für Menschen?«

Ratlos blickte Adler zu seinem Vorgesetzten.

»Das müssen Sie herausfinden, Adler. Und zwar schnell. Ich will keine weiteren toten Kinder in unserer Stadt mehr auffinden müssen.«

»Ebenso verstörend ist es, dass niemand die Kinder als vermisst gemeldet hat. Jedenfalls konnten wir sie nicht zuordnen. Wir sind im Kontakt mit dem Suchdienst des Roten Kreuzes. Bisher vergeblich.«

»Wundert Sie das? In diesem Chaos, Adler?« Stumms Blick war nachdenklich. »Aber dass die Kinder nicht als vermisst gemeldet wurden, ist schon sehr, sehr merkwürdig. Nehmen Sie die Kinderheime unter die Lupe.«

»Was sagt Markgraf zu der ganzen Angelegenheit?«, fragte Adler.

Die internen Besprechungen zwischen Stumm und Adler hatten in den letzten Wochen immer häufiger stattgefunden. Ein kurzer Austausch auf kurzem Weg. Die Stimmung im Präsidium war in dieser Zeit immer angespannter geworden. Jeder überlegte sich sehr genau, mit wem er sich offen unterhalten konnte.

Stumm hatte Adler nach dessen Zeit an der Front und der schweren Verwundung zurück zur Berliner Kriminalpolizei geholt. Beide Männer einte ihr Misstrauen gegenüber dem Berliner Polizeipräsidenten Paul Markgraf. Markgraf war schließlich alles andere als ein Demokrat. Er war ein unangenehmer Lauttöner von Moskaus Gnaden. Genauso verhasst waren ihnen die alten Parteigenossen. Trotz der Bemühungen um Entnazifizierung waren sie noch überall in der Gesellschaft gegenwärtig. Auch hier bei der Berliner Polizei. Sie sorgten dafür, dass die alten Strukturen weiterhin funktionierten. Im Hintergrund zogen einige bereits wieder die Fäden. Andere blieben lieber in Deckung.

»Markgraf ist da ganz auf meiner Linie«, antwortete Stumm schmunzelnd auf Adlers Frage.

»Na, dann kann ja nichts mehr schiefgehen«, murmelte Adler.

»Das will ich jetzt aber mal nicht gehört haben.«

Stumm drückte seine Zigarette auf dem Kopf eines geschwungenen roten Drachens aus, der kunstvoll in die Mitte des großen chinesischen Porzellanaschenbechers gemalt war. Irgendwie war es Stumm gelungen, ihn aus der Roten Burg hierher zu retten.

»Ernsthaft, Adler. Augen und Ohren auf. Gehen Sie auch die Kartei mit allen Sexualstraftätern noch einmal durch. Schauen Sie, wer von denen überhaupt noch am Leben ist. Das kann uns auch später für andere Ermittlungen helfen. Und hören Sie sich in den einschlägigen Etablissements einmal genauer um. Vielleicht bekommen Sie da etwas mit. Mit Markgraf ist abgesprochen, dass Sie zusammen mit Frau von Dedowsky jetzt ausschließlich die Sonderkommission ›Kalter Winter‹ leiten. Das klingt unverfänglich genug. Vom kalten Winter wollen die Berliner schließlich nichts mehr hören. Sowjets, Briten und Amerikaner wissen Bescheid.«

Kalter Winter, wirklich?, dachte Adler. Berliner Monster wäre treffender gewesen.

»Und die Franzosen?«

Anstatt zu antworten, zog Stumm die Augenbrauen hoch und machte eine wegwischende Handbewegung.

»Die haben doch eh kaum etwas zu sagen. Ich erwarte einen täglichen Bericht von Ihnen. Die Sache hat Priorität.«

»Jawohl, Herr Polizeivizepräsident.«

Adler stand auf, schüttelte Stumm die Hand und wandte sich zur Tür.

»Noch was, Adler: Haben Sie endlich eine ordentliche Wohnung gefunden?«

»Bin auf der Suche«, wich Adler aus.

»Machen Sie mal hinne, Adler. Mit der Laube, das ist doch nichts Halbes und nichts Ganzes auf Dauer. Sie brauchen eine ordentliche Unterkunft.«

»Kümmere mich darum, Herr Polizeivizepräsident.«

Seit seiner Rückkehr aus dem Lazarett in Bayern lebte Adler in einer Laube in Wilmersdorf, gleich neben dem Gelände der ehemaligen Gasanstalt. Es war ein einfacher Bretterverschlag, der Fritz Winter gehört hatte. Winter war Kollege bei der Kriminalpolizei gewesen. Bevor er eingezogen wurde, hatte er Adler den Schlüssel zur Laube zugesteckt.

»Für alle Fälle. Kannst du mir ja um sechs nach dem Krieg wiedergeben«, grinste er ihn an.

Doch daraus war nichts geworden. Winter war wie Adler an die Ostfront gekommen. Doch er hatte weniger Glück gehabt als sein Freund. 1944 war Winter bei Orscha gefallen. Seine Frau Babette und die beiden Kinder Friedrich und Franziska überlebten ihn nur kurze Zeit. Sie starben bei einem Volltreffer auf ihre Charlottenburger Wohnung. Außer einem Haufen Trümmer war von dem Haus nichts übrig geblieben. Eine ganz Familie war ausgelöscht. Ihr Leben. Ihre Geschichte. Ihre Zukunft.

Das Holz für den Allesbrenner, mit dem er seine Hütte im Winter etwas aufwärmen konnte, sammelte Adler auf dem Heimweg. Im letzten Sommer hatte er auf dem kleinen Grundstück vor der Laube Kartoffeln angebaut. Sein Nachbar, der dicke Loose, der ebenfalls ausgebombt worden war, passte tagsüber auf, dass niemand die Kartoffeln klaute. Manchmal saßen Adler und

Loose abends schweigend vor ihren Hütten und schauten der Sonne beim Untergehen zu. Irgendwoher hatte Loose hin und wieder eine Flasche Korn. Adler fragte nicht nach, und sie tranken, bis es stockdunkel war. Ein Bett, ein Ofen und eine Wasserpumpe im Garten, die im Winter zufror. Das war mehr, als die meisten anderen in dieser Zeit hatten. Der dicke Loose und Adler hatten überlebt. Das war kein Verdienst, nur Zufall. Ob es Glück war? Da war Adler sich manchmal nicht so gewiss. In jedem Fall bedeutete es für ihn die Verpflichtung weiterzumachen. Irgendwie.

»Was hat Stumm gesagt?«, fragte Ruth von Dedowsky, kaum dass Adler die Tür zu ihrem gemeinsamen Büro geöffnet hatte. Zusammen mit den beiden jungen Kollegen Erwin Volgmann und Harry Raade hatte sie zwei Stockwerke höher ungeduldig auf Adlers Bericht gewartet.

Erschöpft ließ sich Adler auf seinen Schreibtischstuhl fallen.

»Also, Volgmann …«, begann er. »Sie gehen als Erstes die Kartei mit den uns bekannten Sexualstraftätern durch. Schauen Sie, wer von denen überhaupt durch den Krieg gekommen ist und wo sie heute wohnen. Anschließend statten Sie den Herren mal einen Besuch ab. Wenn Sie Unterstützung brauchen, holen Sie sich ein paar von den jungen Kollegen ran. Wir haben für unseren Fall die volle Rückendeckung von Stumm und Markgraf.«

Volgmann stöhnte auf.

»Das sind Hunderte Personen.«

»Ja, ich weiß. Aber die Hälfte von denen lebt wahrscheinlich gar nicht mehr. Die müssen Sie natürlich nicht mehr besuchen. Also, ran an die Bouletten. Wir brauchen Ergebnisse, die wir Stumm präsentieren können.«

»Das wird Wochen dauern.«

»Wird es nicht. Nein, auf keinen Fall. Spätestens Ende der Woche will ich von Ihnen Ergebnisse sehen! Wie gesagt, Volgmann: Holen Sie sich Unterstützung ran.«

»Kann das nicht Raade machen?«

»Bin ich hier auf einem Basar gelandet?«, donnerte Adler. »Entweder machen Sie jetzt verdammt noch mal Ihre Arbeit, wie man es Ihnen sagt, oder Sie können nach Hause gehen.«

Volgmann schluckte.

So verärgert hatte er Adler noch nie erlebt.

»Ist ja schon gut, Chef. Hole mir ein paar Jungs, und dann gehen wir die Kartei durch.«

»Gut.«

Adler wandte sich an Raade.

»Und Sie machen eine Tour durch die Kinderheime.«

»Abends?«

»Nee, morgen Vormittag natürlich. Hören Sie sich um, was man so erzählt. Irgendwo müssen unsere toten Kinder ja vorher gewohnt haben.«

»In Ordnung. Wen soll ich mitnehmen?«

Adler schaute zu Ruth von Dedowsky.

»Soll er den alten Arthur Kunert mitnehmen? Was denkst du?«

»Kann nicht schaden«, antwortete sie und öffnete ihr Zigarettenetui, das auf dem Fensterbrett lag.

»Gut, dann nehmen Sie Kunert mit. Noch Fragen?«

»Nein, Herr Kommissar, wir klappern die Heime ab.«

Raade wandte sich um, blieb aber doch noch einmal stehen.

»Was ist, wenn keiner da ist?«, fragte Raade.

»Das wird schon nicht passieren, wo sollen die denn alle sein? Im Freibad etwa?«

»Nee.« Raade grinste. »Aber in der Schule.«

»Musste das gerade sein mit Volgmann?«

Von Dedowsky stand am offenen Fenster und blies den Rauch ihrer Zigarette in die kühle Luft hinaus, die nach Frühling duftete.

»Wieso macht der Junge nicht einfach mal das, was man ihm sagt?«, beschwerte sich Adler.

»Wir sind hier bei der Polizei, nicht bei der Wehrmacht. Schon vergessen?«

»War mir glatt entfallen«, antwortete Adler und schlenkerte mit seinem leeren Ärmel umher. »An der Front habe ich mich immer so wohlgefühlt.«

»Witzig«, stöhnte von Dedowsky. »Also, was hat denn Stumm nun gesagt?«

»Stumm will offenbar vor Markgraf glänzen. Deshalb möchte er, dass wir den Fall zügig lösen. Für Markgraf dürfte die ganze Sache dagegen uninteressant sein. Schließlich hat sie keine politische Dimension, die ihm weiterhilft.« Adler zögerte.

»Eine schnelle Lösung ist aber überhaupt nicht in Sicht«, merkte von Dedowsky an. »Im Gegenteil. Wenn wir ehrlich sind, stochern wir völlig im Trüben.«

»Außerdem befürchtet Stumm, dass die Berliner wegen des Kindermörders in Panik geraten. Deshalb will er, dass möglichst nichts von unseren Ermittlungen nach außen dringt.«

»In Panik sollten die Berliner lieber wegen ganz anderer Dinge sein«, wandte von Dedowsky ein. Sie schnippte die Asche ihrer Zigarette weg. Eine Windböe wirbelte sie ein Stück durch die Luft und ließ sie dann langsam auf den Gehweg absinken.

»Sie sollten längst in Panik geraten sein …«, wiederholte sie leise, während sie auf das Trümmerfeld vor dem Polizeipräsidium hinabschaute.

Das war einmal die Berliner Altstadt gewesen.

Hier hatten E. T. A. Hoffmann und Theodor Fontane gelebt und geschrieben. Hier hatte Max Liebermann gemalt.

»Da hast du vollkommen recht«, bestätigte Adler.

Seit Monaten verschlechterte sich das Klima zwischen den drei westlichen Alliierten und den Sowjets. Wenn das so weiterging, steuerten alle auf eine direkte Konfrontation zu. Und wie die ausgehen würde, wollte sich Adler nach den Atombombenabwürfen auf Hiroshima und Nagasaki nicht vorstellen. Das wäre das Ende Berlins. Hunderttausende Tote wären die Folge. Tote, von denen nicht einmal eingebrannte Schatten in den Wänden übrig bleiben würden. Es gab ja fast keine Wände mehr in der Stadt, in die sie sich hätten einbrennen können.

Doch die meisten Berliner nahmen die neue Bedrohung kaum wahr. Sie waren damit befasst zu überleben. Sie kämpften um Lebensmittel und Heizmaterial. Forschten nach vermissten Freunden und Verwandten. Für die Gefahr, die sich über ihren Köpfen zusammenbraute, hatten sie keinen Blick. Ihren Alltag zu meistern forderte all ihre Kraft. Und dann war noch dieser eisige Winter dazugekommen. Als wäre das Überleben nicht schon davor schwierig genug gewesen … In den zwanziger Jahren hatte Berlin lässig auf dem Vulkan getanzt. Mein Gott, ist das lange her, dachte Adler. Jetzt tanzten die ersten Berliner wieder am Kurfürstendamm. Und gleich wieder am Rand eines Vulkankraters. Sein nächster Ausbruch würde wohl der letzte sein. Er würde Berlin unter sich begraben, wie die Asche des Vesuvs einst Pompeji unter sich begraben hatte.

»Also?«

Ruth von Dedowsky riss Adler aus seinen trüben Gedanken.

»Also?«, wiederholte Adler ihre Frage.

»Bist du jetzt mein Papagei, der alles wiederholt?«

»Nein, ich bin und bleibe dein Adler.«

»Könntest du mal wieder ernst sein?«

»Mit dem größten Vergnügen.«

Von Dedowsky stöhnte.

»Zieh den Mantel an, wir gehen zur Fischer.«

»Endlich mal eine ordentliche Idee von dir«, flachste Adler.

Sie drückte ihre Zigarette auf dem Fensterbrett aus und schnippte den Stummel auf die Straße. Dann schloss sie das Fenster, von dessen Rahmen die weiße Farbe in großen Platten abplatzte, und knuffte ihren Kollegen gegen den rechten Arm.

»Autsch«, beschwerte sich Adler gespielt. »Soll ich den jetzt auch noch verlieren?«

»Besser, als wenn ich den Verstand verliere. Komm jetzt und schließ das Büro ab.«

»Jawohl, Frau General.«

»Ich knuff dich gleich noch mal, wenn du dich nicht benimmst.«

Er schloss hinter sich ab.

»Rita, Sie können für heute auch Schluss machen«, rief von Dedowsky ihrer Sekretärin zu.

»Gerne, Frau von Dedowsky, vielen Dank. Ich sortiere noch fix die Akten weg und mach mich dann auch auf den Heimweg.«

Der Himmel hatte sich zugezogen. Der zarte Hauch von Frühling, der in der Luft gelegen hatte, war wieder im Berliner Grau versunken.

Seine rechte Hand an der Lenkerstange, schob Adler das Rad neben von Dedowsky her. Der Weg vom Berliner Polizeihauptquartier entlang der Torstraße zur Charité war nicht weit. Für die Ruinen rechts und links der Straße hatten die beiden kaum noch einen Blick übrig. Zu vertraut waren ihnen die leeren Fensteraugen und die Ziegelberge, die für Not und Elend in der Stadt standen. Notdürftig hatten sich Menschen in den Häuserresten einquartiert. Einige der Fensteröffnungen ohne Rahmen und Glas waren provisorisch mit Pappe verkleidet. Von manchen Wohnungen fehlten ganze Wände. Wie auf einer Theaterbühne breitete sich vor den Passanten der Blick in möblierte Zimmer aus. Vor den Häusern sortierten Trümmerfrauen Steine. Andere klopften die Mörtelreste ab und luden die bearbeiteten Steine auf Handwagen, damit sie irgendwo in der Stadt wiederverwendet werden konnten. Es war eine mühsame Arbeit, die die Frauen verrichteten. Immerhin waren so zwischen all den Ruinen einige Grundstücke bereits von Trümmern freigeräumt worden.

Vor einem kleinen Laden im Souterrain eines Hauses, dem die oberen Etagen fehlten, hatte sich eine Warteschlange gebildet. Abgemagerte graue Menschen standen in viel zu weiter Kleidung in einer Reihe hintereinander an. Die Anspannung war ihren Gesichtern anzusehen. Ob es heute genügend zu verteilen gab, bis sie mit ihren Essensmarken an der Reihe waren? Oder mussten sie hungernd wieder unverrichteter Dinge abziehen? Bei ihrem elenden Anblick konnte einem angst und bange werden um die Zukunft Berlins.

Wie sollte es mit der Stadt nur weitergehen?

Unter den Bombenangriffen hatte Berlin seine Form verloren. Die stolze Stadt, ihre prächtigen Häuser, waren in sich zusammengesackt. Nur schwer fand man zwischen den Ruinen die alten Wege wieder. Viele Häuser, an denen man sich jahrzehntelang unwillkürlich orientiert hatte, gab es nicht mehr. An ihre Stelle waren Berge von Schutt und Staub getreten oder eine große Leere. So wie die Stadt ihre Form verloren hatte, hatten auch die Menschen ihre Form verloren. Sie waren abgemagert an Körper und Seele. Nur noch Schatten ihrer selbst. Sie waren sich selbst so fremd, wie ihnen ihre Stadt fremd geworden war und die Zeit, in der sie lebten. Nichts war mehr, wie es gewesen war. Und doch ging das Leben weiter. Irgendwie. Auch wenn man nicht wusste, wie oder warum. Das war vielleicht das Erstaunlichste. Die Stadt atmete weiter. Ganz flach. Aber sie atmete noch. Am schwersten hatten es die Kinder. Und am einfachsten. *Chocolate* und *Chewing Gum* lauteten die Zauberworte, die ihnen ein Lächeln auf die Lippen zaubern konnten, sobald sie auf amerikanische oder britische Soldaten trafen. Und die gaben, was sie bei sich hatten. Nicht weil sie mussten. Sondern weil sie es konnten.

Am Rosenthaler Platz setzte ein unangenehmer fisseliger Nieselregen ein. Adler blieb stehen, stützte sein Rad mit der Hüfte und schlug sich den Kragen seines Mantels hoch, ehe sie weiterliefen.

»Hast du gar keinen Schirm dabei?«, fragte von Dedowsky süffisant.

»Nein, kein Schirm. Gott sei Dank. Sonst müsste ich mich ja entscheiden, ob ich mit meinem einen Arm das Fahrrad fallen lasse, damit ich dir den Schirm halten kann, oder ob ich das Fahrrad behalte und dich dafür im Regen stehen lasse.«

»Na, da sieht man mal wieder, was für ein Glückspilz du doch bist«, lachte von Dedowsky.

Adler schmunzelte dankbar für die Aufheiterung.

Er mochte es, wenn sich auf der rechten Wange seiner Kollegin beim Lächeln dieses Grübchen bildete. Ohnehin mochte er von Dedowsky. Seit einem Jahr arbeiteten sie nun schon zusammen. Dass sie gebürtige Kölnerin war, hörte man ihrer Aussprache nicht an. Glücklicherweise. Ganz im Gegensatz zu dem Rheinländer Konrad Adenauer. Sobald Adler den quiekenden Singsang des Politikers im Radio hörte, schüttelte es ihn. Aber dafür konnte der Adenauer ja nichts.

Von Dedowsky war schon vor dem Krieg mit ihren Eltern nach Berlin gekommen. Hier hatte sie eine Stelle bei der Berliner Polizei gefunden. Viele Frauen gab es dort nicht, die die Position einer Kommissarin bekleideten. Von Dedowsky hatte Glück – und einen Onkel, der Verbindungen zur Polizeiführung hatte. Walter von Dedowsky war vor 1939 anerkannter Jurist mit eigener Kanzlei in Düsseldorf gewesen. Gleich nachdem er aus dem Krieg zurückgekehrt war, hatte er die Entnazifizierung durchlaufen und konnte seine Arbeit wieder aufnehmen. Nicht einmal Pg war von Dedowsky gewesen. Der einzige Satz, den seine Nichte Ruth je von ihrem Onkel über seine Kriegserlebnisse hörte, lautete:

»Monte Cassino.«

Und nach einer längeren Pause setzte er unter Kopfschütteln hinzu:

»Ihr könnt euch das nicht vorstellen.«

Dann verfiel Walter von Dedowsky stets wieder in Schweigen.

Kein Nachfragen seiner Nichte, kein aufmunternder Blick konnten ihn zu irgendeiner weiteren Auskunft bewegen. Mit diesem einen Satz war für ihn alles gesagt. Mit ihm war die Vergangenheit abgehakt. Endgültig.

»Dagegen bist du eine regelrechte Plaudertasche«, pflegte sie Adler zu necken, der über seine eigenen Kriegserlebnisse ebenso ausführlich schwieg wie Ruths Onkel.

Was hätte man auch erzählen sollen?

Jeder, der nicht mit dabei sein musste, war zu beneiden. Und niemand, der nicht dabei gewesen war, würde es sich je vorstellen können, was die Front bedeutete. Die Dämonen würden nie mehr verschwinden. Sie würden die Überlebenden im Schlaf begleiten und bis in den Tod. Insofern erübrigte sich jedes weitere Wort. Das, was ge wesen war, war ein Kapitel für sich. Und es war abgeschlossen, befand Adler.

Als Ruth von Dedowsky die Stelle bei der Berliner Polizei erst einmal innehatte, war das Vitamin B, das ihr geholfen hatte, schnell nicht mehr wichtig. Jeder merkte, dass sie es überhaupt nicht benötigte. Von Dedowsky war klug. Sie war gewandt. Sie war beredt. Weit mehr als die meisten ihrer männlichen Kollegen. Und sie besaß kriminalistischen Spürsinn. Sie besaß die Gabe, Zusammenhänge zu erkennen und in Strukturen zu denken. Dass sie in jeder freien Minute zu einem Buch griff, um zu lesen, was ihr in die Finger kam, stieß bei Adler auf Interesse. Lion Feuchtwanger und Franz Werfel, Irmgard Keun und die wunderbare Mascha Kaléko.

»Alles Sachen, die du in den letzten tausend Jahren nicht lesen durftest«, hatte sie einmal zu Adler gesagt. Ein besseres Gütesiegel für ein Buch konnte es nicht geben.

Obwohl der Regen dünn war, kamen sie völlig durchnässt am Institut für Rechtsmedizin in der Hannoverschen Straße an. Sie froren erbärmlich. Dennoch freute sich Adler, dass sie sich auf den Weg gemacht hatten. Er freute sich auf Frau Dr. Karin Fischer. »Die schöne Frau Fischer«, wie sie im Präsidium genannt wurde und die Adler heimlich anhimmelte. Doch sein Anflug von guter Laune im Berliner Grau verschwand schnell wieder. Der Portier ließ die beiden Polizisten nicht in das Institut vor.

»Ja, der tote Junge is anjekommen«, erklärte er. »Aber Frau Dr. Fischer hat ihm noch nicht anjeguckt.«

Mit Generaldirektorenmine verkündete er:

»Die Frau Doktor is heute schon janz früh aus'm Haus

jejangen. Hatte irjend'n wichtjen Termin, hatte se jesart. Tut ma ja nu ufrichtich leid, dass Se sich janz umsonst herbemüht ham. Warum ham Se denn nicht vorher anjerufen?«

Bedröppelt standen Adler und von Dedowsky vor dem Haus.

Ja, warum hatten sie nicht vorher angerufen?

»Dann also morgen«, maulte von Dedowsky.

»Und dann rufen wir vorher an.«

Adler und von Dedowsky verabschiedeten sich knapp. Beide waren verärgert wegen des überflüssigen Wegs durch den Regen. Adler setzte sich vor dem Institut vorsichtig auf sein Rad, holte mit den Füßen Schwung und rollte los. Eine gute halbe Stunde würde er von der Charité nach Wilmersdorf benötigen. Einmal quer durch die Stadt. Viel kürzer war der Heimweg für von Dedowsky auch nicht. Glücklicherweise fuhr die Stadtbahn am Lehrter Bahnhof wieder, sodass sie bis Zoo fahren konnte und nicht den ganzen Heimweg laufen musste.

Der Regen fiel jetzt in dünnen Fäden herab. Doch trotz des schlechten Wetters schoben sich Menschenmassen aus dem Lehrter Bahnhof. Wie das Skelett eines Dinosauriers aus dem nahen Naturkundemuseum wölbten sich über ihnen die stählernen Dachträger der Bahnhofshalle in den Himmel. Einige Passanten hielten schwere Körbe in den Händen, andere pressten volle Beutel eng an den Körper. Es waren Rückkehrer von den Hamsterfahrten ins Umland. Wer Glück hatte, kam mit einem vollen Rucksack zurück: ein paar Kartoffeln, eine Kohlrübe, ein paar Möhren, vielleicht sogar einen Knochen für die Suppe. Eingetauscht gegen kostbare Dinge ohne Wert: silberne Serviettenringe, die Taschenuhr des Vaters oder ein paar Zigaretten. Eingetauscht wurde alles, was vom einstigen Familienschatz noch übrig geblieben war. Wer nichts zum Tauschen hatte und keine Arbeit fand, dem blieb nichts anderes übrig, als zu hungern. Von dem, was man auf Essensmarken bekam, wurde niemand satt. Was also tun, wenn der Hunger zu groß wurde? Immer mehr Frauen verkauften sich im Schatten der Ruinen an die Soldaten der Alliierten. Das war zwar verboten. Dennoch florierte die Prostitution in der kaputten Stadt. Und mit ihr florierten der Tripper und die Syphilis.

Keine Frage, Berlin war am Ende.

Quer durch den kahlen Tiergarten führte Adlers Heimweg. Schaukelnd, mit seiner verbliebenen Hand fest den Lenker umklammernd, fuhr er vorbei an der weiten Brachfläche, die einmal der alte Westen gewesen war. Die schmucken Villen des Tiergartenviertels waren verschwunden. Über den Kurfürstendamm hoch zum Hohenzollerndamm ging es weiter bis zur gleichnamigen Ringbahnstation. Deren herrschaftliche Pracht war im Krieg in sich zusammengesunken. Der bekrönende Adler lag zerrupft vor dem alten Eingang. Das hohe Dach der Wartehalle war eingestürzt. Neben den Geleisen reihten sich dicht an dicht die Nissenhütten aus Wellblech. Flüchtlinge und Ausgebombte waren hier notdürftig untergebracht worden. Viel besser geht es dem kleinen Fritz und seiner Schwester Marie in ihrem Flüchtlingsheim auch nicht, dachte Adler. Längst war der Regen durch seinen dicken Wollmantel gedrungen. Er zitterte vor Kälte.

Hinter den Nissenhütten schlossen sich beim ehemaligen Gaswerk Wilmersdorf die Schrebergärten an. Bald würden sie alle die Anlage verlassen müssen, denn Tag für Tag brachten die Laster mehr Trümmerschutt, der auf dem ehemaligen Industrieareal zu einem künstlichen Berg aufgeschüttet wurde.

»Wenn dit so weitajeht, könn wa nechsten Winta in Berlin och Schi fahrn«, hatte Loose hilflos gescherzt. Mehrere solcher Trümmerberge wurden in Berlin derzeit aufgeschüttet, aus dem Schutt und den Steinen, die nicht mehr für den Wiederaufbau verwendet werden konnten. Der größte wuchs über der ehemaligen Wehrtechnischen Fakultät der Nazis empor. Gleich hinter dem Olympiastadion. Ein richtiger Berg! Der Trümmerberg, der hier am Lochowdamm zwischen Schöneberg und Wilmersdorf aufgeschüttet wurde, sollte im Vergleich dazu nur ein Hügel werden.

Adler würde sich also bald wirklich eine neue Wohnung vom Amt zuweisen lassen müssen. Die Tage in seiner Laube waren gezählt. Vielleicht hatte er ja Glück und ergatterte sogar ein möbliertes Zimmer am Ku'damm?

Mit dem Regen und dem Abend war die stechende Kälte zurückgekommen. In den Regen mischten sich sogar vereinzelte Schneeflocken.

Die letzten Kilometer auf dem Rad waren für Adler eine Qual. Die Fahrt zog sich endlos in die Länge. Der Stumpf seines linken Arms brannte und juckte grässlich. Jeder Tritt in die Pedale schien ihm dadurch noch anstrengender zu sein. Zitternd, müde und durchnässt schloss er das Tor zur Kleingartenanlage hinter sich. Aus den Schornsteinen der kleinen Hütten stieg ein beißender Qualm von feuchtem Holz und erdiger Braunkohle in die Luft.

Endlich öffnete er die knarzende Holztür zu seiner Laube. Mühsam entledigte er sich seiner nassen Kleider. Das An- und Ausziehen mit nur einem Arm war ein Balanceakt, den er inzwischen leidlich gut bewältigte, doch mit den nassen Kleidern blieb es eine Herausforderung. Erst nachdem er sich ein trockenes Hemd angezogen und die Haare mit einem Handtuch etwas trocken gerubbelt hatte, bemerkte er den Topf auf dem Tisch. Dick eingewickelt in eine Decke. Looses Frau Erna hatte für ihn mitgekocht. Wieder einmal. Adlers Herz ging auf. Behutsam wickelte er den Topf aus der Decke, um ja nichts von der kostbaren Speise zu verschütten. Der Duft von Kartoffelsuppe erfüllte den Raum. Mit letzter Kraft zwang sich Adler dazu, noch den Allesbrenner zu befeuern, damit seine Wäsche trocknete und er es in der Nacht weniger kalt hätte. Er hängte seine klamme Kleidung auf eine Leine, die er quer durch den Raum spannte. Dann zündete er eine Kerze an. Als er endlich den Deckel des Topfes anhob, konnte er sein Glück kaum fassen. Da schwamm doch wirklich ein Würstchen in der Suppe! Ach, Erna Loose! Was für ein Geschenk nach diesem Tag. Mit jedem Löffel, den er von der warmen Suppe aß, wurde auch ihm wieder etwas wärmer, ließen das Jucken und Brennen in seinem linken Arm etwas nach, gegen das kein Kratzen helfen konnte. Das Würstchen hob er sich bis ganz zum Schluss der Mahlzeit auf. So hatte er es schon als Kind gemacht. Ganz langsam verzehrte er es dann. Bissen für Bissen, mit Genuss.

Der Regen trommelte immer noch gleichmäßig auf das Dach seiner Laube.

Hoffentlich blieb es dicht!

Mehrfach hatte er es mit Dachpappe abdichten müssen. Looses Kinder hatten sie von einem der Trümmergrundstücke mitgehen lassen. Ohnehin wurde geklaut, was nicht niet- und nagelfest war. Man wusste ja nie, ob man irgendetwas nicht doch noch gebrauchen oder eintauschen konnte. Das waren die Gesetze der Nachkriegswirtschaft in Berlin.

Satt und trocken, zufrieden aufgewärmt hüllte sich Adler in seine Bettdecke ein. Das Brennen in seinem verlorenen Arm war nur noch als schwaches Glühen zu spüren. Der Ofen bollerte jetzt voll und verbreitete seine Wärme. Allerdings stank die mit Sand und Schlacke überzogene Braunkohle furchtbar.

Zum Lesen im dünnen Kerzenschein konnte sich Adler heute Abend nicht mehr überwinden. Also blieb der Stapel mit den Büchern unberührt, die Ruth von Dedowsky an ihn weitergereicht hatte. Keine Mascha Kaléko heute, kein Lion Feuchtwanger. Im vergangenen Sommer hatte Adler bei einer Radtour durch den Grunewald einmal vor Feuchtwangers alter Villa gestanden. Dort also hatte der erfolgreiche, der weltgewandte Lion Feuchtwanger gewohnt! Die Nazis hatten ihn ins Exil verjagt, aber er hatte den Ungeist überlebt und konnte weiterschreiben. »Exil zerrieb, machte klein und elend: aber Exil härtete auch und machte groß, reckenhaft«, hatte Feuchtwanger geschrieben. Erst war er nach Frankreich geflohen, später in die USA. So wie Thomas Mann und Bertolt Brecht. Feuchtwanger und Mann waren bisher im Ausland geblieben. Was würde wohl Brecht machen? Würde wenigstens er nach Berlin zurückkehren?

Adler schloss die Augen.

Unmittelbar tauchte das Gesicht des toten Jungen vor ihm auf. Die leeren Augenhöhlen, der maskenhafte Blick. Der kleine zerbrechliche Körper, die furchtbaren Spuren der Gewalt am Hals. Der Kopf, der in einem seltsamen Winkel zum Hals stand.

Von fern hörte Adler einen lärmenden Donner. Er schüttelte sich. Ihn fror wieder am ganzen Körper. Maschinengewehrsalven spritzten in die Wand neben ihm. Der Putz flog auf ihn nieder. Ohne nachzudenken, rollte er sich auf den Boden, drückte sich auf die Seite. Neben ihm sank sein Kamerad zu Boden. Die Detonation hatte Fritz Winter den Kopf weggerissen. Da lag sein Körper. Wo war nur sein Kopf geblieben? Da war nur ein Klumpen aus rotem Fleisch und Dreck. Im Rhythmus des verklingenden Herzschlags quoll das Blut aus Fritz' zuckendem Hals. Adler drehte sich zur anderen Seite und erbrach sich. Er wollte sich gerade seinen Mund abwischen, doch er konnte seinen Arm gar nicht anheben. Verwundert schaute er an sich herab. Da lag er ja. Da lag ja sein linker Arm auf dem Boden. Gleich neben dem, was der Kopf vom Fritz gewesen war. Blut schoss aus seiner Schulter. War das überhaupt sein Blut? Oder war es das Blut von Fritz? Granatsplitter fegten über ihn hinweg. Von irgendwoher hörte er Schreie, ein Würgen. Er spürte, wie der Tod langsam von Fritz zu ihm hinübergekrochen kam. Adler stürzte. Er fiel immer tiefer. Die

Welt um ihn herum glühte. Flammen schlugen empor. Seine Stirn war heiß. Die Kälte war wieder verflogen. Fieberheiß trat ihm stattdessen der Schweiß auf die Stirn.

»Ruhig«, ermahnte er sich.

Der Stahlhelm schien ihm seinen Schädel zu zerdrücken. Er zwang sich, langsam zu atmen. Ganz langsam.

»Bleib ruhig«, ermahnte er sich erneut und versuchte, sich in dem Chaos um sich herum zu orientieren.

Langsam robbte er voran. Die Schmerzen in seiner linken Seite drohten ihn zu zerreißen. Er schrie. Nur weg, weg von hier. Flammen züngelten immer dichter neben ihm empor. Weg, weg von hier. Tonlos formte der Mund des toten Jungen Worte. Da lag es, das nackte tote Kind. Adler kroch immer dichter an den Buben heran. Vielleicht konnte er ja verstehen, was der Junge sagte. Doch je mehr sich Adler mühte heranzukommen, desto weiter entfernte sich das Kind von ihm. Adler robbte immer schneller, nahm seine ganze Kraft zusammen. Die Schmerzen in seiner Seite brüllten unerbittlich. Doch es half alles nichts. Das Kind versank hinter den Flammen. Es verschwand aus seinem Sichtfeld. Das Grauen seines Todes blieb für Adler nur eine stumme Bewegung der Lippen. Ein Klopfen, ein Trommeln, ein wortloser Lärm, ein Hämmern.

Das Trommeln des Regens auf dem Dach hatte aufgehört.

Das Feuer im Ofen war erloschen, und die spätwinterliche Kälte kroch zurück in den Raum. Dennoch war Adler schweißgebadet. Mühsam setzte er sich im Bett auf, versuchte, den Albtraum wegzuwischen. Er begleitete ihn schon seit Jahren. In immer neuen Variationen, mit wechselnder Besetzung. Heute hatten Fritz Winter und der tote Junge eine Rolle darin erhalten.

Doch das Hämmern hatte nicht zum Traum gehört.

Es klopfte erneut an der Tür. Dieses Mal energischer.

Das also war der Lärm gewesen, der ihn aus seinem Albdruck befreit hatte.

Adler setzte die nackten Füße auf den kalten Holzboden der Laube.

Schwankend stand er auf. Er brauchte einen Moment, um sein Gleichgewicht zu finden. Mit dem linken Arm war ihm auch seine natürliche Balance abhandengekommen.

»Ja?«, rief er in die Dunkelheit. »Wer ist da?«

»*Military Police. Please open the door, Mr. Adler*«, lautete die prompte Antwort.

Na, immerhin bitten sie mich, die Tür zu öffnen, anstatt sie kurzerhand einzuschlagen, dachte er. Das wäre angesichts der einfachen Latten, aus denen er seine Haustür gezimmert hatte, und dem simplen Schloss nicht sonderlich schwierig gewesen.

Adler schloss die Tür auf. Vor ihm standen zwei amerikanische Soldaten in Uniform. Jetzt war er hellwach. Sein Kopf arbeitete auf Hochtouren. Zumindest trugen sie Uniformen von GIS. Die Maschinenpistolen hielten sie im Anschlag, richteten sie aber nicht auf ihn.

Ihre Blicke wirkten verwundert.

»*Are you alright, Sir*?«, fragte der größere der beiden GIS.

Ihr Atem dampfte. Beißend fiel Adler die Kälte von draußen an. Er musste einen Blick des Erbarmens abgeben, schweißgebadet vom Albtraum und mit vom Schlaf verwuscheltem Haar.

»*Sure*«, antwortete er.

Ein bisschen Englischunterricht hatte Adler zum Glück in der Schule erhalten. Noch wichtiger aber waren die Bücher, die er gelesen hatte. Allen voran F. Scott Fitzgerald. Vielleicht sollte er das einmal Ruth empfehlen? *The Great Gatsby*. Aber woher würde er eine Ausgabe bekommen? Seltsam, welche Volten das Hirn manchmal schlägt, dachte er.

»*Are you Mr. Adler*? Kommissar Hans Adler?«, fragte der andere GI.

Adler nickte.

»*Your passport*?«

Adler kramte nach seinem Dienstausweis und hielt ihn den beiden hin. Kontrollen der Militärpolizei waren in Berlin gang und gäbe. Nichts Ungewöhnliches also. Der Ort aber war seltsam. Und die Uhrzeit. Mitten in der Nacht. Adlers Uhr zeigte 1:30 Uhr. Früher waren auch die Nazis mitten in der Nacht gekommen und hatten die Leute abgeholt. Die Russen machten das im Ostsektor der Stadt bis heute so. Sie kamen immer dann, wenn sie meinten, dass sie von niemandem erwartet würden. Doch natürlich wusste jeder, was los war, wenn es mitten in der Nacht an der Haustüre klopfte. Sie kamen immer dann, wenn die Menschen am wenigsten widerstandsfähig waren. Sie kamen, wenn alle schliefen und kaum jemand sie hörte. Sie kamen, wenn die Menschen müde waren. Wenn sie in ihren Träumen wohnten. In ihren Sehnsüchten. In einer besseren Welt. Sie kamen tief in der Nacht.

Die Amis machten es genauso wie alle anderen.

Die also auch, dachte Adler.

Vor dem winzigen Schrebergartengrundstück hatten noch zwei weitere GIs Posten bezogen, um den Weg zu sichern. Möglicherweise stand am Zugang zu den Schrebergärten noch ein weiterer. Aber vielleicht hatten sie sich den auch gespart, da sie bei Adler nicht mit viel Widerstand rechneten. Da hatten sie recht. In Windeseile erwog Adler seine Fluchtchancen. Sie waren minimal. Die Amerikaner waren in der Überzahl, und er hatte nur einen Arm, um sich zu verteidigen.

»*Please put on some clothes*«, forderte ihn einer der GIs auf.

Inzwischen hatten sich die Soldaten mit je einem Fuß in seine Laube geschoben. Aufmerksam musterten sie die ärmliche Ausstattung. Tisch und Stuhl, das Regal, der erloschene Ofen. Der Plattenspieler, Adlers einziger Schatz. Die Kommode mit der Kleidung. Der Blick des kleineren der beiden GIs blieb an seinem Instrumentenkasten mit der Klarinette hängen.

»*Do you play*?«, fragte er mit der aufwallenden Begeisterung eines Musikers und wies mit dem Kopf in Richtung des Instruments.

Adler hob den Stumpf seines linken Arms.

»*Not anymore.*«

»*Oh. I'm sorry, man*«, entschuldigte sich der GI.

»Wohin bringen Sie mich?«, fragte Adler auf Deutsch. Ob sie ihn verstanden?

»*We are not allowed to tell you. Please, come on, hurry up.*«

»*Everything will be alright*«, versicherte ihm der Musiker.

Seine Augen sahen vertrauensvoll aus. Aber was hieß das schon?

Adler zitterte vor Kälte.

Mit steifen Fingern quälte er sich in frische Socken, schlüpfte in eine trockene Hose und stopfte das Hemd hinein. Vorsichtshalber beschloss er, zusätzlich auch Pullover, Blazer und Mantel überzuziehen. Man wusste ja nie, wohin man kam und wie lange man weg war.

Dann langte er hinter den größeren GI.

Der hob die Waffe.

»May I?«

An der Wand hing ein Schuhlöffel.

Der Amerikaner ließ die Waffe wieder sinken und nickte.

Vorsichtig. Ganz vorsichtig. Bloß nicht noch aus Versehen erschossen werden, ging es Adler durch den Kopf.

Dann stieg er in seine halbhohen Schuhe. Sie hatten den Vorteil, dass er sie nicht schnüren musste. Einhändiges Schleifebinden war nicht so sein Ding. Dann griff er den Hut von der Garderobe und legte den Schal um, als würde er bloß ausgehen. Sein Mantel war noch feucht vom abendlichen Regen. Das konnte er jetzt nicht ändern. Während er sich mühsam ankleidete, kauten die beiden GIs halb gelangweilt, halb geduldig Kaugummis und schauten ihm zu.

»Don't forget your documents, Mr. Adler«, erinnerte ihn jetzt der Kleine.

Adler griff auf den Nachttisch, nahm Uhr und Börse an sich.

»Okay, I'm ready. But please let me know where you will bring me. I'm a German police officer.«

»*We know. Relax, everything will be fine. We are not the ss.*«

Nein, seid ihr nicht, dachte Adler. Aber sehr seltsam ist das Ganze schon.

Er hatte keinerlei Ahnung, was mit ihm geschehen sollte. Warum waren die GIs hier? Waren es wirklich Amerikaner? Dauernd verschwanden in Berlin Menschen. Die Zahl ging in die Tausende. Vor allem die Russen waren ganz groß darin, missliebige Personen einfach verschwinden zu lassen. Selbst aus den Westsektoren der Stadt hatten sie schon Menschen entführt und verschleppt. Auf Nimmerwiedersehen. Im Polizeipräsidium kursierten Horrorgeschichten. Doch sie wurden nur hinter vorgehaltener Hand erzählt, damit Markgraf nichts davon mitbekam, dass man schlecht über die Sowjets sprach. Der rote Markgraf. Es kursierten Geschichten von geheimen Gefängnissen. Von Erschießungen und von Transporten nach Russland in Gefangenenlager. Irgendwo nach Sibirien. Geschichten von Zwangsarbeit im ewigen Eis. Vom langsamen, qualvollen Tod.

Die Amerikaner behandelten Adler weiter korrekt, aber distanziert. Sie versuchten auch nicht, ihm Handschellen anzulegen. Sie übten keinen größeren Zwang aus, außer dass sie ihn mitten in der Nacht drängten, sie zu begleiten. Sie hätten fast behaupten können, er sei freiwillig mit ihnen mitgekommen. Adler wehrte sich nicht. Gegen vier Amis, schwer bewaffnet und im Vollbesitz ihrer Arme, konnte er als einarmiger Polizist schwerlich etwas ausrichten.

Adler schloss seine Laube korrekt ab, so als würde er zur Arbeit aufbrechen. Den Schlüssel steckte er in die Hosentasche. Dann drängten ihn die vier GIS in Richtung der offenen Jeeps, die mit laufenden Motoren auf dem Hauptweg der Laubenkolonie warteten. Kaum war er eingestiegen, sprangen die Soldaten ebenfalls in die Wagen. In rasanter Fahrt ging es los. Zunächst in Richtung Hohenzollerndamm. Der eisige Wind schlug Adler hart ins Gesicht und raubte ihm kurz den Atem. Tränen traten ihm in die Augen.

So also fühlt es sich an, abgeholt zu werden, dachte er.

Die Amerikaner waren ganz und gar geschäftsmäßig.

Und er war ganz und gar ahnungslos.

Angst und Gehorsam hielten einander die Waage. Sein Herz schlug ihm jetzt bis zum Hals. Hinter dem Fenster der Nachbarlaube meinte er den Schatten von Erna Loose gesehen zu haben. Würde sie sein Verschwinden der Polizei melden? Und vor allem: Wohin würden ihn die Amis bringen?

Je weiter man sich von Mitte entfernte und an die Ränder Berlins vordrang, desto weniger Bombenschäden waren zu sehen. Die friedlichen Wohnhäuser mit ihren heilen Satteldächern ließen die Geisterszenen der Trümmerlandschaft in der Innenstadt unwirklich erscheinen.

Adler saß eingeklemmt auf der Rückbank des Jeeps zwischen zwei Soldaten, die ihn keines Blickes würdigten. Immerhin hatten sie ihm keinen Sack über den Kopf gestülpt. Er durfte also wissen, wohin die Fahrt ging. War das nun gut oder schlecht? Adler war unschlüssig.

Aufmerksam schaute er, wohin sie fuhren. Der Jeep

jagte durch die leeren dunklen Straßen der Stadt weiter nach Südwesten in Richtung Grunewald. Vereinzelt beleuchteten Gaslaternen die Szenerie. Die nächtliche Kälte kroch unerbittlich durch Adlers feuchten Wollmantel. Zunächst hatte er vermutet, sie würden zum amerikanischen Hauptquartier fahren, das in einer alten Nazikaserne nahe der Onkel-Tom-Siedlung Quartier bezogen hatte. Doch sie passierten die Anlage und preschten mit unverminderter Geschwindigkeit die Argentinische Allee hoch. Dann bogen sie in die Potsdamer Chaussee ein.

Angst krampfte Adler den Magen zusammen.

»*Where do we go*?«, fragte er seine Bewacher erneut und bemühte sich um eine feste Stimme.

Doch die Soldaten würdigten ihn weder eines Blickes noch einer Antwort.

Und wenn das doch gar keine Amerikaner sind?, schoss es ihm erneut durch den Kopf.

Wenn es Russen waren? Russen, die sich als Amis verkleidet hatten und ihn nach Potsdam entführten? In das berüchtigte Gefängnis des NKWD im Russendörfchen?

Vielleicht hätte er doch versuchen sollen zu fliehen, als sich noch eine minimale Chance dafür bot, dachte er zweifelnd.

Doch dafür war es jetzt zu spät. Auf dem Gelände der Schrebergärten war er mit jedem Zaun und jedem Kaninchenstall vertraut und vor allem mit jedem Kettenhund. Dort wäre er wenigstens im Vorteil gewesen und hätte vielleicht eine Chance gehabt zu entkommen. Aber war das nicht nur eine Illusion? Vier gegen einen. Wie hätte das gut gehen sollen?

Während die Baumschatten an ihnen vorbeiflogen, erwog Adler die Möglichkeit, aus dem Jeep zu springen. Doch er verwarf auch diesen Gedanken. Selbst wenn es ihm gelingen sollte, überhaupt aus dem Wagen zu kommen und er sich bei der schnellen Fahrt nichts brechen würde – wohin sollte er dann weiterlaufen? Dann hieße es erneut vier gegen einen. Die Amerikaner würden ihn rasch wieder einsammeln, nur dass er dann etliche blaue Flecke mehr haben würde. Oder schwerere Verletzungen. Geduldig abzuwarten erschien ihm die sinnvollste Option. Abwarten und auf eine Gelegenheit warten, um sie blitzschnell zu nutzen, sobald sie sich auftat. Es war wieder wie im Krieg. Er musste aufmerksam bleiben, um zu überleben.

Doch was, wenn sich diese Gelegenheit diesmal überhaupt nicht bieten würde?

Wäre dann jahrzehntelange Lagerhaft in Sibirien seine Zukunft? Dass er nichts Verbotenes getan hatte, war kein Grund, nicht deportiert zu werden. Stalin brauchte für nichts einen Grund. Sein Wille und der Wille seiner Helfer waren schon Gründe genug.

Als die beiden Jeeps die Bahnbrücken vor dem Großen Wannsee unterquerten und unmittelbar dahinter nach rechts abbogen, entspannte sich Adler etwas. Wenn sie wirklich nach Potsdam gewollt hätten, hätten sie weiter geradeaus fahren müssen. Über die Glienicker Brücke und weiter in Richtung Schloss Cecilienhof, wo vor zwei Jahren die Potsdamer Konferenz stattgefunden hatte.

Also waren es doch keine Russen.

Es waren wohl wirklich Amerikaner.

Adler schaute auf seinen Sitznachbarn, der noch immer keine Miene verzog. Starr blickte er geradeaus. Erneut bogen sie ab. Die Straßen wurden immer schmaler, die Häuser immer prächtiger, die Gärten immer größer und ihre Fahrt immer langsamer. Offenbar hatten sie ihr Ziel fast erreicht. Vor ihnen tauchte eine herrschaftliche Wannseevilla auf. Zwei Wachen öffneten ein gewaltiges schmiedeeisernes Tor. Knisternd schoben sich die Jeeps über den feinen Kies und hielten vor dem hohen Portal.

Adler zitterte immer noch. Eine ungute Mischung aus Kälte und Furcht hatte sich seiner bemächtigt. Der GI, der ihn schon in seiner Laube angesprochen hatte, forderte ihn mit einer Geste auf, auszusteigen und in das Vestibül der Villa einzutreten.

»Please sit down and wait.«

Zwei der GIs bezogen neben dem Eingang Posten.

Adler versuchte, ruhiger zu atmen, und schaute sich in dem repräsentativ ausgestatteten Raum um. Es war nicht die auf Einschüchterung angelegte Art von Repräsentation wie bei den Nazis. Es war eine Repräsentation, in der man sich tatsächlich hätte wohlfühlen können. Auf dem Parkettboden aus Roteiche lag ein großer Persischer Teppich in leuchtendem Rot und Blau. An den Wänden der Halle standen jeweils vier Holzstühle mit roséfarbenen Sitzbezügen. An der hinteren Wand führten zwei verzierte Flügeltüren in rückwärtige Räume. Dazwischen hing ein mächtiger Spiegel, der von einem geschwungenen Goldrahmen eingefasst wurde.

Adler musterte sein Spiegelbild: die verwuschelten blonden Haare, den alten Mantel, die müden, blutunterlaufenen Augen.

Er hatte keinerlei Idee, in was für ein Gebäude er hier

gebracht worden war. Die prächtige Fassade und die großzügige Halle atmeten den Geist des großbürgerlichen Berlins der reichen Industriellen und berühmten Schriftsteller aus der Vorkriegszeit.

Ebenso wenig wusste er, was ihn hier erwartete. Immerhin, er war nicht von den Russen einkassiert worden. Und doch wollte die Angst immer noch nicht weichen. Es war nicht ausgemacht, dass es wohl nicht so schlimm kommen würde. Die Heizung unter dem Spiegel rauschte und gab ihr Bestes. Nach dem eisigen Fahrtwind im Jeep wurde Adler hier endlich wieder etwas wärmer. Er schlüpfte aus seinem klammen Mantel, legte ihn auf einen der Stühle und setzte sich daneben hin.

Seine Uhr zeigte Viertel nach zwei. Es war gerade einmal eine Dreiviertelstunde vergangen, seit ihn die amerikanischen Soldaten in seiner Laube aufgeschreckt hatten. Die Wärme in der Halle tat ihm zwar gut, aber sie ließ ihn zugleich immer müder werden. Angestrengt kämpfte er dagegen an, dass ihm die Augen zufielen. Er zwang sich, aufmerksam zu bleiben, auf jedes Geräusch zu lauschen. Aus dem Augenwinkel behielt er die GIs neben der Türe im Blick. Ausdruckslos schienen sie ins Nichts zu schauen. Doch er wusste genau, dass auch ihnen keine seiner Bewegungen entging.

Trotz der nächtlichen Stunde besaß das Haus sein Eigenleben. Ein Knarzen im Nachbarzimmer, eine ferne Stimme, das Klirren von Geschirr. Allzu viele Menschen schien es hier jedoch nicht zu geben.

Nach einer halben Stunde öffnete sich eine der beiden Flügeltüren, und ein unbewaffneter Soldat forderte Adler auf, ihn zu begleiten. Er folgte ihm durch eine Enfilade aus Bibliothek, Herrenzimmer und Speisezimmer, ehe sie zu einer Art Arbeitszimmer gelangten. Vor dessen offener Tür blieb der GI stehen und klopfte am Türrahmen.

»*Come on in!*«, rief eine tiefe Stimme.

Zigarettenqualm schlug Adler entgegen.

Der höherrangige Militär hinter dem breiten Schreibtisch schaute kurz auf, nickte und beugte sich wieder über seine Papiere, die von höchster Wichtigkeit zu sein schienen.

»Miller!«, rief er energisch.

Durch eine weitere Tür, die Adler noch gar nicht bemerkt hatte, trat ein schwarzer GI ein. Der Mann am Schreibtisch reichte ihm das Blatt, mit dem er gerade befasst gewesen war, und sagte etwas, was Adler nicht verstand. Daraufhin verließ Miller zügig wieder das Zimmer.

Der Mann stand auf, kam hinter dem Schreibtisch hervor und reichte Adler die Hand.

»Wilkinson, Major Tom Wilkinson«, stellte er sich Adler vor.

Wilkinson war nicht so groß wie Adler, dafür aber viel breiter und wirkte bestens durchtrainiert.

»Freue mich sehr, dass wir uns kennenlernen, Herr Kommissar Adler.«

Er sprach ein fast akzentfreies Deutsch. Adler nahm die ihm entgegengestreckte Hand und schüttelte sie kurz.

»Weniger aufregende Umstände und vor allem eine andere Uhrzeit wären mir für unser Treffen ehrlich gestanden lieber gewesen, Major Wilkinson.«

Wilkinson lachte.

»Kann ich sogar verstehen, Adler. Bitte setzen Sie sich. Sie sehen ein bisschen müde aus. Haben Sie Hunger? Durst? Zigarette? Genieren Sie sich nicht … Die Versorgungslage für die Berliner ist nach wie vor nicht die beste. Selbst für die Berliner Polizisten nicht. Leider. Wir wissen das. Aber unseren Möglichkeiten, das kurzfristig zu ändern, sind ziemlich enge Grenzen gesetzt. Und wer weiß, was noch alles kommt!«

Adler hörte Wilkinsons Andeutung mit Unbehagen.

Was wollte er ihm damit sagen? Dass es wieder Krieg geben würde? Hatte er ihn deshalb hierhergeholt? Aber welche Rolle sollte er dabei schon spielen? Ein einarmiger Polizist aus dem kaputten Berlin …

»Nun kriegen Sie mal nicht gleich einen solchen Schrecken, Adler«, lachte Wilkinson erneut. Dabei entblößte er eine Reihe so makellos gerader weißer Zähne, wie Adler sie zuvor noch nicht gesehen hatte.

Wilkinson drehte sich halb zur Seite und rief in den benachbarten Raum: »Für meinen Gast bitte zwei Sandwiches und ein kühles Budweiser. Sonst fällt mir der arme Mann noch um. Entweder vor Hunger oder vor Schreck.«

Offenbar war Wilkinson darum bemüht, eine entspannte Gesprächsatmosphäre zu schaffen. Zugleich ließ er keinen Zweifel dran, dass er hier das Sagen hatte.

»Sehen Sie, Hans … ich darf doch Hans sagen? Ihr Deutschen habt so eine seltsam formale Art, mit eurem ewigen ›Sie‹, das ihr manchmal auch dann nicht ablegt, wenn ihr euer Gegenüber schon seit Jahren kennt.«

Wilkinson klopfte eine Chesterfield aus der Zigarettenpackung, die er in der Brusttasche der Uniformjacke trug, und zündete sie sich mit einem silbernen Gasfeuerzeug an.

»Also, Hans … Wir wissen, dass Sie bei der Berliner Polizei arbeiten. Wir wissen, dass Sie in dem ganzen Schlamassel davor versucht haben, anständig zu bleiben, und sich nichts haben zuschulden kommen lassen. Das war gar nicht so einfach. Auch nicht in der Wehrmacht. Gerade nicht in der Wehrmacht. Also meinen Respekt, Hans.«

Adler schaute ihn an. Er hatte keine Ahnung, wohin dieses Gespräch führen sollte.

Wilkinson zog kräftig an seiner Zigarette, inhalierte den Rauch und wartete einen Moment, bevor er ihn mit gespitzten Lippen wieder ausatmete. Er schaute auf die glühende Zigarette.

»Schreckliche Angewohnheit. Gut, dass Sie sich davon nicht haben anstecken lassen.«

Adler wurde zunehmend mulmig zumute. Was wusste dieser amerikanische Major noch über ihn? Und woher?

Wilkinson grinste.

»Sie fragen sich natürlich ganz zu Recht, woher wir das alles wissen. Und warum wir uns für Sie interessieren. Aber dazu später mehr.«

Ein weiterer GI brachte ein Tablett mit Sandwiches, die in akkurate Dreiecke geschnitten waren, sowie einer Flasche Budweiser, über deren Hals ein umgedrehtes Glas gestülpt war, das beim Transport leise klimperte.

»Sie können beruhigt essen. Es sind die gleichen Turkey Sandwiches mit Salat, Gurke und Mayonnaise, die meine Leute gestern zum – wie heißt es so schön bei euch – zum Abendbrot hatten.«

Das Tablett wurde auf einem kleinen Tisch neben Adler platziert.

»Greifen Sie zu. Bitte. Genieren Sie sich nicht!«

Adler beschloss, alle Skepsis abzulegen und seinem Hunger nachzugeben. Er nahm eines der Sandwiches.

»Vielen Dank. Die sehen köstlich aus.«

»Sehr, sehr amerikanisch. Aber auch sehr, sehr köstlich«, lachte Wilkinson.

Erneut klopfte es am Türrahmen. Diesmal waren es zwei Männer in Zivil, die nach Wilkinsons Aufforderung das Büro betraten und Haltung annahmen.

»*Major!*«

Er schaute zu ihnen auf und nickte.

»Hans, bitte entschuldigen Sie mich für einen Moment.«

Damit ließ er Adler mit dem Bier und den Sandwiches allein und schloss die Tür zum Nebenraum sorgfältig hinter sich.

Adler konnte lediglich ein Flüstern vernehmen, widerstand aber seinem ersten Impuls zu lauschen. Stattdessen nahm er einen Schluck Bier und biss in das zweite Sandwich. Wirklich köstlich. Very, very köstlich. So wie das eiskalte Bier. Welch ein Genuss. Während er kaute, musterte er den Raum mit seinen deckenhohen Bücherregalen. Er ließ den Blick über die Buchrücken schweifen. Es handelte sich zumeist um Nachschlagewerke, in Englisch, aber auch in Deutsch. Davor stand ein verschlissenes Sofa mit einem grün-rosa changierenden Bezug. Hier wurde gewohnt, gelebt, gearbeitet.

Nachdem Adler zehn Minuten lang alleine auf die Rückkehr von Major Wilkinson gewartet hatte, knarzte das Parkett hinter ihm, und zwei der GIs, die er bereits kannte, betraten unbewaffnet das Arbeitszimmer.

»*Sorry, Sir. Unfortunately, Major Wilkinson had to leave unexpectedly. He asks you to stay as our guest tonight. Would you please follow me?*«, fragte der Kleinere der beiden.

Adler folgte den Soldaten. Er war zu müde und zu verwirrt, um Einspruch zu erheben. Was hätte es ihm auch gebracht? Sie sahen nicht so aus, als ließen sie ihm eine Wahl. Im Obergeschoss wiesen sie ihm einen gut geheizten Raum mit einem frischen Federbett zu, fragten, ob er noch etwas benötige, und wünschten ihm eine gute Nacht. Halb bekleidet schlüpfte Adler unter die Decke. Wie er es genoss, sich auf eine echte Matratze zu legen und die warme weiche Daunendecke auf sich zu spüren! Das hatte er seit Jahren nicht mehr erlebt. Noch ehe er seine Gedanken sortieren konnte, fiel er in einen tiefen, traumlosen Schlaf.

Tag zwei

Um 6:00 Uhr klopfte es an der Tür. Adler war sofort hellwach.

»*Good morning, Sir. Major Wilkinson is waiting for you downstairs*«, ließ man ihn durch die geschlossene Tür wissen.

Adler spritzte sich an dem Waschbecken im Zimmer etwas Wasser ins Gesicht. Obwohl er nur wenige Stunden geschlafen hatte, fühlte er sich angenehm erfrischt. Eine ungewohnte Spannung machte sich in ihm breit, als er die mit weichem Teppich ausgelegte Treppe ins Erdgeschoss hinunterging. Im Haus duftete es köstlich nach frisch gebrühtem Kaffee und nach Speck. In der Halle nahm ihn eine junge Frau in grauem Kostüm und mit hochgesteckten Haaren in Empfang und führte ihn in den Frühstücksraum auf der Gartenseite der Villa.

Wilkinson empfing ihn am gedeckten Tisch und erhob sich, als Adler eintrat.

»Bitte entschuldigen Sie, dass ich Sie gestern Abend einfach so verlassen musste. Sie können sich denken, dass das so nicht geplant gewesen war, Kommissar Adler.«

Heute Morgen also kein »Hans«, keine joviale Nähe, sondern eine geschäftsmäßige Freundlichkeit, die Adler weitaus angenehmer fand.

»Kaffee?«

»Sehr gerne. Er duftet ganz köstlich. Aber noch lieber

würde ich jetzt erfahren, wo genau ich hier bin und was der Grund dafür ist?«

»Sehr gerne. Aber vorher: Haben Sie gut geschlafen?«

»Ganz ausgezeichnet, vielen Dank, wenn auch etwas zu kurz, was ja mit meiner Frage zusammenhängt: Wo bin ich und warum?«

»*Well*«, wich Wilkinson aus und setzte sich wieder.

»*Scrambled eggs? Some bacon?*«

»*Yes, please, and some toast. But again, Major Wilkinson, excuse me: Where am I and why am I here?*«

Wilkinson zeigte wieder seine beeindruckend geraden Zähne bei einem breiten Lächeln.

»*That's so incredibly German. Always straight ahead.*«

Er goss Adler den dampfenden schwarzen Kaffee aus einer silbernen Kanne in eine Tasse mit Kurland-Dekor.

»Es ist ein bisschen schwierig zu erklären, was wir wollen. Vielleicht ist es ganz gut, dass wir alle erst mal ein bisschen geschlafen haben. Viel mehr als Sie habe ich heute Nacht übrigens auch nicht schlafen können, falls es Sie beruhigt, Kommissar Adler.«

Wilkinson schaute auf seine Armbanduhr.

»*So, I think we have about one hour to talk. After that you need to go back to the city center to your Polizeipräsidium.*«

Wilkinson reichte Adler ein Bastkörbchen mit Toast und Brötchen.

»Haben Sie wirklich noch keine Vorstellung, warum wir Sie hergebeten haben?«

Wilkinson wechselte ins Deutsche.

»Hergebeten?« Adler lachte gequält auf.

Wilkinson fuhr ungerührt fort. »Nein, keine Idee? Sehen Sie, Adler, wie ich gestern Abend schon gesagt hatte, ehe ich Sie leider unerwartet verlassen musste: Wir wissen, dass Sie bei der Berliner Polizei arbeiten. Wir wissen, dass Sie ein aufrechter Charakter sind.«

Wilkinson ließ den Blick über den grün aufkeimenden Garten schweifen, der sanft zum Wasser hin abfiel und von mächtigen alten Bäumen gerahmt wurde.

»Sie wissen so gut wie ich, dass die aktuelle Lage in Berlin brisant ist. So wie es derzeit ist, wird es vermutlich nicht mehr lange weitergehen. Es knirscht überall, vor allem zwischen den Sowjets und den westlichen Alliierten, seit wir mit den Briten gemeinsam die Bizone gegründet haben. Wir müssen also Wege finden, um die Zukunft zu planen. In Berlin, in Deutschland, in der Welt. Die Russen sind derzeit nicht daran interessiert, die Lage in der Stadt zu entspannen. Im Gegenteil. Unserer Meinung nach fördern sie bewusst die Konfrontation mit uns.«

Wilkinson machte eine Pause und griff nach seiner Kaffeetasse.

Adler, der sich inzwischen ein Brötchen mit echter Butter schmierte, die er ebenfalls seit Jahren nicht mehr gegessen hatte, und einer wunderbar fruchtigen Himbeermarmelade, gewann den Eindruck, dass Wilkinson seine Einschätzung der aktuellen politischen Lage wohl nicht zum ersten Mal vortrug. Gleichwohl deckte sie sich mit seinen eigenen Erfahrungen.

»Wir vermuten, dass sich Stalin inzwischen dafür in den Arsch beißt, dass er uns in Jalta ein Stück von Berlin zugestanden hat. Dafür ist er zwar mit Thüringen prächtig entschädigt worden, aber wer weiß? Vielleicht wird er versuchen, den ganzen Kuchen für sich zu bekommen. Stalin will ganz Berlin. Und wenn er das bekommt, nimmt er bestimmt auch noch mehr.«

»Sind Sie sicher?«

»Was ist schon sicher in diesen Zeiten? Sicher ist, dass Hitler ein Verbrecher war, dass ihr Deutschen zugeguckt habt, wie Millionen Juden in Gaskammern bestialisch ermordet wurden, ohne euch nur zu rühren, und dass Stalin Millionen seiner missliebigen Landsleute und Kriegsgefangene in Lagern zur Zwangsarbeit einpfercht, sie quält und umbringt, ohne dass seine übrigen Landsleute deswegen auf die Barrikaden gehen, weil sie Angst haben. Das alles ist sicher. Was aber morgen passieren wird, das wissen wir nicht. Und das macht uns unruhig.«

»Und wer bitte ist *uns*?«

Wilkinson nippte an seinem Kaffee.

Vor dem Fenster zeichnete sich inzwischen ein sanfter rosafarbener Schimmer ab, der sich über die märkischen Kiefern legte. Im Schein der Morgendämmerung sah Adler das Glitzern der Havel.

Wilkinson hatte seinen Blick bemerkt.

»Schön, nicht wahr?«

»Zauberhaft«, bestätigte Adler.

»*You see*, hier hat bis 1933 eine jüdische Familie gewohnt. Sie konnten gerade noch rechtzeitig aus Deutschland fliehen, ehe die Nazis sie wohl deportiert hätten. Wären diese armen Menschen nur ein paar Wochen, vielleicht auch nur ein paar Tage länger hiergeblieben, um den zauberhaften Ausblick in diesem wunderbaren Haus zu genießen, tja, dann würden sie heute wohl nicht mehr leben. So haben sie ihr Haus verloren, ihre einzigartige Kunstsammlung, ihre Bücher, ihre Heimat, ihre Sprache und am Ende selbst ihr Bankhaus, das sie für einen Apfel und ein Ei, wie ihr sagt, an die Nazis verkaufen mussten.«

Der Major machte eine Pause.

»Man könnte sagen, sie haben alles verloren. Aber das stimmt nicht ganz. Sie haben das Wichtigste zum Glück behalten. Ihr Leben. Alles andere sind bloß Dinge. Sie sind nach New York City gegangen. Dort haben sie eine neue Bank gegründet, und sie haben eine neue Heimat gefunden. Das blieb den meisten anderen Berliner Juden verwehrt, *you know*.«

Adler nickte.

Wilkinson hatte recht. Allzu recht.

»Aber Sie sind nicht hier, damit ich Ihnen diese Familiengeschichten erzähle. Oder Geschichtslektionen erteile. Reden wir über die Zukunft. Die Geschichte von morgen wird heute gemacht.«

Genussvoll schob er sich seine Gabel mit Bacon und Ei in den Mund. Als er fertig gekaut hatte, fuhr er fort.

»Haben Sie schon einmal von der Central Intelligence Group gehört?«

Adler schüttelte den Kopf.

»Sehen Sie, Adler, der nächste Krieg, wo und wann immer er auch ausbricht, wird nicht von denen gewonnen werden, die die meisten Soldaten haben, die schnelleren Flugzeuge, die besseren Panzer oder die gefährlicheren Bomben. Das alles wird wichtig sein, *sure*. *But much more important* ist es, die richtigen Informationen zu bekommen. Rechtzeitig. Frühzeitig. Das wird kriegsentscheidend.«

»Der nächste Krieg, Major?«

Adler hatte trotz des Kaffees bei Wilkinsons Ausführungen einen trockenen Hals bekommen. Wenn man ihm zuhörte, war es nicht die Frage, ob demnächst ein Krieg ausbrach. Die Frage war vielmehr, wann. Natürlich bekamen sie bei der Berliner Polizei die angespannte Lage unter den Alliierten in der Stadt die ganze Zeit über mit. Die Spannungen zogen sich ja durch das eigene Amt. Auf der einen Seite die strammen Kommunisten um Markgraf, die im sowjetischen Sektor den Ton angaben, auf der anderen die strikten Antikommunisten. Und dazwischen waren alle anderen auf Tauchstation gegangen, einschließlich der unbelehrbaren alten Nazis. Alle warteten ab, was in nächster Zeit passieren würde. Irgendwann würden diese Spannungen zu einem Riss führen, im Präsidium, in der Stadt. Aber besaßen diese Spannungen sogar die Explosionskraft, um einen neuen Krieg zu entfachen? So kurz nachdem Millionen Menschen den Tod gefunden hatten? Die Deutschen waren doch noch völlig erschöpft. Sie waren damit beschäftigt, das tägliche Leben zu organisieren. Irgendwie. Die Berliner wären doch gar nicht in der Lage, in diesem Zustand einen weiteren Krieg zu überstehen.

»Der nächste Krieg«, bestätigte Wilkinson mit ernstem Blick. »Wann und wo auch immer er beginnt. Es ist nur eine Frage der Zeit.«

Wilkinson musterte ihn ruhig.

»Leider«, fügte er dann hinzu. »Aber gerade deshalb brauchen wir Informationen. Sie, Adler, könnten uns helfen, vielleicht sogar, um diesen nächsten, noch schrecklicheren Krieg der Atombomben entweder zu verhindern oder, wenn er ausbricht, zu gewinnen.«

Adler blickte auf seinen Teller mit der Kurland-Bordüre. Eier, Speck, das angebissene Brötchen mit Marmelade.

Wozu das alles? Sitzen wir hier nur alle in der Wartestation zum endgültigen Untergang?, fragte er sich.

Adler musste wieder an den Vulkan denken, von dessen Rand sie in den Abgrund starrten. Das also sahen sie im Abgrund. Das Ende im atomaren Weltenbrand.

»Nun machen Sie mal nicht so ein Gesicht, Adler. Noch leben wir ja. Also lassen Sie sich das Brötchen und den Kaffee schmecken.«

»Klingt nicht sonderlich erbaulich, was Sie erzählen, Major Wilkinson.«

»Das ist auch wieder so deutsch. Immer alles gleich so tragisch nehmen … große Oper, großes Drama. Warten Sie ab. Wir müssen unsere Chancen nutzen. Deshalb sind Sie hier. Also Butter bei die Fische. Sagt man so? Sie sitzen ein bisschen wie die Made im Speck, Adler, informationstechnisch gesehen.«

»Wie meinen Sie das?«

»Sie haben sowohl Zugang zum Polizeipräsidenten als auch zu seinem zweiten Mann, zu Markgraf und zu Stumm.«

Daher wehte also der Wind.

»Sie wollen mich anwerben? Als Spion?«

»Aber nein. Wir wollen den nächsten Krieg verhindern, Adler. Das ist unser Anliegen. Wie ich schon sagte, je mehr wir darüber wissen, was die Sowjets vorhaben, desto eher wird uns das gelingen.«

»Also wollen Sie doch Informationen von mir.«

Wilkinsons freundliches Lächeln war verschwunden.

»Auf welcher Seite stehen Sie, Adler?«

Tja, das war die Frage.

Wo stehe ich?, fragte sich Adler. Auf der Seite derer, die überlebt haben.

»Sie müssen sich entscheiden. Meinetwegen nicht jetzt. Aber bald. Stehen Sie auf der Seite der Sowjets oder auf unserer?«

»Ich habe nicht vor, mich zwischen zwei Seiten zu entscheiden. Ich habe mich bereits dafür entschieden, meine Arbeit zu machen, Major Wilkinson. Ich habe gerade einen Mörder zu finden, einen Kindermörder.«

Adler rückte mit seinem Stuhl zurück und stand auf.

Für einen Moment blendete ihn das goldene Sonnenlicht, das in den Frühstücksraum flutete. Vom kalten Havelwasser kroch der Dunst in feinen Schwaden empor. Aus der Küche hörte er leise klapperndes Geschirr. Doch das Geräusch machte die Stille nur noch tiefer, die zwischen den beiden Männern herrschte.

Auch der amerikanische Major erhob sich.

»*Well*, ist das Ihre Antwort?«

Adler nickte.

»Das ist meine Antwort. Vielen Dank für das Frühstück. Sie entschuldigen mich? Ich habe heute noch einen weiten Weg vor mir.«

»Denken Sie darüber nach, Adler.«

»Da gibt es nichts nachzudenken.«

Damit ließ er seine Serviette auf den Stuhl fallen, verbeugte sich leicht und verließ den Raum. Für einen Moment zögerte er, als an der Tür ein GI auftauchte. Doch der Soldat machte keine Anstalten, Adler aufzuhalten, sondern begleitete ihn lediglich zur Haustür. Ohne weiter beachtet zu werden, verließ Adler die Villa und schritt unter den hohen kahlen Bäumen über die Auffahrt zum Gartentor. Die GIS dort musterten ihn. In ihrem Wachhäuschen, das Adler am Abend zuvor gar nicht aufgefallen war, klingelte ein Telefon. Offenbar der Befehl, ihn passieren zu lassen. Sie salutierten. Adler nickte ihnen zu und verließ das Grundstück.

Die kühle Stille eines Berliner Frühlingsmorgens umfing ihn.

Seine rechte Hand zitterte. Schweiß lief ihm den Rücken hinab, trotz der kalten Morgenluft. Mit schnellen Schritten lief Adler bis zur nächsten Straßenkreuzung. Erst als die Villa außer Sichtweite war, erlaubte er sich innezuhalten, atmete tief durch und beruhigte sich. Die Luft duftete frisch nach feuchter Erde. In den Kiefern sangen Amseln. Es würde ein schöner Tag werden. Bis Mittag würden die Temperaturen steigen. Vielleicht würde es sogar richtig warm werden. Adler orientierte sich. Von Wannsee aus konnte er mit der S-Bahn zügig nach Mitte gelangen. Er schaute auf seine Uhr. Erst kurz nach sieben. Der Tag war noch jung.

Am Bahnhof Wannsee musste Adler fast eine halbe Stunde auf eine S-Bahn in die Stadt warten. Von den Amerikanern war derweil weit und breit nichts zu sehen.

Sehr gut, dachte er.

Er setzte sich auf eine der Holzbänke, den Mantel eng um sich geschlungen, und lauschte in das Nichts. Von Wannsee aus war es nur ein Katzensprung hinüber zum Griebnitzsee. Dort waren die »Großen Drei«, Truman, Churchill und Stalin, 1945 während der Potsdamer Konferenz in Villen untergebracht gewesen. Die eigentlichen Verhandlungen fanden jenseits der Havel im malerischen Schloss Cecilienhof statt, dem letzten der preußischen Schlösser. Auf dem Weg dorthin mussten sie Schloss Glienicke passieren, das Adler besonders liebte. Vor dem Krieg war er gelegentlich mit Charlotte nach Glienicke herausgefahren. Sie hatten oben am Casino gesessen und die Beine von der Terrasse herabbaumeln lassen, während die Sonne über die Havel zog. Dort Potsdam, hier die Heilandskirche in Sacrow, dazwischen die Lastkähne, die langsam übers Wasser glitten.

»Schön hier«, hatte Lotte gesagt, und Adler hatte seinen Arm um ihre Hüfte gelegt.

Er spürte an seiner linken Hand wieder ihren warmen weichen Körper und das Glück jenes Moments. Ein Stich der Sehnsucht, der sich wie ein Pfeil in sein Herz bohrte. Dieses verdammte Gewächs der Sehnsucht. Sie ließ sich nicht stillen. Sie wuchs einfach immer weiter. Im Stillen genauso wie in der Dunkelheit und im Licht. Sie umschlang nach und nach jeden Moment, jeden Klang, umklammerte jeden Gedanken, bohrte sich immer tiefer ins Herz.

»Die Sehnsucht nach deiner Stimme, deinen Berührungen, nach deinem Duft, nach deinem Dusein, nach deinem Dasein«, flüsterte er stumm und sah Lottes Gesicht vor sich. Lachend. Glücklich. Schön.

»Fast wie verreist«, hatte sie gesagt und gelacht und ihm einen schnellen Kuss auf die Wange gegeben. In

Moorlake hatten sie sich ein Bier geteilt und einen Apfelkuchen mit einem riesigen Berg Schlagsahne. Dann waren sie weiter nach Nikolskoe spaziert und später am Ufer der Havel entlang bis zur Pfaueninsel.

Die S-Bahn ratterte neben der AVUS durch den Grunewald. Nur ein paar Militärlaster fuhren auf der Autobahn. Kein Wunder, Privatwagen gab es fast keine mehr in der Stadt. Dann kam der Funkturm in Sicht, dieser geschrumpfte Berliner Eiffelturm. Je tiefer sie in die Stadt vordrangen, desto verheerender sah alles aus. Vorbei an Brandwänden und Ruinen fuhren sie über den Bahnviadukt, der sich wie eine Lebensader durch Berlin zog, bis zum Bahnhof Zoo. Leer und nackt spannte sich die stählerne Bahnhofshalle über die Geleise.

Wie am Lehrter Bahnhof, dachte Adler.

Nicht weit entfernt befand sich einer der großen Flakbunker aus dem Krieg. Als die Bahn anfuhr, sah Adler die Ruine der Kaiser-Wilhelm-Gedächtniskirche, einst das stolze Wahrzeichen des neuen Berliner Westens rund um den Kurfürstendamm. Das Café Größenwahn gleich dahinter war nur noch eine zertrümmerte Erinnerung. Adler rieb sich den Hintern. Auf den ungemütlichen Holzbänken der S-Bahn zu sitzen war auf die Dauer ziemlich anstrengend.

Am Bahnhof Hackescher Markt riss Adler die Tür des rollenden Waggons auf und sprang auf den Bahnsteig, so wie er es früher als Junge gemacht hatte. Die sowjetischen Soldaten würdigten ihn keines Blickes. Die Gewehre über der Schulter, patrouillierten sie stoisch weiter über den Perron.

Die Gegend hier im Osten der Stadt sah löchriger aus als im Westen. Das Herz des alten Berlins rund um das Schloss und das Rote Rathaus glich dem zahnlosen Gebiss eines Greises.

Adler blickte sich um, während er die Treppe hinabstieg und den S-Bahn-Bogen unterquerte. Hier im sowjetischen Sektor würden ihm sicher keine uniformierten GIs begegnen. Aber zivile Schatten waren durchaus möglich. Oder Sowjets. Aufmerksam musterte er die Passanten. Mit grauen Gesichtern strömten sie zur Arbeit. Immer wieder blieb Adler stehen, blickte auf seine Schuhe, drehte sich verstohlen um. Doch er entdeckte niemanden, der verdächtig aussah.

Die Begegnung mit Wilkinson kam ihm inzwischen nur noch wie ein verstörender Traum vor. Einzig die Himbeerkerne aus der Marmelade, die sich zwischen seinen Zähnen festgesetzt hatten, bewiesen, dass er nicht geträumt hatte. Er beschloss, die Begegnung mit dem Amerikaner für sich zu behalten. Weder Stumm noch von Dedowsky wollte er etwas davon erzählen. Möglich, dass sie sonst seine Loyalität infrage stellten.

Aber wem gegenüber bin ich eigentlich loyal?, fragte sich Adler. Der Berliner Polizei gegenüber, die völlig gespalten ist? Der Stadt, die genauso in vier Sektoren zerteilt ist wie ganz Deutschland?

Egal. Er würde schweigen. Zunächst zumindest. Da vertraute er ganz auf sein Gefühl. Und sein Gefühl sagte ihm unmissverständlich: Halt den Mund!

Kurz bevor Adler in die Keibelstraße einbog, entdeckte er Raade, der vor ihm lief. Mit schnellen Schritten schloss er zu ihm auf.

»Heute ganz ohne Fahrrad unterwegs, Kommissar Adler?«

»Abwechslung muss sein, Raade. Sie machen sich gleich auf zu Ihrer Runde durch die Kinderheime?«

Raade griff in seine Jackentasche und holte einen Zettel heraus, den er sorgsam auffaltete. Darauf hatte er mit Bleistift die Adressen der Heime notiert, die er heute besuchen wollte.

»Sehr gut. Wie gesagt, sowohl Markgraf als auch Stumm wollen zügig Ergebnisse von uns sehen.«

»Alle werde ich heute vermutlich nicht schaffen, aber ich halte mich ran.«

»Wie siehst du denn aus?«

Ruth von Dedowsky musterte Adler mit entsetztem Blick.

»Bisschen wenig geschlafen«, murmelte er und biss sich verstohlen auf die Lippe.

Klappe halten, sagte er sich energisch. Er spürte, wie er rot wurde. Adler war immer ein erbärmlicher Lügner gewesen, schon als Kind. Deshalb hätte er auch einen ebenso erbärmlichen Spion abgegeben.

»Ich dachte, wir wollten uns erst noch in den Bars umhören. Konntest du es gestern Abend gar nicht erwarten?«, zog sie ihn auf.

»Witzig«, murmelte Adler.

Von Dedowsky senkte den Blick.

»Tut mir leid, Hans.«

Sie wusste um Adlers Albträume, wusste von seinen Phantomschmerzen im verlorenen linken Arm, der irgendwo in Russland längst verrottet war. Er hatte ihr an einem Nachmittag davon erzählt. Unvermittelt war Adler der Schweiß ausgebrochen, und er hatte das Gesicht vor Schmerzen verzogen.

»Ich bin eine dumme Kuh.«

»Quatsch, alles gut«, versuchte Adler seine Kollegin aufzumuntern. »Ich habe wirklich einfach nur schlecht geschlafen. So etwas passiert halt.«

»Wenn ich etwas …«

»Schon in Ordnung, danke dir. Ich komme zurecht«, fiel er ihr ins Wort.

Glücklicherweise brachte Rita gerade einen Stapel mit Akten in ihr Büro. Sie hatte gehört, wie ihre beiden Chefs gekommen waren.

»Frau Dr. Fischer hat schon ganz früh angerufen. Sie sagte, es täte ihr furchtbar leid, dass sie gestern nicht mehr da gewesen sei. Sie würde Sie heute Vormittag erwarten.«

Adler und von Dedowsky guckten auf die Akten in Ritas Arm.

»Etwas Wichtiges dabei?«

Sie ließ den Stapel auf den Schreibtisch plumpsen.

»Meiner Einschätzung nach nichts, was nicht bis mittags warten könnte.«

»Na, dann auf zu Dr. Fischer«, rief Adler fröhlich und griff nach dem Mantel, den er gerade erst an den Garderobenhaken gehängt hatte.

Die morgendliche Kühle hatte sich mittlerweile verzogen. Mit offenem Mantel lief er neben Ruth von Dedowsky denselben Weg zur Charité wie am Vortag, vorbei an denselben Ruinen, denselben Trümmerfrauen mit ihren bunten Kopftüchern. Doch der blaue Himmel und die mildere Luft verliehen der trostlosen Szenerie einen kleinen Hauch von frühlingshafter Hoffnung.

»Hans«, begann von Dedowsky, »es tut mir wirklich leid. Was ich vorhin gesagt habe, war abgeschmackt.«

Adler musterte seine Kollegin.

Unter dem taubenblauen Mantel trug sie eine beige Bluse, einen karierten Rock und dazu Nylonstrümpfe, deren Naht piekgenau über die Waden liefen. Wo sie die nur ergattert hatte?

»Es ist alles in Ordnung. Wirklich«, beschwichtigte er sie.

Er wusste, wie übernächtigt er aussah, unrasiert und zerknittert.

»Es ist nur …«

Von Dedowsky zögerte, ehe sie fortfuhr.

»Sprich dich aus«, ermunterte er sie.

»Ich habe ein furchtbar schlechtes Gewissen«, gestand sie.

Adler erschrak. Hatten die Amerikaner etwa versucht, auch Ruth für ihre Zwecke anzuwerben? Oder war sie ihm bereits auf die Schliche gekommen? Hatte er derart miserabel gelogen?

»Ich war so gefühllos und … Dabei ist es alles so furchtbar ungerecht. Wir haben eine feine Wohnung, ich habe Erich, und du hast weder eine richtige Bleibe noch deine Charlotte, und dann auch noch der Arm …«

Sie stockte erneut, weil sie merkte, dass sie mit ihrem Versuch einer Entschuldigung dabei war, alles nur noch schlimmer zu machen.

Adler blieb vor einem fast verfallenen Haus in der Torstraße stehen, das wohl schon vor seiner Kriegsbeschädigung nicht gerade zu den Perlen des Viertels gezählt hatte.

Er legte ihr seine rechte Hand auf die Schulter und lächelte über ihre freundliche Ungeschicklichkeit. Er wusste, dass sie es gut mit ihm meinte. Aber er mochte es nicht, auf seinen verlorenen Arm angesprochen zu werden und schon gar nicht auf Charlotte. Beides machte ihm seine Verluste nur noch deutlicher, riss die Narben wieder auf.

»Also, Ruth, es ist wirklich, wirklich alles in Ordnung bei mir«, sagte er.

Er schaute ihr tief in die dunkelbraunen Augen.

»Ich habe einfach nur schlecht geschlafen. Und was Erich betrifft, freu dich, dass du ihn hast. Mit ihm hast du das große Los gezogen, und nicht nur, weil er als Redakteur beim *Tagesspiegel* eine feste Stelle hat, sondern weil er ein feiner Mensch ist. Und was die Wohnung betrifft, darum kümmere ich mich. Schließlich muss ich die Laube wohl ohnehin demnächst räumen. Und Charlotte …«

Er stockte.

»Da wird die Zeit die Wunden heilen – oder auch nicht. Nur mit dem Arm …« Er lachte bitterer auf, als er es eigentlich wollte. »Das mit dem Arm wird wohl nichts mehr werden. Oder können Arme auch nachwachsen wie Blätter?«

»Das ist nicht witzig, Hans«, antwortete von Dedowsky.

Aber ihre Augen verrieten ihm, wie gerne sie eigentlich gelacht hätte.

»Komm, lass uns zu Frau Dr. Fischer gehen, ja?«, beendete er das Gespräch.

Heute ließ der dicke Portier sie ohne Weiteres passieren. Er nickte ihnen sogar freundlich zu.

»Heute ham Se mehr Jlück als jestern. Det Fräulein Doktor erwartet Ihnen nämlich schon«, ließ er sie wissen.

»Na, dann wollen wir sie mal nicht zu lange warten lassen«, antwortete Adler und schloss die Tür des Windfangs hinter sich.

»Tut mir wirklich leid wegen gestern«, empfing sie Dr. Fischer.

Von Dedowsky machte eine wegwerfende Handbewegung.

Der tote Junge lag rücklings auf dem Tisch.

Bis über die Scham war er mit einem weißen Laken bedeckt. Der Oberkörper darüber lag offen. Eine frische wulstige Naht reichte von seinem Bauch zur Brust. Dort gabelte sie sich Y-förmig zu beiden Seiten. Deutlich zeichneten sich die Rippen an dem mageren Körper ab.

»Ich habe heute extra früh angefangen, damit Sie die Ergebnisse fix bekommen.«

Von Dedowsky und Adler standen erwartungsvoll am Kopfende des Tisches und schauten das Kind an. Hier im Raum wirkte es ungleich friedlicher als gestern am Kanal, trotz der brachialen Narbe. Der kleine Körper war nach der rechtsmedizinischen Untersuchung gewaschen worden. Über seinen leeren Augenhöhlen lag eine weiße Binde.

Für einen Moment schauten sie zu dritt andächtig auf das tote Kind, als würden sie für sein Seelenheil beten.

Jeder hing seinen Gedanken nach. Jeder dachte an seine eigenen Toten, seine eigenen seelischen Untiefen.

Es waren einfach zu viele Tote in den letzten Jahren, ging es Adler durch den Kopf.

Und jetzt auch noch diese Kinder.

In der Kastanie vor dem Fenster der Rechtsmedizin schlug eine Amsel an. Kaum hatte sie ihr Lied beendet, flog sie auf, als hätte sie sich über den Klang der eigenen Stimme erschreckt.

»Also«, begann Dr. Fischer. »Aufgrund der Fundumstände in Wasser und Eis ist der genaue Todeszeitpunkt nicht mehr eindeutig zu klären. Ich gehe allerdings davon aus, dass die Leiche dem Wasser nicht allzu lange ausgesetzt gewesen ist. Dafür spricht einerseits der Verwesungszustand, vor allem aber der eher geringe Tierfraß. Ich schätze, dass es eher wenige Tage waren und gewiss keine Woche oder gar Monate. Die Todesursache hingegen ist eindeutig festzustellen.«

Mit der rechten Hand fuhr die Ärztin mit einem leichten Abstand den Hals des Kindes entlang.

»Die Würgemale am Hals sind Ihnen ja sicher sofort aufgefallen. Ich würde sagen, dass es kräftige und große Hände waren, die ohne viel Kraftaufwand die Kehle des Kindes zugedrückt haben. Der Junge wurde zweifelsfrei erwürgt. Wenn ich das Handmuster richtig deute, von hinten. Er hat also seinen Mörder nicht gesehen. Es sind auch keine Kampfspuren zu erkennen. Auffällig sind die kaputten Fingernägel des Jungen, die beispielsweise vom Kratzen auf hartem Boden kommen könnten. Um die Handgelenke sind Rötungen und leichte Abschürfungen zu sehen.«

»Woher kommen die?«, fragte von Dedowsky neugierig.

»Das kann ich nicht mit Gewissheit sagen. Ich könnte mir vorstellen, dass das Kind gefesselt wurde. Ähnliche Spuren sind an den Knöcheln vorhanden.«

Sie ließ ihre Worte einen Moment im Raum stehen.

Sie hatten es mit einem Serienmörder zu tun, der kaltblütig kleine Kinder ermordete. Wehrlose, gefesselte kleine Kinder.

Adler schauderte es.

»Können wir bitte das Fenster öffnen?«, fragte er.

»Gerne«, antwortete Dr. Fischer.

Ein Schwall frischer Frühlingsluft strömte herein.

Adler atmete tief durch und beobachtete, dass es Ruth von Dedowsky ebenso tat. All das war nur schwer zu ertragen.

»Musste er lange leiden?«, fragte sie.

Dr. Fischer zuckte mit den Schultern.

»Was heißt schon lange? Manchmal sind Sekunden wie eine Ewigkeit. Und der Todeskampf des Jungen dürfte wohl eher Minuten gedauert haben.«

Wieder legte sich ein bleiernes Schweigen über den Raum.

»Hat man etwas über die Eltern herausgefunden? Seine Familie?«, fragte Dr. Fischer.

»Bisher nicht«, stellte Adler fest. »Wir wissen weder, wer er ist, noch, woher er kommt und wohin er gehört.«

»Er wurde fotografiert, und alles ist genau dokumentiert. Wenn sich keine Angehörigen melden, wird er spätestens in einer Woche anonym bestattet. Wir brauchen den Platz hier …«

»Das war alles?«, fragte Adler.

Dr. Fischer schaute ihn herausfordernd an.

»Reicht das nicht?«

»Mir schon, aber …«

Adler traute sich nicht, seinen Gedanken auszusprechen. Das Unsägliche.

»Sie haben recht. Leider. Es ist …«

Dr. Fischer stockte.

»Mein Gott, wenn ich mir vorstelle, das wäre mein Sohn.«

Adler guckte sie überrascht an. Ihr Sohn? Hatte Dr. Fischer einen Sohn? Er musterte unwillkürlich ihre Hände … Kein Ehering.

Als sie seinen Blick bemerkte, schmunzelte sie.

»Nein, nein, ich habe keine Kinder, leider, aber wenn ich welche hätte …«

Der Anflug des Lächelns verschwand sofort wieder aus ihrem Gesicht. Ihr Blick wurde ernst, geschäftsmäßig. Sie steckte ihre Hände in die Seitentaschen ihres weißen Kittels.

»Der Gesamtzustand des Jungen bei seinem Tod war schlecht. Er war deutlich untergewichtig für sein Alter und seine Größe. Aber das gilt derzeit für viele Menschen. In seinem Magen konnte ich keine Reste einer Mahlzeit mehr nachweisen. Er hat vermutlich gehungert.«

Erneut pausierte sie und schaute den beiden Kommissaren abwechselnd ins Gesicht, um ihren Worten Nachdruck zu verleihen.

»Genauso wie die anderen beiden Kinder ist auch dieser Junge missbraucht worden.«

Adler nickte. Ihm fehlten die Worte. Er war dem

Grauen in dem vergangenen Winter jeden Tag begegnet. Den Verhungerten, den Erfrorenen und denen, die sich selbst umbrachten, weil sie dieses Leben einfach nicht mehr aushielten. Die meisten Toten des Winters waren Alte gewesen. Aber es waren auch manche Kinder darunter, abgemagert, abgezehrt. Im Geist legte er diese Toten neben den anderen Toten ab, die er auf dem Feld gesehen hatte. Und doch, das Leid dieses ermordeten Kindes besaß noch einmal eine andere Dimension.

Wer tat so etwas?

Von Dedowsky standen Tränen in den Augen. Verstohlen wischte sie sie mit dem Ärmel ihrer Bluse fort. Adler beneidete sie um ihre Tränen. Vielleicht fühlte man sich nicht so leer, so mutlos, wenn man wenigstens um die Toten weinen konnte? Um die eigenen Toten und um die fremden.

»Findet dieses Monster«, flüsterte Dr. Fischer unvermittelt. »Findet es so schnell wie möglich. Ehe noch weitere Kinder so bestialisch missbraucht und umgebracht werden. Findet es!«

So wütend, so entschlossen hatte Adler die schöne Dr. Fischer noch nie gesehen.

»Haben Sie noch irgendeinen Hinweis, der uns bei unserer Suche weiterhelfen könnte?«

Sie schüttelte den Kopf.

»Es muss doch jemanden geben, der diese Kinder vermisst«, sagte sie.

»Es gibt Tausende vermisste Kinder. Die Bretterzäune an den Bahnhöfen sind mit Namen von Vermissten tapeziert. Was wir brauchen, sind konkrete Anhaltspunkte, körperliche Besonderheiten, irgendetwas Auffälliges.«

»So leid es mir tut, da ist einfach nichts Besonderes, nichts Auffälliges. Es ist ein grausamer, widerlicher Mord. Das finde ich furchtbar genug.«

Leise, unbemerkt legten sich die wulstigen Hände um den kindlichen Hals und begannen zuzudrücken. Ein Schrei gellte durch die blaue Dunkelheit, der schnell in ein gurgelndes Glucksen überging. Das Kind strampelte mit den Beinen, die Hände schlugen wie wild um sich. Doch der Griff am Hals löste sich nicht, sondern wurde nur fester. In unbändiger Wut hob Adler seine Arme empor und schlug dem Mann auf den Schädel. Einmal, zweimal. Gelächter hallte durch die kalte Dunkelheit und vermischte sich mit einem ersterbenden Röcheln.

Noch einmal holte Adler aus.

Mit aller Kraft hieb er auf den Kopf des Mannes ein. Blut und Hirn und Knochensplitter spritzten umher. Doch die Schläge vermochten dem Mann nichts anzuhaben. Ohne das zappelnde Kind aus den würgenden Händen zu lassen, drehte er sich zu ihm um. Ein lachender Mund in einem leeren Antlitz.

Adler zuckte erschrocken zusammen.

Er sah die Konturen des Kopfes. Als hätte eine Granate das Gesicht des Mannes weggesprengt und einzig den Mund übrig gelassen, stand er vor ihm. Zahnlos. Stinkend. Vermodernd. Immer dichter kam dieser Dämon jetzt vor sein eigenes Gesicht. Die Hände schossen unvermittelt hervor. Sie griffen nach ihm. Legten sich eisern um seinen Hals. Adler stöhnte und röchelte. Er japste nach Luft. Spürte die Augen aus ihren Höhlen treten. Er klammerte sich an die Arme des Mannes, versuchte sie wegzureißen, doch der Druck wurde immer stärker. Es raubte ihm die Luft. Er schrie, schrie, schrie um sein Leben.

»Chef, alles in Ordnung?«

Raade stand vor ihm.

Glitzernd flatterten feine Staubkörner durch das orangefarbene Nachmittagslicht in seinem Büro.

»Raade, was gibt es?« Adler räusperte sich.

Sein Hals fühlte sich wund und trocken an. Mit der Hand strich er über seinen Adamsapfel.

»Mit Verlaub, Herr Kommissar, Sie haben gerade eben ganz furchtbar geschrien.«

»Habe ich das?«

Adler rieb sich die Augen.

»Nun, ja, das haben Sie«, bestätigte Raade.

Die Situation war Adler peinlich. Aber was sollte er tun? Offenbar war er zwischen den Akten einfach eingeschlafen, den Kopf auf seinem Schreibtisch.

Er schaute auf die Uhr.

Kurz vor vier.

Ohne ein Wort über das zu wechseln, was ihnen Dr. Fischer über die Leidensgeschichte des namenlosen toten Jungen erzählt hatte, waren er und von Dedowsky zum Präsidium zurückgelaufen. Während Ruth angespannt das Straßenpflaster fixiert hatte, spürte Adler eine Wut in sich aufquellen, wie er sie schon lange nicht mehr gefühlt hatte. Eine Wut wie in jenen Wochen im bayrischen Lazarett. Eine Wut, die sich gegen die Sinnlosigkeit der Welt wendete. Eine Wut, die still in ihm brannte, aber keinen Weg in die Welt hinausfand. Denn die Welt scherte sich nicht um die Wut des Soldaten Hans Adler. Weder damals im Lazarett noch heute in Berlin.

Als er damals aufgewacht war, fand er sich an einem fremden Ort, und sein linker Arm war verschwunden. Einfach so. Einfach fort. In den folgenden Wochen wollte die Wunde an der Schulter nicht heilen. Der kleine Stummel, der ihm geblieben war, eiterte trübe vor sich hin. Immer wieder brach die Narbe auf. Schmerzen und Fieberschübe begleiteten ihn über Tage und Wochen.

»Geduld müssen Sie haben, junger Mann«, ließen ihn die Schwestern und der Arzt wissen. Geduld.

»Ich verstehe Ihre Ungeduld ja«, schwadronierte der Arzt.

Er hatte dunkle Haare mit silbrigen Fäden und braune Augen, ein freundlicher Opa, Anfang sechzig vielleicht oder sogar noch etwas älter, was ihm selbst wohl den Weg an die Front erspart hatte.

»Es dauert halt, bis Sie wieder an die Front dürfen. Erst müssen Sie ganz gesund sein. Sonst können Sie dem Führer auch nicht helfen. Sonst sind Sie nur ein Ballast für Ihre Kameraden.«

Das müsse er doch verstehen.

Eiter tropfte aus der Wunde. Er färbte die Verbände widerlich gelb. Mit großen Augen beobachte Adler, wie der feuchte Verband an dem wunden Stummel unter seiner Schulter gewechselt wurde.

Dein Führer, dachte er und traute sich nicht, die Worte auszusprechen, die ihm in den Sinn kamen. Dein Führer, dachte er und schaute auf den Arzt. Dem habe ich es zu verdanken, dass ich hier bin, dass mein Arm fort ist.

Lass mich doch in Ruhe mit »dem Führer«. Und mit der Front. Und den Kameraden.

Am selben Nachmittag verteilten die Schwestern die Post. Adler erschrak, als er den Umschlag in der Hand hielt. Es war nicht Lottes Handschrift. Doch wer sonst sollte ihm schreiben? Wer sonst wusste, dass er hier war? Der Brief trug keinen Absender. Ungeschickt riss er mit der verbliebenen Hand den Umschlag auf, friemelte mühsam das linierte Blatt hervor, das in der Mitte gefaltet war. Es war unsauber von einem Schreibblock abgerissen worden. Die Ränder waren ausgefranst.

… bedaure Ihnen mitteilen zu müssen, dass Charlotte bei einem Luftangriff verschüttet wurde … Wir konnten sie erst nach zwei Tagen tot aus den Trümmern bergen … beigesetzt auf dem Dorotheenstädtischen Friedhof …

Eine Schulfreundin von Lotte hatte ihm die kargen Zeilen geschrieben.

Er erinnerte sich des rotblonden Mädchens. Greta. Lotte hatte sie einander vorgestellt. Gemeinsam hatten sie eine Vorstellung im Kino am Kurfürstendamm besucht.

Adler spürte, wie seine Verzweiflung in Wut umschlug.

Welchen Film hatten sie nur zusammen gesehen? Er konnte sich nicht mehr erinnern. War es *Die drei von der Tankstelle* gewesen?

Ein Freund, ein guter Freund, das ist das Beste, was es gibt auf der Welt.

Ach ja?

Er sah das hübsche Gesicht von Greta vor sich. Sah die Sommersprossen, die stramm anliegenden Haare, die am Hinterkopf zu einem Dutt geflochten waren. Tränenlose Wut auf diesen unnützen Krieg stieg in ihm auf. Auf diesen unnützen »Führer«, auf sein eigenes, unnütz gewordenes, armloses Leben. Selbst gegen Greta richtete sich seine Wut, die ihm diesen Brief geschrieben hatte. *Luftangriff. Verschüttet. Nach Tagen.* Adler meinte, Lottes Schmerzensschreie zu hören, das Blut aus ihrem schönen Körper sickern zu sehen, der zerschmettert unter dem Haus lang. Entstellt. Ihre feinen schlanken Finger, die fix über die Tasten des Klaviers geflogen waren, die wunderbaren zarten Handgelenke, die er über alles liebte. Ihren weichen Mund, die zarten Lippen. Er spürte ihre langsam unter den Steinen zerdrückte Hoffnung auf Rettung, fühlte ihren Durst, spürte den langsam herankriechenden Tod.

Es war dieselbe Wut gewesen, die auch jetzt wieder in ihm aufflammte angesichts des toten Jungen. Eine Wut, die in seinem Inneren die ganze Zeit auf kleiner Flamme weitergebrodelt hatte.

Als sie vorhin wieder das Präsidium erreicht hatten, setzte sich Adler stumm hinter seinen Schreibtisch. Rita hatte mehrere Akten darauf aufgestapelt. Gut so. Die würden ihn ablenken.

Erschöpft blickte er aus dem Fenster.

Draußen herrschte Frühling. Endlich. Doch es schien ihm nach dem Besuch in der Charité irgendwie falsch zu sein, sich über die Frühlingsleichtigkeit nach dem dunklen Winter zu freuen.

Von Dedowsky schob ihm eines ihrer Leberwurst-brote herüber.

Dankbar nickte Adler.

»Meine Eltern schicken immer noch regelmäßig Lebensmittelpakete aus dem Rheinland. Ich wüsste gar nicht, wie wir es ohne die schaffen würden zu überleben. Lieb von ihnen, nicht?«, versuchte sie ein Gespräch in Gang zu bringen. Sie kannte diesen Blick bei Adler, wenn er immer tiefer in seine Gedanken versank. Manchmal half dann die Geste mit dem Leberwurstbrot, um ihn zurück in die Gegenwart zu holen.

Adler nickte kauend. Wie köstlich ein Leberwurstbrot doch schmeckte!

»Dafür fragen sie dauernd, ob ich nicht lieber aus der Reichshauptstadt zurück nach Düsseldorf kommen will. Man wisse doch nicht, was aus Berlin werde, meint mein Vater. Die Russen seien unberechenbar. Das kenne man ja. Ich als Frau sei da in besonders großer Gefahr. Da könne auch Erich nichts ausrichten, wenn der Iwan die Stadt ganz einnehme. Noch sei es nicht zu spät.«

Von Dedowsky hatte den besorgten Tonfall ihres Vaters im Ohr.

»Und? Willst du nicht doch nach Düsseldorf zurück? Rhein bleibt schließlich Rhein.«

»Ich verstehe meine Eltern. Aber ich will in Berlin bleiben.«

Sie zögerte.

»In Berlin und bei Erich. Er hat gerade die neue Stellung beim *Tagesspiegel* bekommen. Also schreibe ich meinen Eltern, wie wunderbar die Lebensmittelpakete sind und dass sie sich keine Sorgen machen sollen.«

»Wer mittags ein Leberwurstbrot für seinen Kollegen übrighat, dem geht es in diesem Berlin geradezu blendend.«

Adler lachte befreit. Er hatte das Brot mit Appetit verschlungen und dann, tja, dann musste er wohl irgendwann über Ritas Akten eingeschlafen sein. Wie lange er geschlafen hatte, wie lange er dem würgenden Dämon in seinem Traum ausgesetzt gewesen war, vermochte er nicht zu sagen.

»Holen Sie mir bitte mal ein Glas Wasser, Raade, und dann erzählen Sie mir, was Sie heute herausgefunden haben.«

»Jawohl, Herr Kommissar, sehr gerne.«

Adler sortierte sich kurz, während Raade ihm das Getränk besorgte. Rita schaute zur Tür herein.

»Kann ich noch etwas für Sie tun, Herr Kommissar?«

»Alles bestens, vielen Dank. Sagen Sie, wo ist eigentlich Frau von Dedowsky?«

»Beim Inspektorenanwärter Volgmann. Sie wollte schauen, wie weit er mit der Liste der Triebtäter gekommen ist.« Sie zwinkerte. »Wenn Sie mich fragen, will sie ihm ein bisschen Dampf machen.«

Adler nickte.

»Bestens.«

Raade stand mit dem Wasserglas in der Hand vor der Tür.

»Kommen Sie rein, setzen Sie sich.«

Adler nahm zwei große Schlucke und spülte den Albtraum herunter.

»Also?«, fragte er und schaute Raade erwartungsvoll an.

Der junge Mann saß kerzengerade auf der Kante des Stuhls. In der Hand hielt er einige Blätter, die er aus der Innentasche seines etwas zu weiten und schon ziemlich abgewetzten grauen Sakkos gezogen hatte.

»Wachtmeister Kunert und ich haben uns die Heime aufgeteilt, damit wir schneller vorankommen«, begann er seine Ausführungen. Sie erinnerten Adler an den Vortrag eines übereifrigen Schülers. »Bei einigen Heimen hatten wir das Glück, dass sie über funktionierende Fernsprecher verfügten. Dadurch haben wir uns einen Besuch vor Ort ersparen können.«

»Sehr schön«, lobte Adler. »Und was haben die ersten Gespräche ergeben?«

»Überbelegt.«

»Bitte?«

»Sämtliche Heime in der Stadt sind völlig überbelegt. Brechend voll, sozusagen. Die Leiterinnen beklagen, dass sie die Kinder kaum unterbekommen würden, die ihnen zugewiesen werden. Und es gibt viel zu wenig Essen.«

Raade unterbrach sich und schaute Adler erwartungsvoll an.

»Und was haben Sie über vermisste Kinder herausbekommen?«

»Meistens werden die Eltern vermisst und nicht die Kinder. Es handelt sich fast ausschließlich um Waisen. Wolfskinder, wie man sie nennt, die sich ohne Mutter und Vater durchschlagen müssen. Manche sind vor der Roten Armee geflohen und haben es irgendwie ganz alleine von Ostpreußen bis nach Berlin geschafft.«

Raade schüttelte den Kopf.

»Man kann sich das gar nicht vorstellen, über fünfhundert Kilometer zu Fuß.«

Adler stöhnte innerlich. Er verstand Raades Mitgefühl für die Wolfskinder. Aber darum ging es jetzt nicht.

»Sehr schön, Raade. Und wie sieht es mit Kindern aus, die vermisst werden? Sind Kinder aus den Heimen verschwunden?«

»Davon hat uns bisher noch niemand etwas berichtet. In seltenen Fällen wurden Kinder von den Eltern wieder aus dem Heim abgeholt. Aber das waren wirklich große Ausnahmen.«

»Sie haben das notiert?«

Raade nahm eines der Blätter und reichte es Adler.

»Lediglich drei Fälle sind uns bisher untergekommen, bei denen die Eltern ihre Kinder wiedergefunden haben, von denen sie während der Flucht getrennt worden waren.«

Adler schaute die Namen an.

»Haben Sie die Familien schon überprüft, ob da alles mit rechten Dingen zugegangen ist?«

»Wachtmeister Kunert ist gerade dabei.«

»Haben Sie auch mit den Kindern in den Heimen geredet?«

»Mit den Kindern?«

Raade schaute Adler verständnislos an.

»Vielleicht haben ja die Kinder etwas Ungewöhnliches beobachtet, bevor sie in die Heime gebracht wurden.«

Raade nickte. Dann schüttelte er den Kopf.

»Nein, mit den Kindern haben wir nicht geredet. Es sind schließlich Kinder. Was sollen die schon wissen?«

»Vermutlich mehr, als gut für sie ist«, zischte Adler,

der seine Ungeduld nur noch mühsam zügeln konnte. »Na, dann wird es ja Zeit, dass Sie sich mal mit den Kindern unterhalten«, fuhr er fort, um Raade zu ermuntern.

»Am Telefon?«

»Mensch, Raade«, brauste Adler auf, zwang sich aber gleich wieder zur Ruhe. »Gehen Sie hin, sehen Sie sich in den Heimen um. Reden Sie mit einigen der Kinder und nicht nur mit den Heimmüttern.«

»Selbstverständlich, Kommissar Adler, mach ich gleich morgen.«

»Und wieso nicht heute?«

Raade schaute auf seine Armbanduhr.

»Gleich gibt es Abendbrot.«

»Jetzt? Es ist noch nicht mal fünf Uhr.«

»Jawohl. Abendbrot gibt es in den meisten Einrichtungen, mit denen ich gesprochen habe, um halb sechs. Anschließend müssen die Kinder auf ihre Zimmer, für die Kleinen herrscht dann sofort strenge Bettruhe. Wenn es dann nicht ruhig ist, gibt es Stockschläge.«

»Stockschläge?«

»Wie wollen Sie sonst einen Haufen solcher Gören ruhig halten? Die machen doch sonst nur Quatsch.«

Adler wären da einige Möglichkeiten eingefallen, wie man Kinder sinnvoll beschäftigen könnte, um sie zur Ruhe zu bringen. Aber er hielt sich mit einem weiteren Kommentar zurück.

»Welches Kinderheim machte Ihnen denn den besten Eindruck, Raade?«

Raade zögerte nur kurz.

»Also in dem Heim in der Krumme Straße in Charlottenburg haben mir die Damen einen ausgezeichneten Kaffee angeboten. Echte Bohnen!«

Adler versagte es sich, mit den Augen zu rollen.

»Und welches Haus war besonders voll?«

»In den Nebengebäuden im Jagdschloss Grunewald herrschte ein völliges Durcheinander, wenn Sie mich fragen. Keine Disziplin. Ein furchtbares Drunter und Drüber.«

»Wie alt waren die Kinder dort?«

Raade überlegte.

»Jung, hauptsächlich kleine Kinder.«

»Wie alt ist für Sie klein?«

»Vielleicht fünf, sechs Jahre alt, würde ich schätzen. Ich habe selbst noch keine Kinder. Deshalb weiß ich das mit dem Alter nicht so genau«, erklärte er.

»In einem Raum lagen nur Babys. Fest eingewickelt, sodass sie sich nicht rühren können. Das war vielleicht ein Geschrei. Und ein Gestank.«

»Und die Kinder in der Krumme Straße waren älter?«

»Jawohl. Dort gab es zwar auch ein paar kleinere Kinder, aber die meisten schienen mir schon älter zu sein.«

»Gut gemacht, Raade«, lobte Adler den Inspektorenanwärter. »Machen Sie mir mal einen Durchschlag Ihrer Liste mit den Kinderheimen. Und dann schauen wir uns morgen die Krumme Straße zusammen noch mal genauer an. Einverstanden?«

»Jawohl, Kommissar Adler«, antwortete Raade und wandte sich zum Gehen.

Kurz vor der Tür blieb er stehen und drehte sich noch einmal zu Adler um.

»Kommissar Adler?«

»Was gibt's noch, Raade? Was vergessen?«

»Nein, nichts vergessen. Aber wir finden den doch, der das gemacht hat? Das kann doch nicht sein, dass so ein Monster frei herumläuft und kleine Kinder umbringt.«

Adler stand auf, ging zu Raade und legte ihm seine rechte Hand auf die Schulter.

»Wir müssen diesen Mörder finden, Raade. Wir müssen. Da haben Sie völlig recht. Und zwar so schnell wie möglich, ehe er weiteres Unheil anrichten kann.«

Gerade als Adler sein Büro verlassen wollte, kam Ruth von Dedowsky zurück.

»Stumm möchte dich heute noch sprechen.«

»Schon wieder? Werde ja noch zum Stammgast in seinem Büro. Weißt du, was er will?«

»Nein. Ich habe nur gerade seine Sekretärin auf dem Flur getroffen. Sie hat mich gebeten, es dir auszurichten.«

»Bist du mit Volgmann weitergekommen?«

»Nicht sonderlich. Die Hälfte der Kandidaten auf seiner Liste lebt überhaupt nicht mehr. Mit den Adressen ist es auch nicht besser. Die meisten Häuser wurden zerstört. Da wohnt niemand mehr. Die alte Liste ist für die Tonne, wenn du mich fragst. Ich kann mir nicht vorstellen, dass wir noch viel herausbekommen. Schon gar nicht bis Ende dieser Woche.«

»Das habe ich befürchtet. Hat sich Volgmann Hilfe geholt?«

»Sie sitzen jetzt zu viert im Archiv und gleichen die Karteien ab.«

Von Dedowsky verstaute zwei dünne Ordner in ihrer Aktentasche.

»Ich mach mich jetzt auch auf den Weg. Hast du Lust, heute Abend mit Erich und mir zu essen? Es gibt Bratkartoffeln … mit Speck!«

Adler lief das Wasser im Mund zusammen.

Speck! Wie köstlich. Von Dedowsky konnte ja nicht ahnen, dass er gerade erst heute Morgen knusprig gebratenen Speck gehabt hatte. Das hatte ihn auf den Appetit gebracht.

»Klingt verlockend, aber ich wollte mich nur etwas frisch machen und in der Badewanne vorbeischauen. Vielleicht gibt's dort ja etwas aufzuschnappen zu unserem Fall. Könnte sein, dass ich morgen dann etwas später ins Präsidium komme.«

Knapp berichtete er ihr von Raades Besuch in den Kinderheimen.

»Ich habe beschlossen, morgen das Kinderheim in der Krumme Straße etwas genauer anzuschauen. Wie sieht's aus? Magst du mitkommen?«

»Lass mal, ich habe genug auf meiner Seite des Schreibtischs liegen. Und falls Volgmann doch einen Verdächtigen ausfindig macht, schaue ich mir den näher an. Wieso ausgerechnet das Heim in der Krumme Straße?«

»Weil Raade so begeistert vom Kaffee gesprochen hat, den er dort serviert bekommen hat.«

»Möchtest du auch eine Tasse? Das kannst du im Café Wien am Kurfürstendamm einfacher haben.«

»Kannst du mir mal bitte erklären, woher ein Kinderheim echten Bohnenkaffee bekommt?«

»Stimmt auch wieder. Vergiss nicht, noch bei Stumm reinzuschauen, bevor du heimgehst.«

Stumm saß wie am Vortag hinter seinem Schreibtisch. Doch diesmal hatte er eine Tageszeitung vor sich ausgebreitet.

»Schon gesehen?«

Er wies auf die Überschrift im *Tagesspiegel. Kindermörder in Ruinen.*

»Wer hat denn da nicht die Klappe gehalten?«, entfuhr es Adler.

»Das wüsste ich auch gerne. Markgraf kocht vor Wut.«

»Das kann ich sogar verstehen.«

»Natürlich.«

»Und jetzt, Herr Polizeivizepräsident?«

Stumm lehnte sich zurück und sah Adler in die Augen.

»Jetzt müssen Sie noch schneller Ergebnisse liefern. Ganz einfach.«

»Na, danke schön.«

Adler ließ den Blick aus dem Fenster schweifen. Irgendwie brach heute alles auf einmal über ihn herein. Die Nacht bei den Amis, der tote Junge auf dem Tisch der Gerichtsmedizin und jetzt auch noch das. Es war zu viel.

»Wir sind dran, aber wir brauchen Zeit.«

»Das glaube ich gerne. Aber die Zeit haben wir nicht. Wir brauchen Ergebnisse. Für die Öffentlichkeit.«

Stumm zündete sich mit dem glühenden Stummel seiner Zigarette eine weitere an und inhalierte den Rauch.

»Und damit nicht noch weitere Kinder sterben«, setzte er leise hinzu. »Haben Sie denn überhaupt schon etwas gefunden? Irgendeine echte Spur?«, fragte er zweifelnd.

Natürlich wusste er, dass ihm Adler sofort berichtet hätte, wenn es Ergebnisse gegeben hätte.

Aber auch Stumm war ratlos.

Margraf würde ihm jeden Misserfolg zurechnen. So wie er jeden Erfolg sich selbst anrechnete. Und jeder Tag ohne greifbares Ergebnis war ein Misserfolg.

»Es tut mir leid, aber ehrlich gestanden haben wir überhaupt nichts. Gar nichts.«

Stumm wies auf den Stuhl vor seinem Schreibtisch. Erschöpft ließ sich Adler darauf nieder.

»Die Kartei mit den Triebtätern erweist sich als Sackgasse. Die meisten von ihnen sind tot, oder ihre Häuser sind nicht mehr vorhanden und die Verdächtigen irgendwo. Und verwaiste Kinder in Heimen gibt es derzeit ohne Ende.«

»Mann, Mann, Mann. Das ist nicht gut.«

»Ist es nicht. Morgen werde ich mir eins der Kinderheime einmal näher angucken. Raade hat man dort mit frischem Bohnenkaffee versorgt.«

»Na ja, schmackhaft, aber nicht gerade ein Mordmotiv.«

»Wir werden sehen. Heute Abend wollte ich mich noch in der Badewanne umhören. Möglich, dass dort jemand was aufgeschnappt hat.«

»Machen Sie das, Adler, und wie gesagt, halten Sie mich auf dem Laufenden.«

»Selbstverständlich, Herr Polizeivizepräsident.«

»Und noch etwas …«

Stumm machte eine Pause und schaute Adler zweifelnd an.

Hatte Stumm von seinem nächtlichen Treffen bei den Amerikanern erfahren? Sollte er ihm doch etwas davon berichten? Er vertraute Stumm. Und doch, dieses Haus besaß tausend Augen und Ohren. Lieber kein Wort zu viel. Wer wusste schon, ob es nicht gegen einen verwendet werden würde. Deshalb galt bei Stumm das Gleiche wie bei von Dedowsky. Bloß nicht die Pferde scheu machen! Während Adler noch bedrippst dreinschaute, weil er sich nicht sicher war, ob er Stumm nicht doch ins Vertrauen ziehen sollte, fuhr der fort.

»Sagen Sie, Adler, der Mann von Frau von Dedowsky ist doch Journalist … Vielleicht sollten wir mit dem einmal reden?«

»Inwiefern?«

»Na, jetzt, wo Presse und Öffentlichkeit schon Bescheid wissen, sollten wir sie uns auch zunutze machen und nachfragen, ob jemand etwas Verdächtiges beobachtet hat.«

»Da wird jede Menge Quatsch bei rauskommen, von Leuten, die sich wichtig machen wollen und sich am Unglück anderer weiden«, wandte Adler ein.

»Mag sein. Bestimmt sogar. Aber vielleicht haben wir auch Glück, und jemand hat etwas beobachtet. Wäre doch zumindest denkbar, oder? Sprechen Sie doch mal mit Ihrer Kollegin.«

»Natürlich«, antwortete Adler.

Ganz wohl war ihm nicht bei dem Gedanken, die Presse bei der Suche nach dem Kindermörder einzubeziehen. Und noch weniger behagte es ihm, Erich anzusprechen. Andererseits hatte Stumm ja möglicherweise recht: Vielleicht hatten sie Glück und stießen dadurch auf eine Spur.

Kaum hatte Adler Stumms Bürotür geschlossen, da hörte er, wie sein Name über den Flur gebrüllt wurde.

»Adler! Kommen Sie sofort in mein Büro!«

Im Halbschatten des Flures stand Markgraf.

Als Adler näher kam, erkannte er, dass der Polizeipräsident knallrot im Gesicht war. Er kochte vor Wut.

»Wieso haben Sie den Mörder der Kinder noch nicht gefunden?«, polterte er los, kaum dass Adler sein Büro betreten hatte. Es war deutlich größer und komfortabler als das von Stumm. An der Wand hinter dem schweren Schreibtisch aus Mahagoni hing ein Porträt Stalins. Jovial lächelnd. Mit Schnauzer, dazu eine weiße Uniformjacke.

»Wir ermitteln, Herr Polizeipräsident«, antwortete Adler unterwürfig.

»General Sokolowski ist erschüttert. Die Sowjetarmee liebt Kinder.«

Markgraf wies auf das kitschige Gemälde hinter sich.

»Der Genosse Stalin liebt die Kinder. Kinder sind die Zukunft der Gesellschaft und des Kommunismus. Finden Sie die Täter. Es dürfen auf gar keinen Fall weitere Kinder sterben.«

An Markgrafs rechter Schläfe pulsierte eine Ader mit beängstigender Geschwindigkeit. Adler befürchtete schon, sein Gegenüber stünde kurz vor einem Herzinfarkt. Dann schob der Polizeipräsident sein Gesicht ganz dicht an Adler heran, sodass Adler den penetranten sauren Schweißgeruch roch, den Markgraf verströmte.

»Oder wollen Sie die Mörder gar nicht finden? Breiten Sie Ihre schützende Hand über einem Kindermörder aus? Haben Sie denn kein Herz, Adler? Die ruhmreiche Sowjetunion hat keinen Platz für Saboteure. Sie wissen, was mit solchen Subjekten geschieht?«

»Nein, Herr Polizeipräsident, das weiß ich nicht«, murmelte er.

»Das wollen Sie auch lieber gar nicht wissen«, brüllte Markgraf, dass ihm der Speichel nur so aus dem Mund spritzte.

Adler schaute betroffen zu Boden. Markgraf war ihm seit der ersten Begegnung unsympathisch gewesen. Politisch ohnehin, aber auch menschlich. Das einzig Positive, was hinter vorgehaltener Hand auf den Fluren des Präsidiums von ihm berichtet wurde, war, dass er sich erfolgreich dafür eingesetzt hatte, dass seine Tante wieder in ihre alte Wohnung ziehen konnte, in der sich nach Kriegsende einige Rotarmisten eingenistet hatten.

Doch so völlig außer Rand und Band wie jetzt hatte Adler den Polizeipräsidenten noch nicht erlebt.

»Wenn Sie bis Ende der Woche die Täter nicht gefunden haben, werde ich persönlich dafür sorgen, dass Sie dorthin verbracht werden, wo solche bürgerlichen Subjekte wie Sie hingehören. Verstehen Sie mich?«

Es verschlug Adler die Sprache. Markgraf drohte ihm unverhohlen mit dem Gulag. Mit einem Arm würde er dort vielleicht ein paar Wochen überleben, höchstens Monate. Wie auch immer. Sibirien wäre sein Todesurteil. Wenn er nicht schon zuvor wegen des fehlenden Arms als unnützes Subjekt erachtet und kurzerhand liquidiert würde.

Adler blickte immer noch zu Boden. Er war zu wütend und zu schockiert, um seinen Peiniger anzuschauen.

»Ob Sie mich verstanden haben, Adler?«, brüllte Markgraf.

Adler nickte stumm.

Er hatte verstanden. Und er hatte sich endgültig entschieden. Er würde weiterhin niemandem von seinem Treffen mit den Amerikanern erzählen. Kein Wort. Das war seine Lebensversicherung. Markgraf würde umgehend dafür sorgen, dass er sich in einem sowjetischen Lager wiederfand, sobald sein Kontakt zu den Amerikanern ruchbar würde. Völlig egal, ob dieser Kontakt freiwillig entstanden war oder unter Zwang. Er würde ausreichen, um ihn als Spion zu brandmarken. Wie gut, dass er bisher niemandem von Wilkinson berichtet hatte …

»Nun ziehen Sie mal nicht so ein Gesicht wie drei Tage Regenwetter, Adler. Sie finden die Täter doch. Sind doch ein versierter Polizist«, versuchte Markgraf es plötzlich betont freundlich.

Noch immer pulsierte die Ader an seiner Schläfe.

Fehlt nur noch, dass du mich an die gemeinsame Zeit in der Wehrmacht erinnerst, schoss es Adler durch den Kopf.

»Jawohl, Herr Polizeipräsident«, antwortete er.

»Na bitte. Und nun mal frisch an die Arbeit. Ich werde General Sokolowski berichten, dass Sie sich der Sache mit höchster Dringlichkeit annehmen.«

Zurück in seinem Büro zwang sich Adler, ruhig zu atmen. Holzhacken wäre jetzt eine gute Beschäftigung. Aber mit einem Arm …, dachte er zynisch.

»Wie war es bei Stumm?«

»Du bist noch da?«

Adler blickte überrascht zu von Dedowsky, die im Mantel in der Zimmertür stand.

»Du bist nicht der einzige Fleißige hier, der Überstunden schiebt«, antwortete sie lächelnd.

»Markgraf hat mich abgegriffen und zur Schnecke gemacht, als ich aus Stumms Büro gekommen bin. Dabei hat er mir unverhohlen verklickert, dass er mich für ein verdächtiges bürgerliches Subjekt hält und mich am liebsten in einem sowjetischen Arbeitslager sehen würde.«

»Oh. Hatte er nur schlechte Laune? Oder hat er selbst Druck von oben gekriegt?«

Betroffen blickte von Dedowsky Adler an.

»Von Sokolowski persönlich. Aber das ist noch nicht alles. Stumm meinte, wir sollten deinen Erich und den *Tagesspiegel* für die Suche nach dem Mörder einspannen. Jetzt, wo die Geschichte ohnehin schon in die Öffentlichkeit durchgesickert ist.«

»Das wäre zumindest eine bessere Idee, als dich nach Sibirien zu schicken. Aber schaun wir mal, was Erich von der Idee hält. Ich bin mir nicht so sicher, ob er davon begeistert ist. Jedenfalls solltest du dann doch mit zu uns zum Abendbrot kommen. Deine Runde zur Badewanne kannst du dann ja anschließend immer noch machen«, zwinkerte ihm von Dedowsky zu.

»Komm, nimm deinen Mantel. Genug für heute!«

»Bitte Platz zu nehmen.«

Ruth von Dedowsky schob ihr Fahrrad an, mit dem sie gelegentlich zur Arbeit fuhr, ehe Adler vorsichtig auf den Gepäckträger sprang. Seinen Arm schlang er um ihre Hüfte. Für einen Moment wackelte das Fahrrad bedenklich. Doch dann fand von Dedowsky das Gleichgewicht, und sie rollten zügig Unter den Linden entlang zum Brandenburger Tor, vor dem eine sowjetische Soldatin den wenigen Verkehr regelte und sie eifrig durch das Tor hindurchwinkte. Weiter ging es auf der Charlottenburger Chaussee zur Siegessäule, die Hitler vom Reichstag in die Mitte des Tiergartens hatte verpflanzen lassen. Nicht, ohne sie gleich ein Stück höher machen zu lassen. Am Großen Stern bogen sie nach Süden ab in Richtung Schöneberg. Das Bremsen und Anfahren erwies sich zwar als eine ziemlich wackelige Angelegenheit, aber das hinderte Adler nicht daran, sich vor Lachen auszuschütten, wenn von Dedowsky mühsam in die Pedale trat, während sie gleichzeitig versuchte, die Spur zu halten.

»Beide Arme an den Lenker!«, kicherte er. »Hat zumindest mein Vater immer gesagt, als er mir das Radeln beigebracht hat.«

»Red du nur, da bist du ja Experte. Wir schaffen das auch so, solange ich nicht freihändig fahren muss«, rief von Dedowsky lachend zurück.

»Schau mal, wen ich mitgebracht habe«, rief von Dedowsky in den Flur.

Aus dem kleinen Backsteinhaus mit seinem Vorstadtcharme, den man hinter dem alten Vergnügungsviertel am Nollendorfplatz gar nicht vermutet hätte, drang der verführerische Duft von Bratkartoffeln.

Erich Wellhausen saß am Fenster. Vor ihm lag der ausgebreitete *Tagesspiegel*. Doch anstatt zu lesen, schien er verträumt in den schattigen Garten geblickt zu haben, dessen Bäume erste grüne Sprossen zeigten.

»Hans, wie nett. Du bleibst zum Abendbrot, hoffe ich?«

Er sprang auf und schüttelte die Hand des Kollegen seiner Verlobten.

»Ruth hat mich eingeladen. Ich hoffe …«

»Großartig. Das sollte sie viel öfter machen.«

»Mal sehen, ob du das nachher auch noch meinst, wir haben nämlich einen kleinen Anschlag auf dich vor«, erklärte Ruth.

»Das werden wir sehen. Jetzt gibt es erst einmal etwas zu essen. Ich hoffe, du hast Hunger?«

An dem kleinen Tisch in der Küche hatte Wellhausen bereits für zwei eingedeckt. Aus dem Büffet holte er einen weiteren Teller und stellte ihn dazu.

»Ruth hat mich schon mittags mit einem Leberwurstbrot verwöhnt. Ich muss aufpassen, dass ich mich nicht an diesen Luxus gewöhne. Sonst werde ich noch dick.«

Wellhausen lachte und verteilte Bratkartoffeln, Zwiebeln und Speck auf den Tellern.

»Du und dick. Davon trennen dich aber noch viele Leberwurstbrote.«

In der gusseisernen Pfanne zischten und brodelten Spiegeleier.

»Du hast Pech, dass du ausgerechnet heute zum Abendessen kommst. Da musst du mit meinen Kochkünsten vorliebnehmen, weil ich früher Schluss in der Redaktion hatte. Also merk dir das fürs nächste Mal. Ruth ist nämlich eine weitaus versiertere Köchin, als ich es bin.«

»Bratkartoffeln sind eine Delikatesse«, winkte Adler ab. »Nicht nur in diesen Zeiten.«

»Stimmt«, bestätigte Wellhausen. »Ein einfaches bäuerliches Mahl in der Großstadt.«

»Quatschkopf«, schimpfte von Dedowsky zärtlich und wuschelte ihm durchs Haar.

Sobald sie alle am Tisch saßen, siegte Wellhausens professionelle Neugier.

»Was für einen Anschlag habt ihr denn auf mich vor?«

Adler berichtete, soweit es ihm aus ermittlungstechnischer Sicht geboten erschien, von dem Fall des toten Jungen und über den Verdacht, dass sie es vermutlich mit einem Serienmörder zu tun hatten. Die Missbrauchsspuren unterschlug er. Zwar hatte die Zeitung bereits über den Fall berichtet, aber allzu viele Details schienen sie nicht erfahren zu haben. Das sollte auch vorerst so bleiben, fand Adler.

»Jedenfalls hatte Polizeivizepräsident Stumm die Idee, dass der *Tagesspiegel* uns bei der Suche nach dem Mörder unterstützen könnte.«

Wie Ruth von Dedowsky vermutet hatte, war Wellhausen wenig begeistert von der Idee. Mit mürrischem Blick schob er eine Gabel mit Bratkartoffeln in den Mund und kaute ausgiebig, sodass sich ein längeres Schweigen über der kleinen Gesellschaft ausbreitete.

»Grundsätzlich ist das natürlich denkbar«, antwortete er schließlich betont vorsichtig.

»Aber…?«, fragte von Dedowsky nach, die diese Im-Prinzip-ja-aber-Antworten bereits bestens kannte.

»Was spricht denn deiner Meinung nach dagegen?«

»Ich will ganz offen sein«, fuhr Wellhausen fort. »Es ist ein zweischneidiges Schwert, wenn die Presse die Polizei unterstützt.«

»Es geht hier um einen Mörder, nicht um Politik, falls du das meinst«, wandte Adler ein.

»Natürlich, das verstehe ich. Andererseits arbeiten wir vollständig unabhängig. Immer. Wir sind nicht das Sprachrohr des Staates. Die Zeit der Gleichschaltung und Instrumentalisierung der Presse ist vorbei. Gottlob. Jeder noch so kleinen Versuchung, eine Allianz zwischen Staat und Presse zu bilden, muss vorgebeugt werden.«

»Gottlob, gewiss, zumindest in den westlichen Besatzungszonen«, stimmte Adler zu. »Aber es will ja auch niemand den *Tagesspiegel* instrumentalisieren.«

Adler verstand Wellhausens grundsätzliche Skepsis. Er unterstützte die strikte Trennung von Staat und Presse. Es war ein moralischer Standpunkt, der ihm aufgrund der Erfahrungen mit der Gleichschaltung der Presse und von Hetzblättern wie dem *Stürmer* im »Dritten Reich« mehr als sympathisch war. Andererseits sprach aus Wellhausens Haltung ein Rigorismus, der ihn störte. Adler meinte aus seinen Worten ein grundsätzliches Misstrauen der Journalisten gegenüber der Polizei als Machtinstrument des Staates herauszuhören.

»Wir wollen einfach nur einen Mörder finden. Wir wollen Kinder schützen«, versuchte Adler einen weiteren Anlauf.

»Und wir wollen und sollen darüber berichten. Aber eben unabhängig, wann und wie wir es für richtig empfinden. Wir können nicht eure Arbeit machen. Wir dürfen es nicht. Wir berichten nicht auf Anordnung der Polizei, sondern nach unseren eigenen journalistischen Maßstäben.«

Wellhausens Stimme war lauter geworden und seine

Antwort wohl schärfer ausgefallen, als er es eigentlich beabsichtigt hatte.

Adler schüttelte den Kopf.

»Erich, das sollt ihr ja auch. Es geht doch nur darum zu sagen, dass die Polizei gerne wissen würde, ob jemand etwas Auffälliges beobachtet hat«, bemühte sich von Dedowsky, die aufgekommene Missstimmung einzudämmen.

Doch ohne Erfolg.

»Es ist unser Auftrag, unabhängig und überparteilich zu berichten«, beharrte Wellhausen.

»Wir sind eben gerade nicht wie das *Neue Deutschland* im Ostsektor.«

»Niemand will euch daran hindern, diesen Auftrag zu erfüllen. Niemand hält den *Tagesspiegel* für das *ND*.«

»Außerdem öffnen wir der Denunziation mit einem solchen Aufruf Tür und Tor. Die alten Nazi-Blockwarte stehen doch noch in den Startlöchern, um die ungeliebten Nachbarn anschwärzen zu können. Nein, nein, so wird das nichts.«

Wellhausen schob sich eine weitere Gabel mit Bratkartoffeln in den Mund.

»Ist das dein letztes Wort, Erich?«

Das Ticken einer Standuhr erfüllte den Raum, während Wellhausen weiter betont langsam seine Kartoffeln kaute, ehe er bereit war, Adler zu antworten.

»Ja, das ist ganz unbedingt mein Ernst, Hans. Ich kann dir versprechen, dass ich mit Reger und den anderen Herausgebern sprechen werde. Aber ich kann mir schwer vorstellen, dass sie meine Ansicht nicht teilen.«

Adler atmete schwer. In Wellhausens Ablehnung klang

eine Unterstellung mit, die ihn in seinem Grundverständnis seiner Arbeit bei der Berliner Polizei traf. Ebenso hatte Adlers Ansinnen wohl Wellhausen getroffen. Doch Adler war kein Handlanger eines totalitären Regimes. Diese Zeit war vorbei. Wobei … wenn er an seine Begegnung mit dem brüllenden Markgraf vor kaum einer Stunde zurückdachte, war er sich da auch nicht so sicher.

»Wie auch immer. Wenn ihr helfen könntet, wäre es wunderbar. Vielleicht wäre es ja eine Möglichkeit, ein Interview mit Stumm zu führen. Die Entscheidung liegt selbstverständlich ganz bei euch. Das verstehe ich vollkommen.«

Trotz Adlers Bemühen einzulenken, hatte die Diskussion die Harmonie an diesem Abend beschädigt. Und so war Adler froh, dass er sich kurze Zeit später verabschieden konnte, um seine Tour zu beginnen.

»Ich bring dich noch zur Tür«, rief von Dedowsky.

Mit einem flüchtigen Kuss auf die Wange verabschiedete sie sich bei Adler.

»Erich meint es nicht so, Hans. Er ist eifrig. Und er will nichts falsch machen in seiner neuen Redaktion.«

»Schon gut«, beschwichtigte Adler. »Vielen Dank für die vorzüglichen Bratkartoffeln.«

»Sei vorsichtig heute Abend. Soll ich nicht lieber mitkommen?«

»Ich glaube, dann brauche ich mich bei Erich gar nicht mehr blicken zu lassen«, bemerkte Adler. »Also. Bis morgen und noch einmal vielen Dank.«

Die Lampe über der Haustüre leuchtete nicht. Glühlampen blieben auch im Jahr zwei nach Kriegsende heißbegehrte Mangelware. Aber damit ließ sich leben. Der Mangel an frischem Obst und Gemüse wog weit schwerer.

Vorsichtig tapste Adler durch den Vorgarten. Er lauschte in die Nacht hinein. Ein spätes Amselmännchen schlug an. Über ihm weitete sich der Sternhimmel, kaum gestört vom funzeligen Licht einer Gaslaterne am Ende der Straße. Eine laue Frühlingsluft wehte ihm den Duft von ersten Blüten zu. Bald würde der Flieder blühen, die Tage würden spürbar länger werden, und der furchtbare Winter war vorbei.

Alles geht vorbei, dachte Adler.

Es fragte sich nur, wann. Und ob man es noch erleben würde.

Adler schlenderte über den Nollendorfplatz und lief an der Hochtrasse der U-Bahn weiter in Richtung Neuer Westen. Ein Besuch bei einem der zwielichtigen Etablissements an der Potsdamer Straße wäre vermutlich erfolgversprechender gewesen. Dort hatten die Luden schon vor dem Krieg in den Spelunken auf ihre Mädchen gewartet, damit sie ihnen das Geld der Freier aushändigten. Doch Adler gestand sich ein, dass er dem nach diesem langen Tag nicht mehr gewachsen war. Er spürte, wie sich die Müdigkeit wieder in ihm breitmachte. Lieber also Richtung Westen. Er wanderte durch die leere Stadt. Mauern und Ruinen ragten wie die Knochen eines gewaltigen Vorzeittieres im Mondlicht empor, nächtliche stille Schatten. Wo noch vor wenigen Jahren abendlicher Trubel geherrscht hatte, wo bunte Reklameschilder hektisch geflimmert und die Motoren der Automobile gelärmt hatten, herrschte nun dunkle Leere. Ob Berlin je wieder so sein würde wie vor dem Krieg?

Adler überquerte die Straßenbahngeleise und passierte das KaDeWe. Ausdruckslos schauten die leeren Fensteröffnungen zu ihm hinab. Ein Flugzeug der Alliierten war auf das legendäre Berliner Kaufhaus des Westens gestürzt, das daraufhin völlig ausbrannte. Eine Querstraße dahinter ging der Verkauf im Femina-Palast weiter. Allerdings ohne den Vorkriegsglanz. Gleich nebenan befand sich Adlers Ziel, die Badewanne.

An der Kreuzung Nürnberger Straße blieb er für einen Moment stehen und lauschte in die Nacht. Das missglückte Gespräch mit Wellhausen hing ihm noch nach. Aber das würde schon werden. Dafür würde Ruth von Dedowsky sorgen.

Am Ende der Tauentzienstraße huschten vereinzelt Menschen vorbei. Zwei Jeeps der Tommys rauschten in Richtung Kurfürstendamm, passierten das Gerippe der Kaiser-Wilhelm-Gedächtniskirche.

Adler dachte an die vergangene Nacht. Wen die jetzt wohl an Bord der Jeeps hatten? War es anderen Polizisten mit den westlichen Alliierten bereits genauso ergangen wie ihm? Möglich, dass sie die Berliner Polizei längst mit Spitzeln durchsetzt hatten und er der letzte Dumme war, den man sich noch schnappen wollte.

Adler hätte gerne jemanden gehabt, mit dem er über die Erlebnisse sprechen konnte. Er sehnte sich nach Charlotte. Doch da war niemand mehr, dem er vertrauen konnte. Er musste allein entscheiden, wie es weitergehen sollte.

In diesem Berlin war sich jeder selbst der Nächste.

Die Motorengeräusche waren verhallt, die Jeeps Richtung Halensee verschwunden und von dort wahrscheinlich weiter zum Olympiastadion, wo sich die Briten in den ehemaligen Sportstätten einquartiert hatten.

Vielleicht hatte Erich ja auch recht, wenn er sich weigerte, mit der Polizei zusammenzuarbeiten. Die Unabhängigkeit seiner Zeitung musste für Wellhausen an allererster Stelle stehen. Unter keinen Umständen durfte es einen Rückfall in die alten Zustände geben wie zur Zeit der Nationalsozialisten. Vielleicht war Wellhausen einfach weitsichtiger als er, gestand sich Adler ein.

Kein guter Gedanke.

Adler schüttelte sich.

Berlin mochte in weiten Teilen einer sterbenden Stadt gleichen. Doch hier unten war sie schon wiederauferstanden und quietschlebendig. Schon am Eingang zur Badewanne schlug Adler der Geruch von Schweiß, Zigarettenqualm und Alkohol entgegen. Alle Tische waren besetzt. Das Gelächter der Gäste übertönte den Klang von Kontrabass und Trommel, die auf der kleinen Bühne spielten. Junge Frauen mit gepunkteten Röcken und auf dem Schwarzmarkt teuer erstandenen Nylonstrümpfen lagen in den Armen von uniformierten GIS mit kurzen Haaren und breiten Brustkörben. Die deutschen Fräuleins und die amerikanischen Soldaten tanzten eng umschlungen. Das Fraternisierungsverbot war längst der Neugier gewichen. Bei jedem Tanzschritt schwang die Hoffnung mit. Es sprach schließlich einiges dafür, dass man in Wisconsin oder Alabama künftig besser lebte als im kaputten Berlin, wenn es gelang, sich einen der süßen Amis zu angeln, die so locker und anders waren als die steifen deutschen Jungs. Von denen waren ohnehin nicht mehr genügend da. Die meisten vermoderten auf den Soldatenfriedhöfen. Und wenn es für die große Liebe mit den fremden Soldaten nicht reichte, dann doch allemal für eine kleine Liebelei im Takt des Jazz.

Der Rhythmus eroberte auch Adlers Körper und ließ ihn seinen Fuß im Takt wippen. Er war neben dem Eingang stehen geblieben. Sein Blick schweifte über das Publikum. Dann sah er ihn. Wilkinson stand mit einer Gruppe von Uniformierten am Tresen. Vor sich hatte er ein Glas bernsteinfarbener Flüssigkeit mit Eiswürfeln. Jetzt schaute Adler ihm unverwandt in die Augen. Doch von Wilkinson kam kein Zeichen des Wiedererkennens. Dann wandte der Amerikaner sich lachend seiner Gruppe zu. Das war's.

Hier also sehen wir uns wieder, so schnell, dachte Adler. Was für ein Zufall.

Er konnte sich beim besten Willen nicht daran erinnern, dass ihm Wilkinson unter den zahlreichen alliierten Soldaten, die die Badewanne regelmäßig besuchten, schon einmal aufgefallen wäre. Der Jazzclub bot ihnen bei Bourbon und Musik ein bisschen amerikanisches Heimatgefühl.

Während er mit Wilkinson beschäftigt war, hatte Helen die Bühne betreten. Mit tiefer Stimme begann sie zu singen. Schlagartig dünnten die Gespräche im Club aus und erstarben schließlich vollends.

Helen übernahm die Badewanne.

Oder vielmehr ihre Stimme.

Männer und Frauen hingen ihr gleichermaßen an den

rot geschminkten Lippen. Willig folgten sie dem Vibrato ihres Gesangs, der machtvoll anwuchs, Töne in die Länge zog und wieder absank. Sie erzählte die Geschichte einer traurigen Kindheit in der Bronx. Adler lächelte ihr zu, und sie nickte kaum merklich.

Sie kannten sich. Gut sogar.

Helen war schließlich nicht in der Bronx aufgewachsen, sondern in Buckow. In der Bronx war sie so wenig gewesen wie in den Staaten überhaupt.

Wen störte es schon?

Sie war ein schwarzes Mädchen mit einem weißen Vater aus Berlin und einer schwarzen Mutter aus London. Als die Nazis 1933 die Macht ergriffen, brachte ihr Vater sie dort in Sicherheit. Doch kaum war der Krieg vorbei, zog es Helen magisch wieder zurück nach Berlin. Abends sang sie in der Badewanne, tagsüber lebte sie in der Villa ihres schwerreichen Vaters. Die Mutter hatte den »Blitz« in London nicht überlebt. So wie Charlotte war sie verschüttet worden. Was für eine bittere Ironie, hatte sie doch gedacht, in London vor den Nazis sicher zu sein. Helen war nur deshalb nicht tot, weil sie, anstatt in der Wohnung bei ihrer Mutter zu sein, in einem Jazz-club in Soho gesungen hatte. Erst hatte ihr ihr Vater das Leben gerettet, dann der Jazz.

Helens Stimme kreiste durch den Raum. Sie spielte mit dem Kontrabass und umgarnte die Trompete. Gebannt folgten ihr die Blicke der männlichen Zuhörer. Adler wandte sich ab und bestellte am Tresen ein Bier. Wie zufällig blickte er erneut in Wilkinsons Richtung. Doch der war ganz in sein Gespräch vertieft und würdigte den Polizisten keines Blickes.

»Lange nicht gesehen, Herr Kommissar«, begrüßte ihn Günther, der Barmann der Badewanne. Er streckte ihm seine Hand über den Tresen entgegen.

»Dienstlich oder privat?«

Adler schmunzelte. »Die Berliner Polizei ist nie ganz privat unterwegs. Zumindest nicht in diesen Zeiten.«

»Na, dann muss ich mal schnell den Schwarzmarkthändlern Bescheid geben, dass sie sich aus dem Staub machen.«

Der Wirt zwinkerte und schob Adler ein großes Bierglas hin.

»Anschreiben?«

»Lass mal«, antwortete Adler und legte eine Reichsmark auf den Tresen.

»Aber im Ernst. Wette, Sie sind auf der Suche nach dem Kinderschänder, stimmt's?«

Günther schaute den Polizisten erwartungsvoll an.

Der Tresen in der Badewanne galt als eine der besten Informationsbörsen der ehemaligen Hauptstadt. Deshalb war Adler hier. Unter anderem. Und vermutlich waren auch Wilkinson und seine Truppe nicht nur wegen Helen hier. Oder wegen des Whiskeys.

»So ist es«, bestätige Adler.

Er fand, dass es keinen Grund gab, seine Ermittlungen geheim zu halten. Im Gegenteil. Nicht nur Günther würde sich denken können, warum er hier war. Nach dem Bericht im *Tagesspiegel* würde spätestens morgen die ganze Stadt über die Morde spekulieren.

Adler nahm einen großen Schluck Bier.

»Und?«, fragte er. »Hast du etwas läuten hören?«

»Nichts Genaues weiß man nicht.« Günther grinste.

»Wenn du was hörst: Du weißt, wo du mich findest.«

»Logisch«, antwortete der Barmann ernst.

»Und noch was.«

Adler winkte Günther zu sich herüber. Über den Tresen gebeugt flüsterte er:

»Aber auf keinen Fall über das Telefon, verstanden?«

»Feind hört mit«, wisperte Günther. »Weiß ich doch. Daran hat sich in den letzten 1002 Jahren nichts geändert.«

»Wäre zumindest möglich«, antwortete Adler.

Er nahm gerade einen weiteren Schluck Bier, als sich eine Hand auf seine Schulter legte. Ein Kussmund berührte sanft seine Wange.

»Wie schön, dich endlich wiederzusehen, Kommissar.«

Adler stellte das Bier auf dem Tresen ab und drückte Helen an sich.

»Du siehst müde aus.«

»Ich bin wirklich ziemlich müde«, gestand Adler.

Günther reichte der Sängerin ein Glas Pfälzer Weißwein. Adler wollte lieber nicht wissen, woher der Wirt seine anscheinend nie versiegenden Bestände bezog.

»Du warst wieder wunderbar.«

»Vielen Dank für das Kompliment. Dabei kannst du es gar nicht genossen haben.« Sie zog einen Schmollmund. »Du siehst ganz erschöpft aus, Kommissar. Was würdest du erst sagen, wenn du meinen Auftritt mal richtig wach mitbekommen würdest?«

»Wunderbar, würde ich wahrscheinlich sagen. Einfach wunderbar.«

»Du bist unmöglich, Hans«, antwortete Helen und lächelte ihm zu.

»Aber im Ernst, warum siehst du so müde aus?«, fuhr sie fort.

»Kurze Nacht, langer Tag und dauernd auf den Beinen«, wich er aus.

»Also wie immer?«

Ja, wie immer, dachte Adler.

Für einen kleinen Moment erlaubte er es sich, in Helens dunkelbraunen Augen zu versinken. Sie ließ es zu, dass er sich seiner Sehnsucht hingab, die er sich sonst verbot.

Ja, wie immer, dachte er erneut. Aber eben doch noch schlimmer. Viel schlimmer.

Die Band hatte wieder angefangen zu spielen.

Jazzfunken wirbelten vibrierend durch den Club. Adler senkte den Blick. Helen strich ihm sanft über die Wange. Auf der Tanzfläche herrschte jetzt wildes Gedränge. Die Männer legten die Sakkos über die Stuhllehnen, Krawatten wurden gelockert. Einige Damen waren besonders tollkühn und tanzten barfuß. Die Überlebenden schwebten der Zukunft entgegen. Wer jetzt nicht liebte, wer jetzt nicht lebte, der war selber schuld. Arme schlugen aus, Beine wurden im Takt geschmissen, Köpfe drehten sich, und schweißnasse Hände glitten ineinander. Es wurde gelacht, und es wurde immer lauter.

»Musst du gleich noch einmal auftreten?«, fragte Adler.

»Für heute ist Feierabend.«

Helen hob ihr Glas und prostete ihm zu.

»*Cheers.*«

Das sanfte Klirren ihrer Gläser ging im fröhlichen Lärm des Clubs unter.

»Was bedrückt dich, Hans?«

»Bin ich ein offenes Buch für dich?«, fragte Adler zurück.

»Ja. Und ich kann darin jede einzelne Seite lesen. Du bist so melancholisch, du schaust heute so traurig aus. Das bereitet mir Sorgen.«

Sie machte eine kurze Pause und musterte ihn nun so intensiv wie zuvor er sie.

»Also: Was bedrückt dich so sehr?«

Adler drehte sein Glas mehrfach in der Hand.

»Du hast das mit den toten Kindern gelesen?«

Helen nickte.

»Der ermittelnde Kommissar in dem Fall bin ich. Zusammen mit von Dedowsky. Du erinnerst dich an sie?«

»Die fesche Kleine?«

»Fesch ja, klein nicht unbedingt. Ruth heißt sie mit Vornamen. Wir waren schon mal zusammen hier bei einem deiner ersten Auftritte.«

Adler und Helen hatten sich an das hintere Ende der Bar zurückgezogen. Hier war das Licht noch schummeriger, die Luft noch schlechter. Dafür war es ein klein wenig leiser, und sie waren sicher, dass niemand sie belauschen konnte. Aus den Augenwinkeln beobachte Adler, dass Wilkinson noch immer an der Bar stand, sein Glas Bourbon in der Hand.

Ob es noch dasselbe war wie vorhin?

Doch auch wenn der Amerikaner nicht zu ihm schaute, wurde Adler den Eindruck nicht los, dass auch er ihn aus den Augenwinkeln sehr genau beobachtete.

»Ich erinnere mich an sie«, antwortete Helen. »Sie war doch mit einem Journalisten befreundet, oder? Erzähl weiter, was hat es mit dem Fall auf sich?«, forderte sie ihn auf.

»Es gibt derzeit kaum mehr dazu zu sagen. Es waren kleine Kinder, die grausam erwürgt wurden, um dann wie Müll weggeworfen zu werden.«

Er beugte sich vor an Helens Ohr.

Sie duftete nach dunklem Patchouli.

Tief zog er ihren Geruch ein und ließ sich ein wenig von einer ihrer welligen Locken an der Nase kitzeln. Für einen Moment war die Verlockung riesig, ihr einfach einen zärtlichen Kuss auf den Nacken zu geben.

Doch der Moment verstrich.

»Und das Furchtbarste ist: Wir haben keine einzige Spur«, flüsterte er ihr so sanft zu, als würde er ihr gerade ein ewiges Liebesversprechen geben.

»Nur deshalb bist du hier«, flüsterte Helen zurück und hielt seine Hand. »Auf Spurensuche. Und ich dachte schon, du kämst meinetwegen.«

Enttäuschung und Scherz hielten sich die Waage in ihren Worten.

Adler schwieg und genoss die lange entbehrte Berührung, die er sanft erwiderte.

Als hätten sie sich verabredet, hoben beide zugleich ihre Köpfe und schauten sich an. Mit dem Blick zeichnete er Helens Lippen nach, ihre Augen, die Locken. Ihre beiden Hände waren jetzt fest umschlungen, und Adler spürte mit dem Druck seine Erregung steigen.

»Du solltest dich ausschlafen, Hans«, brach Helen das Schweigen.

»Hast du etwas gehört, was uns weiterhelfen könnte?«

»Absolut nichts«, versicherte sie ihm.

Unvermittelt sprang sie vom Barhocker auf die Füße.

»Komm, ich fahr dich nach Hause. So müde, wie du bist, solltest du nicht auf deinem Fahrrad umherfahren. Du bist doch mit dem Fahrrad hier?«

»Ausnahmsweise nicht.«

»Na, was ein Glück. Du schläfst mir sonst noch mitten auf dem Hohenzollerndamm ein. Das kann ich nicht verantworten.«

Adler grinste.

»Also los, komm.«

»Ist das dein Ernst?«

»Natürlich. Komm schon.«

Adler warf einen letzten Blick zu Günther hinter dem Tresen, der ihm verschwörerisch zunickte. Wilkinson ignorierte ihn weiter hartnäckig. Verfolgt von den neidischen Blicken mancher Clubbesucher, verließ Adler die Badewanne, Seite an Seite mit der schönsten Frau Berlins.

Er konnte gar nicht aufhören zu grinsen.

So schnell, wie sie ihn überkommen hatte, war seine Melancholie wieder verflogen. Er hatte zwar nur noch einen Arm, ihn plagten finstere Albträume, er stand vor einer ungewissen Zukunft in einer zerschredderten Stadt, und er hatte einen ungelösten Fall eines Kindermörders an der Backe, aber all das war ihm gerade egal.

Im Moment war er der glücklichste Mensch an der Spree.

Zu zweit stiegen sie gickelnd in Helens Ford Eifel Cabrio. Dann brausten sie los. Die Nürnberger Straße hoch und weiter auf den Hohenzollerndamm.

»Kannst du mir einen Gefallen tun, Helen?«

»Soll ich deine Spionin spielen? Deine Mata Hari? Ich bin Sängerin in einem Berliner Jazzclub. Ich höre viel, aber ich bin keine Spionin.«

Ihre Stimme klang jetzt ein wenig verärgert.

»Das Einzige, worum ich dich bitte, ist, deine Ohren offen zu halten. Wer weiß schon, was manchmal an den Tischen gesprochen wird, wenn zu viel Alkohol geflossen ist. Dann kannst du doch die Gespräche jener Gäste mithören, die sich unvernünftig laut unterhalten. Das ist alles.«

Er schwieg einen Moment, als sie gerade über den Fehrbelliner Platz fuhren.

»Es geht um Kinder.«

Sie blieb kurz still, dann wandte sie den Kopf zu Adler, während sie die kleine russische Kirche passierten.

»Also gut.«

Sie legte ihre rechte Hand auf seinen Oberschenkel.

»Ich hätte die Wahl, Nein zu sagen. Das ist mir wichtig. Aber ich sage Ja und werde deine Agentin. Im kalten, kalten Krieg der Berliner Unterwelt.«

Ihre Stimme hatte wieder jenen sanft-ironischen Unterton angenommen, den Adler so liebte.

Im kalten, kalten Krieg, wiederholte er stumm. Eisig sogar. Im eisigen Berliner Frühjahr.

Helen parkte vor der Laubenkolonie.

»Danke«, sagte Adler und wollte sich schon abwenden.

»Hey, Kommissar. Wo bleibt mein Dankeschön?«

Sie streckte die Arme aus und zog Adler am Zipfel seines Mantels sanft zu sich. Als er seinen Arm um ihre Hüfte legte, schlug ein Hund an.

Adler schob seinen Mund auf ihre Lippen, die nach

Rauch schmeckten und nach Wein, nach Patchouli und einfach nach Helen.

So standen sie für einen Moment in der kühlen Frühlingsnacht.

»Willst du …«, begann er stotternd, »willst du vielleicht noch für einen Absacker mit in meine Laube kommen?«

»Hättest du denn überhaupt einen da? Einen Whiskey oder einen Gin?«

»Äh, nein, weder noch«, gestand Adler.

»Na, dann fahr ich wohl mal lieber gleich nach Hause, ehe ich verdurste oder wir noch dumme Sachen machen, nicht wahr, Herr Kommissar?«

Sie stupste ihm mit dem Zeigefinger sanft auf die Nase. Ehe er reagieren konnte, löste sie sich mit einer Drehung aus der einarmigen Umarmung.

Ich liebe diese dummen Sachen, dachte Adler und schwieg.

»Schlaf gut, Kommissar. Sei nicht traurig. Komm morgen einfach wieder in der Badewanne vorbei.«

Sie wandte sich ab und ging zu ihrem Wagen. Ihm den Rücken zukehrend, die Hüften im Laufen sanft wiegend, hob sie ihren linken Arm und winkte ihm zu. Sie stieg in ihr Cabrio und fuhr los, ohne sich noch einmal umzudrehen.

Adler schaute ihr lange nach. Sehnsüchtig und etwas verzweifelt über das abrupte Ende dieses Abends.

Dann musste er lächeln.

Was bildete er sich eigentlich ein? Wer war er überhaupt, seine Lippen auf ihre zu legen? Was für ein Übermut, was für eine Selbstüberschätzung!

Der Klang des Motors war längst verstummt. Ganz nah sang eine Nachtigall.

Adler blickte auf seine Uhr. Kurz nach halb zwölf. Eigentlich noch nicht wirklich spät und doch viel zu spät für ihn und für heute. Er lief durch die stille Laubenkolonie zu seiner Hütte. Mit jedem Schritt spürte er die Glieder schwerer werden. Seine erschöpften Gedanken stellten das Kreisen ein.

Er freute sich, als er unter seiner Bettdecke lag.

Hoffentlich kommen die Amis heute nicht wieder vorbei, dachte er.

Dafür wäre er heute Nacht viel zu müde.

Tag drei

Adler schlief wie ein Stein. Lange, tief und traumlos. Als er am nächsten Morgen erwachte, hing noch der Duft von Patchouli in seinem Hemd, das er abends nachlässig über den Stuhl geworfen hatte.

Er lächelte beim Gedanken an Helen, während er sich mühsam eine Scheibe von dem trockenen schweren Kommissbrot abschnitt, das er seit einer Woche in seinem Brotkasten aufbewahrte. Der Rhythmus der Band von gestern Abend trug ihn durch den Morgen. Oder war es der unerwartete Kuss, der ihn beflügelte? Eigentlich wollte er sich beeilen, um möglichst schnell mit dem Rad zum Präsidium zu kommen und zügig seine Runde mit Raade zu beginnen.

Doch am Gartentor fing ihn Loose ab.

»Det is ne janz schlimme Sache, dit mit die Kinders, wat?«

»Können Sie wohl sagen, Loose.«

Offenbar wusste bereits ganz Berlin über den Fall Bescheid.

»Wat ham Se denn nu schon rausjefunden, Herr Kommissar?«

Doch Loose winkte gleich wieder ab.

»Ick weeß ja. Da dürfen Se nichts drüber nicht saren. Vasteh ick ja och.«

Er guckte etwas verlegen zu Boden.

»Und die Nacht zuvor hatten Se ja wohl Besuch je-habt?«

Offenbar waren Wilkinsons Männer in der Kolonie nicht unbemerkt geblieben.

»Aber ick schweije wie en Jrab, Herr Kommissar. Wie en Jrab.«

Dabei legte sich Loose den Finger auf den Mund und riss die Augen weit auf.

Adler musste ein Grinsen unterdrücken.

»Ich hatte noch gar keine Zeit, mich für das Essen zu bedanken. Grüßen Sie mir Ihre Frau ganz herzlich und richten Sie ihr meinen Dank für den Eintopf aus, ja? Er war wirklich köstlich.«

»Det sar ick sie. Kochen kann mene Erna erste Sahne.«

»Das will ich wohl meinen. So, Loose, jetzt muss ich los. Sonst komme ich noch zu spät ins Präsidium.«

»Det soll wohl nich sein«, antwortete Loose und hielt Adler das Gartentor auf, und der radelte los.

Zwei Stufen auf einmal nehmend, eilte Adler die Treppen hoch zu seinem Arbeitsplatz. Die Müdigkeit von gestern war einer Euphorie gewichen. Rita saß bereits hinter dem Schreibtisch. Sie trug ein schickes blaues Kleid mit großen roten Punkten. An der Wand hing ein Foto des aktuellen sowjetischen Stadtkommandanten Alexander Kotikow mit seiner markanten runden Brille, der seit einem Jahr im Amt war. Ein Nachfolger des legendären Nikolai Bersarin. Dabei hatte der lediglich ein Vierteljahr lang nach der Eroberung der Stadt das Kommando in Berlin inne.

»Morgen, Rita. Sagen Sie bitte Frau von Dedowsky,

dass ich sie gerne sprechen möchte, sobald sie eintrifft, und Raade soll sich bitte auch gleich bei mir melden. Ich möchte möglichst schnell zum Kinderheim in der Krumme Straße mit ihm.«

Adler sah Rita erwartungsvoll an.

»In Ordnung?«

»Aber ja, Herr Kommissar. Frau von Dedowsky ist allerdings schon längst im Haus unterwegs. Ich glaube, sie wollte zum Polizeipräsidenten.«

»Ach so. Hat sie gesagt, warum?«

»Tut mir leid, leider nein.«

»Macht nichts, Rita. Werde mal sehen, ob ich sie gleich abfangen kann. Hat sich sonst etwas im Fall ergeben?«

»Nichts, was man mir mitgeteilt hätte.«

Adler nickte und machte sich auf den Weg zu Stumm.

Gerade als er um die Ecke zum Treppenhaus bog, entdeckte er Ruth von Dedowsky am Ende des Ganges. Markgraf hatte sich vertraulich bei ihr eingehakt. Mit gesenktem Kopf sprach er auf sie ein. Sie nickte beständig, während sie ebenfalls zu Boden schaute.

Adler konnte nichts von der Unterhaltung verstehen. Doch die Vertrautheit zwischen den beiden verwirrte ihn. Sobald von Dedowsky ihn an der Treppe entdeckte, versuchte sie, sich energisch von Markgraf frei zu machen. Dabei verdrehte sie die Augen, als wollte sie Adler zu verstehen geben, dass Markgraf sich ihr ungewollt angenähert hatte.

Adler wischte sein Unbehagen fort und ging auf die beiden zu.

»Herr Polizeipräsident, guten Morgen. Guten Morgen, Ruth.«

»Morgen, Morgen, Adler. Schon Erfolge zu verzeichnen?«

Markgraf schaute ihn erwartungsvoll an.

»Wir kommen voran, langsam zwar, aber Schritt für Schritt.«

»Will ich mal hoffen. Also. Weiter so. Wir verstehen uns.«

Den letzten Teil des Satzes hatte er so gesprochen, dass er sich ausschließlich an von Dedowsky zu richten schien.

Dann drehte er sich ohne ein weiteres Wort weg und ging zurück zu seinem Dienstzimmer.

»Puh, du hast mich gerettet«, stöhnte von Dedowsky.

»Was wollte er denn von dir?«

»Eigentlich überhaupt nichts. Hat nach dir gefragt und welche Spur wir im Fall des Kindermörders jetzt verfolgen. Hat dein Abend gestern noch etwas erbracht?«

»Nein. Ehrlich gestanden war ich auch ziemlich müde. Ich habe nur ganz kurz in der Badewanne vorbeigeschaut.«

»Und?«

Adler dachte an Helen und Wilkinson.

»Nichts weiter. Gute Musik, ein Bier, aber sonst überhaupt nichts. Hat sich Erich wieder beruhigt?«

Von Dedowsky machte ein verlegenes Gesicht.

»Ja, ja. Aber du musst ihn verstehen. Er nimmt diesen Neuanfang bei der Zeitung sehr ernst.«

»Und das ist gut so.«

»Ja, und deshalb will er eine übergroße Nähe zwischen dem Staat und der Presse um jeden Preis vermeiden.«

»Es geht in diesem Fall allerdings nicht um Staatsnähe.

Es geht darum, einen Mörder zu finden. Ich hatte gehofft, dass ich ihm das klargemacht hätte.«

»Ich weiß das doch, Hans. Schau, ich werde einmal mit Stumm sprechen. Vielleicht setzt er sich ganz offiziell mit dem *Tagesspiegel* in Verbindung.«

»Vielleicht wäre das der bessere Weg«, stimmte Adler ihr zu.

»Und? Wie machen wir weiter?«, fragte von Dedowsky, während sie zu ihrem Büro gingen.

»Ich werde gleich noch einmal mit Raade das Heim in der Krumme Straße anschauen. *By the way*, was machst du heute Abend?«

Von Dedowsky sah ihn groß an.

»Nichts, wieso fragst du?«

Adler musterte sie herausfordernd.

»Wie wäre es dann heute mit einem Zug durch die Gemeinde in meiner Begleitung? Einmal die Potse hoch bis zur Kurfürstenstraße.«

Von Dedowsky sah nicht gerade begeistert aus.

»Willst du nicht doch lieber Volgmann mitnehmen? Oder Raade?«

Adler hatte schon mit einer solchen Reaktion gerechnet.

»Eigentlich nicht. Eigentlich würde ich gerne dabei bleiben, mit einer Frau an meiner Seite dort aufzutauchen. Also mit dir.«

Von Dedowsky seufzte.

Sie wusste, dass Adler recht hatte. Im gemischten Duett waren ihre Chancen, etwas zu erfahren, vermutlich größer. Dennoch war von Dedowsky der Gedanke unbehaglich, das lasterhafte Berlin zu erkunden. Sie mochte das halbseidene Milieu mit Luden und Freudenmädchen nicht, das sich nach Kriegsende so schnell wieder in den Ruinen und Kellern der Stadt eingenistet hatte.

»Verstehe. Na gut, wenn es unbedingt sein muss«, gab sie schließlich nach.

»Danke. Du hast etwas gut bei mir. Und außerdem ist dein Heimweg von der Potsdamer ja nicht so weit.«

»Na, dann.«

Von Dedowsky grinste bemüht.

»Aber freu dich nicht zu früh. Vielleicht fällt mir bis heute Abend noch eine elegante Ausrede ein, um dich nicht begleiten zu müssen.«

Raade wartete bereits in Adlers Büro. Gemeinsam gingen sie zur Fahrbereitschaft ins Erdgeschoss hinunter. Im dem kargen Zimmer mit seinen gelbgrün gestrichenen Wänden herrschte stickige Luft. Sieben Männer saßen um die beiden Holztische und rauchten. Drei spielten Skat, um sich die Wartezeit bis zum nächsten Einsatz zu verkürzen. An den Garderobenhaken hingen ihre Mäntel und Tschakos.

»Müller, wir müssen in den Westen rüber. Zur Krumme Straße«, erklärte Adler.

Einer der Skatspieler blickte auf und legte seine Karten auf den Tisch.

»Jawoll, Herr Kommissar, kann losjehen. Hatte so und so jerade ein janz jemeinet Blatt uf die Hand«, grinste Müller und warf sich seinen Mantel über.

Seine beiden anderen Spielpartner zogen ein langes Gesicht, sagten aber nichts.

Vorbei an den Ruinen des Hohenzollernschlosses und

des Alten Museums fuhren sie die leeren Linden hoch. Das Dach von Schinkels Neuer Wache war eingestürzt. Der schwarze Gedenkstein war in der Hitze geschmolzen. Der Eichenkranz aus Bronze, der auf dem Stein gelegen hatte, war verschwunden.

Wer den wohl hatte mitgehen lassen?

Daneben verkündete ein Wegweiser in kyrillischer Schrift die Entfernung bis Moskau. Als ob das einen Berliner interessierte!

Noch schlimmer sah es am Pariser Platz aus. Jedes Mal, wenn Adler dorthinkam, ging es ihm durch Mark und Bein. Berlins gute Stube war ein Trümmerfeld. Von der Pracht und dem Wohlstand, die den Platz vor dem Krieg ausgezeichnet hatten, war nichts mehr zu sehen. Das zerbombte Adlon und die Akademie der Künste gleich daneben waren Schutthaufen. Das Atelier von Max Liebermann neben dem Brandenburger Tor war komplett verschwunden. Und dann erst das Brandenburger Tor selbst. In der Schlacht um Berlin hatten die vorrückenden Rotarmisten es erst übel zerschossen und anschließend die rote Fahne darauf gehisst. Das Beste, was sich über das Tor sagen ließ, war, dass es immerhin noch halbwegs stand und passierbar war. Die bekrönenden vier Pferde der Quadriga sahen allerdings so zerbeult aus, als hätten sie versucht, aus der Metallpresse zu flüchten. Es war ihnen leider nicht gelungen. Ein darunter gespanntes Banner verkündete Lob und Sieg der ruhmreichen Roten Armee. Vor dem Tor fuchtelte wieder eine Rotarmistin auf einem Podest mit zwei Fähnchen umher. Winkend regelte sie den spärlichen Verkehr, der lediglich aus wenigen Fahrradfahrern, gelegentlichen Doppeldeckerbussen und vereinzelten Automobilen bestand.

Als sie mit dem dunkelblauen Volkswagen der Polizei die Soldatin passierten, nahm sie kurz Haltung an und salutierte. Dann rauschten sie schon durch das Tor hindurch und weiter den kahlen Tiergarten entlang. Vorbei am schwarzen Koloss des Reichstags und der Krolloper. Wie seltsam sich das Sowjetische Ehrenmal dagegen ausnahm. Es war eines der ersten Bauwerke, das nach dem Krieg in Berlin neu entstanden war, auf Hochglanz poliert und von zwei aufgesockelten T-34-Panzern flankiert.

Während sie die Charlottenburger Chaussee hochsausten, spürte Adler, dass er den Berliner Ruinen mit einem täglich wachsenden Gleichmut begegnete. Zugleich erschreckte ihn dieser Gedanke. Genau das durfte ihm nicht passieren.

Er durfte nicht abstumpfen.

Sie alle durften nicht abstumpfen.

Trotz des ganzen Leids, trotz der Zerstörungen, an denen sie alle eine Mitschuld trugen. Dieses Leid und diese immense Schuld waren eine Verpflichtung, es künftig besser zu machen.

Und doch. Irgendwann war jede Empörung aufgebraucht, jede Wut verraucht. Dann nahmen die Ungewissheit und Sorgen des Alltags wieder überhand.

Am Knie bogen sie in Richtung Schloss Charlottenburg ab.

»Welche Hausnummer is et denn?«, fragte der Fahrer und drehte sich zu ihnen um.

»Hier müssen Sie gleich nach rechts abbiegen«, dirigierte ihn Raade. »Wir müssen in Richtung Spree runter. Die Hausnummer weiß ich nicht, Müller. Ist so ein roter Backsteinkasten. Sehen Sie, da vorne ist es schon. Die Kinder sind im zweiten Hinterhof untergebracht.«

Der Fahrer hielt vor einem heruntergekommenen Backsteingebäude. Das Vorderhaus war nur noch eine Ruine. Hohle Fensteröffnungen, eingestürztes Dach. Eigentlich kein Ort für Kinder. Aus der roten Ziegelwand hatte das Maschinengewehrfeuer ganze Brocken herausgesprengt. Die Wände waren mit Schrunden und Narben überzogen. Wie lange würde es wohl dauern, bis sie geheilt wurden? Zwanzig Jahre? Fünfzig? Noch länger?

Wann wird meine Stadt wieder Form annehmen?, fragte sich Adler.

Ein handbemaltes Holzschild an einem Durchgang wies auf das Kinderheim der Stadt Groß-Berlin im zweiten Hinterhof hin. Während sie die Ruine passierten, schlug ihnen bereits Geschrei und Gejohle entgegen. Das Heim machte von außen einen verwahrlosten Eindruck. Die vergitterten Fenster waren notdürftig mit Pappe und Papier repariert.

Adler wies zu den Fenstern hinauf.

»Dürfte hier im Winter mächtig kalt gewesen sein.«

Sie klingelten mehrmals an einer schweren Holztüre, von der der Lack in breiten Bahnen abplatzte. Es dauerte eine Weile, ehe auf der anderen Seite das Schloss betätigt wurde. Adler war überrascht, als ihnen eine lächelnde junge Frau öffnete, die trotz der frischen Temperaturen ein sommerliches gelbes Kleid mit grünen Streifen trug.

»Ach, der Herr Polizist noch einmal«, begrüßte sie

Raade. »Und Sie haben sogar Verstärkung mitgebracht. Hat Ihnen unser Kaffee so gut geschmeckt?«

Raade schaute ertappt zu Boden.

Sie streckte ihnen die Hand entgegen.

»Erika Wendt«, stellte sie sich vor. »Was kann ich für Sie tun?«

»Inspektorenanwärter Raade kennen Sie ja schon. Mein Name ist Kommissar Adler.«

»Na, dann kommen Sie erst mal herein. Sie sind vermutlich nicht wirklich wegen des Kaffees hier, sondern bestimmt noch einmal wegen der armen Kinder?«

Wendt hatte bei der Frage die Stimme gesenkt. Doch sie erwartete wohl gar keine Antwort. Über einen dunklen, muffig riechenden Flur führte sie sie zu einem Büro.

»Frau von Miller kommt gleich. Bitte hier herein, meine Herren. Aber vielleicht möchten Sie doch auch einen Kaffee?«

»Wenn er so gut schmeckt, wie Inspektorenanwärter Raade gesagt hat, sehr gerne.«

Wendt lächelte.

»Schmeckt er. Wir hatten solches Glück. Die Amerikaner haben bei uns gleich mehrere ihrer CARE-Pakete abgegeben. Ich weiß gar nicht, ob sie das überhaupt durften. Haben sie aber einfach gemacht. Stellen Sie sich vor, mehrere Päckchen mit echtem Bohnenkaffee. Ich wusste schon gar nicht mehr, wie der schmeckt«, erklärte sie aufgeregt. »Dabei trinken die Kinder doch gar keinen Kaffee! Aber CARE-Paket ist halt CARE-Paket.«

Sie ließ Adler und Raade allein in dem kargen Zimmer zurück.

Hier im Raum hatte das Fenster Glas, sodass sie auf

den sandigen Hof schauen konnten. Ein paar Jungen liefen dort kreischend einem Fußball hinterher, den sie aus Lumpen zusammengebunden hatten. Neben dem Kellereingang spielte eine Gruppe Mädchen Himmel und Hölle.

Adler wunderte sich, an was für einem Ort er hier gelandet war. Nach seinem ersten Eindruck schien es eine Art Vorhölle zu sein.

Ein paar Minuten später kam Wendt mit einem Tablett zurück. Sie stellte geblümte Porzellantassen vor den Polizisten ab. Die Kaffeekanne hatte keinen Deckel mehr, und die Tülle war angeschlagen.

Wendt bemerkte Adlers aufmerksamen Blick.

»Alles noch nicht so richtig knorke bei uns«, sagte sie entschuldigend. »Die Räume nicht und auch nicht das Geschirr. Aber wissen Sie, wir sind auf die Zuteilungen angewiesen und auf die wenigen Spenden, die wir ab und an bekommen. Wir freuen uns wirklich über alles, was man uns gibt.«

Sie schenkte den duftenden Kaffee ein.

»Milch ist nicht, Zucker auch nicht«, erklärte sie.

»Vielen Dank«, sagte Adler und nahm einen Schluck.

»Wie viele Kinder betreuen Sie hier?«

»Zu viele«, antwortete Wendt prompt. »Aber wir sollten auf Frau von Miller warten. Ich habe ihr Bescheid gesagt. Sie kommt gleich.«

Schweigend warteten sie in dem schäbigen Raum. Das untere Drittel der Wände war mit gelber Ölfarbe gestrichen und glänzte speckig. Darüber hingen zwei ausgeblichene Kunstdrucke mit Bergmotiven und dem *Turm der blauen Pferde* von Franz Marc. Adler erinnerte sich, dass er das Bild einmal in der Nationalgalerie gesehen hatte. Der ganze Ort verströmte eine Aura liebloser Vernachlässigung.

Irgendwo schlug eine Tür zu. Dann folgten klackend Schritte. Kurz darauf betrat eine zierliche Frau den Raum und herrschte sie mit schriller Stimme an.

»Darf ich erfahren, was Sie hier machen und wer Sie sind?«

»Frau von Miller, vermute ich?«

Adler hatte sich erhoben und reichte ihr die Hand.

»Sehr richtig. Und Sie sind …«

»Mein Name ist Adler. Kommissar Hans Adler von der Berliner Kriminalpolizei.«

Er wartete auf die Wirkung seiner Worte.

»Ich wüsste nicht, dass Sie sich angemeldet hätten. Zudem war gestern schon Ihr Kollege bei uns. Ebenfalls unangemeldet. Sehr ungezogen.«

Sie nickte in Raades Richtung.

»Und heute bin ich da, Frau von Miller«, sagte Adler.

Ein größerer Unterschied als der zwischen der freundlichen Frau Wendt und der aufbrausenden Frau von Miller war kaum vorstellbar.

»Und was wollen Sie? Was ist so interessant an unserem Kinderheim für die Berliner Polizei?«

»Nun, das wissen Sie doch«, antwortete Adler betont ruhig.

Sie schaute ihm unverwandt in die Augen.

»Woher sollte ich das wissen? Ich weiß nur, dass Sie meine Mitarbeiterinnen von der Arbeit abhalten und uns den Kaffee wegtrinken.«

»Wir würden gerne mit einigen der Kinder hier sprechen, und schon sind wir wieder weg.«

»Das kann ich auf keinen Fall zulassen.«

»Und warum nicht?«, fragte Adler mit gedrückter Stimme. So langsam wurde er zornig.

»Weil das Wohlergehen der Kinder für mich an erster Stelle steht. Und die Gespräche mit einarmigen Polizisten würden dieses Wohlergehen kaum fördern. Ich denke, Sie haben meine Kinder schon durch ihr bloßes Erscheinen hinreichend verunsichert, das gewiss nicht unbemerkt geblieben ist.«

»Aber Sie geben der Polizei doch sicher gerne Auskunft, Frau von Miller?«

»Ich wüsste zwar nicht, was ich Ihnen zu sagen hätte, Herr Kommissar, aber bitte, fragen Sie. Hauptsache, es geht schnell.«

Energisch drehte sie sich um, schloss die Bürotür und setzte sich. Zornig funkelte sie Wendt an, in deren Haut Adler nicht stecken wollte.

»Wir ermitteln im Fall von ermordeten Kindern.«

»Was haben wir damit zu tun?«, fragte von Miller erneut, ohne weitere Erklärungen abzuwarten.

»Das weiß ich nicht. Deshalb fragen wir ja bei Ihnen nach. Sie arbeiten mit Kindern, die keine Eltern mehr haben. Vielleicht ist Ihnen etwas zu Ohren gekommen, das uns weiterhelfen könnte? Vielleicht sind Kinder plötzlich verschwunden, oder es gibt Kinder, die seltsame Geschichten erzählt haben.«

»Bei mir sind keine Kinder verschwunden«, empörte sich von Miller mit schriller Stimme. »Und seltsame Geschichten erzählen sie andauernd. Es sind eben Kinder. Was erwarten Sie? Dass es sich um vernunftbegabte Erwachsene handelt?«

»Nun. Es könnte ja sein, dass diese Geschichten seltsam sind und dennoch wahr. Sie verstehen sicher, dass wir alles tun müssen, um diese furchtbaren Fälle aufzuklären. Damit keine weiteren Kinder gefährdet werden.«

Von Miller atmete tief ein. Dann antwortete sie Adler mit ruhigerer Stimme.

»Natürlich verstehe ich das, Herr Kommissar. Aber bitte verstehen Sie auch, welchen Eindruck es auf die Kinder machen muss, wenn hier andauernd die Polizei auftaucht.«

Und auf die ganze Nachbarschaft, dachte Adler, behielt das aber für sich.

Damit war das Gespräch für Frau von Miller beendet. Sie erhob sich.

»Ich begleite Sie gerne zum Ausgang, meine Herren.«

»Wir dürfen also nicht mit den Kindern reden?«

»So ist es. Ohne eine amtliche Anordnung werde ich das im Interesse der Kinder nicht zulassen.«

Sie führte die Männer durch den kahlen Flur mit dem zerbröselnden Linoleumboden zurück zur Pforte. Eine der Zimmertüren stand jetzt offen. Adler konnte einen kurzen Blick erhaschen. Was er sah, fuhr ihm in die Glieder. Das winzige Zimmer war mit vier Doppelstockbetten aus Metall so vollgestellt, dass man sich darin kaum umwenden konnte. Unter dem vergitterten Fenster stand eine schmale Kommode, in der die Kinder vermutlich ihre wenigen Habseligkeiten unterbringen konnten. Es roch intensiv nach Schweiß und Exkrementen. Und nach Angst. Jeder Schritt, den er durch dieses Haus machte, fiel Adler schwerer. Nichts hier verströmte Freude. Nichts in diesem Haus zeugte von kindlicher Leichtigkeit oder gar von liebevoller Fürsorge.

Er war froh, als sich die Tür endlich hinter ihnen schloss, obwohl sie nichts erreicht hatten. Nicht einmal den Kaffee hatten sie ausgetrunken.

»Hatten Sie gestern auch so ein Gespräch mit Frau von Miller?«, fragte Adler.

Raade verneinte.

»Gestern war nur das Fräulein Wendt dort. So eine freundliche Person.«

Auf der Rückfahrt nach Mitte war sich Adler nicht mehr sicher, ob Raades Interesse an dem Kinderheim tatsächlich in erster Linie auf den Bohnenkaffee zurückzuführen war oder nicht eher mit der jungen Frau Wendt zu tun hatte. Im Schatten der aufbrausenden Frau von Miller war sie immer blasser geworden, bis von ihrer fröhlichen, aufgeschlossenen Art kaum noch etwas zu erkennen war.

Adler machte eine Pause und nahm einen großen Bissen von seiner Mittagsstulle. Draußen hatte wieder ein kühler, fisseliger Nieselregen eingesetzt. Im Büro war es klamm und dunkel. Von irgendwoher hatte von Dedowsky einen Apfel ergattert, den sie genüsslich aß. Wie schaffte sie das immer, an solche Delikatessen ranzukommen? Es war Adler ein Rätsel.

Mit einem Schluck Leitungswasser spülte er sein trockenes Brot hinunter.

»Die ganze Atmosphäre war bedrückend«, fuhr er mit seinem Bericht über den vormittäglichen Besuch im Kinderheim fort.

»Aber hat es etwas gebracht?«

»Nein. Überhaupt nichts. Aber man sollte dort einmal das Gesundheitsamt vorbeischicken.«

»Und was könnte das bewirken?«, fragte von Dedowsky.

»Dass man das Heim dichtmacht.«

»Tolle Idee. Und was passiert dann mit den Kindern? Die ziehen bei uns im Präsidium ein?«

»Was weiß denn ich?«, murmelte Adler resigniert und aß sein letztes Stück Brot. Jeden Bissen zwanzigmal kauen, dann schmeckte es süßer, und man blieb länger satt.

»Ich verstehe ja dein Entsetzen, aber es hilft doch nichts. Wir kommen nur Schritt für Schritt voran.«

»Im Moment kommen wir überhaupt nicht voran. Markgraf wird uns den Kopf abreißen, und die Öffentlichkeit wird uns spätestens übermorgen am liebsten steinigen wollen.«

»Nun mach mal halblang.«

»Heute schon die Zeitung gelesen?«

Adler schob ihr den *Tagesspiegel* rüber, den Rita ihm zu den Akten gelegt hatte.

Darin wurde ausführlich das völlige Versagen der Berliner Polizei beklagt. Sie sei im Ostsektor nicht in der Lage, sich vom sowjetischen Gängelband zu lösen.

»So ein Quatsch«, empörte sich von Dedowsky.

»Das kannst du ja Erich heute Abend sagen. Mit schönen Grüßen von mir.«

»Dafür kann er nichts«, schnappte von Dedowsky zurück.

Natürlich hatte sie recht. Erich konnte nichts dafür. Ärgerlich waren solche Berichte trotzdem. Sie machten die Arbeit nicht einfacher. Die Verwerfungen im Präsidium zwischen Ost und West waren ohnehin kaum noch auszuhalten. Solch eine Presse würde die Lage nicht verbessern.

»Wie auch immer«, versuchte Adler einzulenken. »Wir kommen nicht voran. Bei Volgmann auch Fehlanzeige?«

»Auf ganzer Linie«, bestätigte von Dedowsky. Sie warf den Stiel in den Mülleimer, der als Einziges vom Apfel übrig geblieben war.

»Und nun?«, fragte Adler. »Wir müssen also auf unsere abendliche Runde hoffen?«

»Versprich dir lieber nicht zu viel davon. Das bewahrt dich vor Enttäuschungen. Wie im richtigen Leben«, antwortete von Dedowsky ironisch.

Gerade als Adler endgültig in Selbstmitleid zu versinken drohte, klopfte es an der Tür. Noch ehe er »Herein« sagen konnte, wurde sie aufgestoßen.

»Ich denke, Sie sollten einmal in die Wachstube runterkommen, Herr Kommissar«, sagte Rita aufgeregt.

»Was ist los?«

»Dort sitzt ein Mädchen und heult die ganze Zeit. Völlig aufgelöst, die Kleine. Sie will mit Ihnen sprechen. Sie sagt, Sie würden sich kennen.«

Adler seufzte. Was das nun wieder wird, dachte er und stieg die Treppe ins Erdgeschoss des Präsidiums hinab.

Adler erschrak nicht schlecht, als er die kleine Marie sah. Mit rot geheulten Augen und schniefender Nase wartete sie auf einer Holzbank. Ihre kurzen Beine baumelten in der Luft. Wachtmeister Hoffmann, der als erster Polizist bei den Kindern am Landwehrkanal gewesen war, drehte sich zu ihm um.

»Ihr Bruder ist verschwunden.«

»Der kleine Fritz?«, fragte Adler nach.

Hoffmann nickte.

Sorgenfalten standen auf seiner Stirn. Man sah ihm an, wie sehr ihn die Meldung mitnahm. Ein toter Junge war das eine. Ein verschwundener Junge, den man persönlich kennengelernt hatte, war etwas anderes. Adler sah die beiden Kinder vor sich, wie sie ihm an den Baum gelehnt neugierig zugesehen hatten, als er am Landwehrkanal die Böschung zu dem Toten hinabgestiegen war.

War das wirklich erst vor drei Tagen gewesen?

Er kniete sich neben das Mädchen vor der Bank nieder.

»Hallo, Marie. Was ist denn passiert?«

Die Tränen liefen ihr über die Wangen. Schluchzend rang sie um Worte.

»Fritz ist weg.«

Adler setzte sich neben sie auf die Bank. Er nahm das Stofftaschentuch, das er für solche Fälle in der Innentasche des Jacketts trug. Behutsam faltete er es auseinander und reichte es dem Kind.

Marie griff danach, tupfte sich die Augen trocken und schnäuzte sich.

»Seit wann ist dein Bruder denn verschwunden?«

»Seit gestern.«

»Seit gestern schon?«

Adler schaute zu Hoffmann, der bestätigend nickte.

»Geeestern Abend«, schluchzte Marie.

»Magst du mir erzählen, was genau passiert ist?«

»Wir haben gespielt. Am Potsdamer Platz, in den Ruinen.«

Marie sprach abgehackt, gehetzt, atemlos.

»Das ist aber ziemlich weit weg von eurem Zuhause«, wandte Adler ein.

Marie schüttelte ein Weinkrampf, und Adler sah ein, dass sein Kommentar wohl nicht gerade hilfreich gewesen war.

»Dürfen wiiihr ja auch gar nicht. Da hin, zum Platz«, heulte sie.

Offenbar machte sich Marie als ältere Schwester schwere Vorwürfe, dass sie ihren jüngeren Bruder mitgenommen hatte.

»Und dort habt ihr gespielt?«

Die Antwort war ein stummes Nicken.

»Und was ist dann passiert?«, fragte Adler geduldig.

»Wir haben mit den anderen in den Ruinen Verstecken gespielt.«

»Mit anderen Kindern?«

»Ja.«

»Kanntest du die Kinder, mit denen ihr gespielt habt?«

»Ein paar wohnen bei uns. Lotte und die Franzi. Die anderen nicht.«

Langsam beruhigte sich Marie.

»Magst du etwas trinken?«

Wieder nickte sie stumm.

Hoffmann, der zugehört hatte, verschwand wortlos aus dem Zimmer und kam kurz darauf mit einem Glas rosa Flüssigkeit zurück.

»Ist mit Himbeersirup«, erklärte er vorsichtig lächelnd und reichte Marie das Glas.

»Danke schön«, antwortete sie wohlerzogen.

In kurzen Schlucken trank sie das Glas halb leer und hielt es dann in beiden Händen auf dem Schoß.

»Auf einmal«, fuhr sie fort, »war er nicht mehr da. Wir haben ihn gesucht und gesucht. Aber der Fritz war einfach weg. Alle anderen waren da und haben mitgesucht. Dann bin ich nach Hause gerannt und habe Mama Bescheid gesagt. Sie hat mit mir geschimpft. Und geweint hat sie. Und dann sind wir wieder zum Platz gerannt, und schließlich hat das ganze Haus nach Fritz gesucht.«

»Und dann habt ihr die Polizei gerufen?«

»Wir habe das Gebiet gestern Abend systematisch abgesucht, Herr Kommissar«, schaltete sich Hoffmann ein. »Heute ist die junge Dame dann hier aufgekreuzt und wollte unbedingt mit Ihnen sprechen.«

»Das hast du gut gemacht, Marie. Weiß deine Mama, dass du hier bist?«

Marie schüttelte den Kopf.

»Gut, dann trink jetzt schnell aus, und wir fahren schleunigst zu deinen Eltern, damit sie sich keine neuen Sorgen machen.«

»Hoffmann, sagen Sie bitte Müller von der Fahrbereitschaft, dass wir wieder einen Wagen benötigen.«

Erst jetzt bemerkte Adler, dass Ruth von Dedowsky im Türrahmen stand und ihn beobachtete.

»Seit wann bist du denn schon hier? Hast du alles mitbekommen?«

»Ja, leider. Wenn das alles hier gerade nicht so furchtbar wäre, würde ich jetzt sagen, dass an dir ein ziemlich einfühlsamer Vater verloren gegangen ist.«

»Danke. Aber jetzt müssen wir den Buben finden. Es ist zum Aus-der-Haut-Fahren. Sag Volgmann Bescheid, er soll mit dem alten Kunert die Kartei liegen lassen und auch zum Notlager kommen. Wir müssen die Bewohner zügig vernehmen.«

»Wird erledigt, Chef«, antwortete von Dedowsky. »Kann ich sonst noch 'ne kleine Klapperschlange für dich besorgen?«

Adler grinste.

»Gerade nicht, danke. Melde mich bei dir, wenn mir noch etwas einfällt.«

Das gesamte Notlager war in heller Aufregung. Erst war der kleine Fritz weg. Dann war auch noch Marie verschwunden. Und andauernd tauchte die Polizei auf. Bewohner, die sich mit ihren Schwarzmarktgeschäften über Wasser hielten, wurden nervös und machten sich möglichst schnell aus dem Staub. Maries Eltern waren völlig aufgelöst. In dem blassen Gesicht der Mutter zehrte die Angst der Ungewissheit, wo die Kinder nur sein konnten. Erleichtert schloss sie ihre Tochter in die Arme. Tränen flossen ihr über die Wangen.

Auf dem Weg zur Notunterkunft hatte Wachtmeister Hoffmann geschildert, wie sie das Gebiet am Potsdamer Platz abgesucht hatten.

»Sogar einen Spürhund hatten wir dabei.«

Doch die Suche war ergebnislos verlaufen. Nirgends eine Spur von dem Jungen. Ohne es in der Gegenwart des Mädchens auszusprechen, wussten Adler und Hoffmann nur zu gut, dass es in den Trümmern tausend mögliche Plätze gab, an denen sich ein Kind verstecken konnte, wenn es nicht gefunden werden wollte. In Kellern, Schränken, Zimmern, in Höhlen, die die Schuttberge ausgebildet hatten. Und es gab ebenso viele Möglichkeiten, unbemerkt unter Trümmern verschüttet zu werden oder in ein Erdloch oder einen Tümpel zu fallen, ohne dass man auf Rettung hoffen durfte.

Am Morgen hatten sie die Suche nach Fritz fortgesetzt. Wieder ohne Erfolg. Das hatte vermutlich Marie veranlasst, sich auf den Weg zu Adler zu machen.

Das kleine Mädchen beeindruckte ihn.

»Marie, wir fahren jetzt noch einmal an den Potsdamer Platz. Ich möchte, dass du mir ganz genau zeigst, wo ihr überall gewesen seid.«

Kaum hatten sie wieder in dem Auto Platz genommen, begann Marie ausführlich zu schildern, an welchen Orten sie gespielt hatten. Zuletzt waren sie durch das Haus Vaterland gestromert. Ein wenig bange sei ihr in den gruseligen dunklen Räumen gewesen. Dann hatten sie begonnen, dort Verstecken zu spielen. Während einer laut von zehn herunterzählte, krochen die anderen unter die alten Tresen, versteckten sich hinter Türen in Zimmern, an denen die Tapete in Streifen von den feuchten Wänden herunterhing. Immer weiter hatten sie sich in das Haus hineingewagt, um nicht so schnell von den anderen Kindern gefunden zu werden.

»Und ihr habt die ganze Zeit niemand anderen gesehen?«, unterbrach Adler sie.

Das Mädchen stockte kurz. Dann schüttelte sie energisch den Kopf.

»Nein. Niemanden.«

Adler nickte. Er hatte das kurze Zögern genau bemerkt. Wer immer dieser Niemand war – er würde es herausbekommen.

Wie die Kinder allerdings in das Haus gekommen waren, war Adler schleierhaft. Die Bögen im Erdgeschoss waren zugemauert, eine schmucklose Tür an der Seite führte nur in einen provisorisch wirkenden Schankraum, der nichts mehr von der Grandezza und Vielfalt des legendären Vergnügungstempels der zwanziger Jahre besaß. Der Rest des Hauses stand leer. Es gab keine Flugzeuge mehr, die an dünnen Fäden durch die Luft schwebten. Keine Kapellen spielten hier mehr heiter zum Tanz auf. Es gab weder spanische Bodega noch Wild West Saloon.

Marie führte sie am Eingang zu der Gaststätte im Erdgeschoss vorbei. Am Ende des Hauses schlüpfte sie durch ein winziges Kellerloch, das hinter einem Erdhügel verborgen lag, von der Straße aus kaum zu erkennen.

Wer hier wohl sonst noch auf ein geheimes Plätzchen hofft …, ging es Adler durch den Kopf.

Seine Augen mussten sich erst an die Dunkelheit gewöhnen. Schmutziges Wasser stand auf dem Boden. Es war eiskalt in dem Raum. Reste einer Malerei, die Männer mit Sombreros zeigte und Frauen mit weiten Röcken, blätterten von den Wänden ab. Marie streckte Adler ängstlich ihre Hand entgegen. Er griff vorsichtig ihre eiskalten Finger. Wie klein ihre Hand war. Wie zerbrechlich.

»Hier«, hauchte Marie.

Adler begriff. Hier hatten sie angefangen zu spielen. Hier hatten sie begonnen, sich zu verstecken, hin- und hergerissen zwischen Grusel und Mut.

Langsam schoben sie sich durch das Gebäude voran. Immer fester klammerte sich Marie an Adlers Hand. Hoffmann lief hinter ihnen. Mit einer Petroleumlampe versuchte er den Weg so gut es ging auszuleuchten. Über eine Treppe gelangten sie in einen Raum mit asiatisch anmutender Dekoration.

»Hier haben wir gezählt.«

Maries Stimme wurde immer dünner.

Adler zögerte. Dann gab er sich einen Ruck und fragte das Mädchen.

»Und wo hast du den Fritz zum letzten Mal gesehen?«

Marie entging die Doppeldeutigkeit der Frage. Sie zog Adler energisch weiter. Über die Treppen ging es immer höher bis zum obersten Geschoss des Hauses. Je höher sie kamen, desto lichter wurde es im Haus. Unter dem mächtigen verbogenen Stahlskelett, das einst die bekrönende Kuppel des Hauses getragen hatte, blieben sie schließlich stehen. Von den Stahlträgern hingen einzelne Deckenfetzen herab wie die Haut eines Urtieres. Unwillkürlich legte Adler seine Hand auf die Schulter des Mädchens. Es gab keine schützende Brüstung mehr. Direkt vor ihren Füßen breitete sich die Trümmerlandschaft des Potsdamer Platzes aus. Links erhob sich der Potsdamer Bahnhof, ebenfalls mit offenem Dach, schräg gegenüber stand das berühmte Columbushaus, einst Berlins modernstes Geschäftshaus. Jetzt hatte sich dort im Erdgeschoss ebenfalls eine Gaststätte angesiedelt.

Doch dafür hatte Marie keinen Blick.

»Hier«, rief sie.

Ihre Stimme klang erstickt. Wieder quollen Tränen aus ihren Augen. Mit dem Finger zeigte sie vor sich.

Irgendwo da hatte sie Fritz zuletzt gesehen.

»Und dann?«

»Dann habe ich mich ganz, ganz unten versteckt. Noch tiefer, als wo wir reingekommen sind. Die anderen haben mich nicht gefunden.«

Der Stolz über das gute Versteck überdeckte für einen kleinen Moment die Angst um den verschwundenen Bruder.

»Ich habe gewartet und gewartet. Aber niemand kam. Mich hat einfach keiner gefunden. Dann bin ich heimlich zurück, bin hier hochgeschlichen, um anzuschlagen, damit ich erlöst bin. Die anderen sollten mich ja nicht sehen. Es hat mich ja auch keiner gesehen. Weil alle weg waren. Alle … auch Fritz …«

Jetzt strömten die Tränen ohne Halt, und Marie schluchzte wild.

»Pst«, wisperte Adler und kniete sich neben das Kind, nahm es in den Arm und drückte es behutsam an sich.

Als Maries Tränenfluss langsam abebbte, wandte sich Adler an Hoffmann.

»Bringen Sie Marie bitte zu ihren Eltern zurück.«

»Jawoll. Soll ich Ihnen die Lampe hierlassen, Herr Kommissar?«

»Schon gut, vielen Dank. Ich finde so zurück.«

Trotz der Sonne fröstelte Adler, als Marie und Hoffmann ihn auf dem Dach zurückgelassen hatten. Als Junge war er gelegentlich am Potsdamer Platz vorbeigelaufen. Was für ein phantastischer Anblick das gewesen war, wenn er abends aus dem dunklen Tunnel der S-Bahn auftauchte und die leuchtenden Reklamen sah. In das Haus Vaterland mit seinen Bars und Bühnen hatte es ihn allerdings nie verschlagen. Dafür reichte sein Geld nicht aus. Zudem stand ihm der Sinn nach anderer Musik, nach anderen Vergnügungen als jenen, die hier angeboten wurden. Jetzt vergnügte sich hier niemand mehr. Der leuchtende Schriftzug unter der Kuppel war verschwunden. Stattdessen hatten sich Trümmer, Dreck und Staub im Haus ausgebreitet. So wie in der übrigen Stadt. Ganz Berlin, sein Berlin, war beschmutzt, verdreckt. Mit ihrem Vorkriegsglanz hatte die Stadt auch ihre Unschuld verloren.

Was für ein Unsinn, dachte Adler. Unschuld. Was für leere Worte. Städte sind immer unschuldig. Sie können überhaupt keine Schuld auf sich laden. Schuldig werden nur die Menschen, die in den Städten leben. Menschen, die Dinge machen, Menschen, die Dinge zulassen und die anderen nicht an ihren Verbrechen hindern. Keine fünfhundert Meter vom Haus Vaterland entfernt lagen die einstigen Schaltzentralen dieser Verbrechen in Trümmer: Hitlers Reichskanzlei, Goebbels' Propagandaministerium, Görings Reichsluftfahrtministerium, Himmlers Reichssicherheitshauptamt.

Adler spürte, wie ihm trotz der frischen Frühlingsluft der Atem wegblieb.

Unwillkürlich schlug er sich mit seiner rechten Hand den Staub vom Mantel. Auf seiner Wanderschaft mit Marie durch das Haus war er wohl an manchen Wänden entlanggestreift, ohne es zu bemerken.

Auf dem Boden des ehemaligen Palmensaals des Hauses Vaterland, der sich direkt unter der Kuppel befand, waren Schmutz und Trümmerteile verteilt. Dazwischen lag eine Zigarettenkippe. Adler bückte sich. Die Kinder waren wohl tatsächlich nicht die Einzigen, die es gelegentlich hierhergezogen hatte. Er hob den Stummel auf und drehte ihn behutsam, als hätte er einen kostbaren Schatz geborgen.

»Garbáty«, murmelte er.

Aus seiner Jackentasche zog er einen weißen Umschlag und steckte den Stummel hinein. Dann richtete er sich auf. Er ließ noch einmal den Blick über den himmeloffenen Raum schweifen und weiter über den Potsdamer Platz und den angrenzenden Leipziger Platz mit den schlanken Pfeilern der Ruine des Kaufhauses Wertheim. Dann machte er sich durch die Kälte im Haus Vaterland auf den Rückweg. Mehrfach stolperte er im Zwielicht und wäre beinahe gestürzt. Von irgendwo hörte er Stimmen. Er blieb stehen und lauschte. Hoffmann und Marie mussten die Ruine schon längst wieder verlassen haben. In der Bodega, durch die sie das Haus betreten hatten, hörte er erneut Geräusche. Doch bevor er sie zuordnen konnte, waren sie wieder verhallt.

Fix krabbelte er aus der Öffnung und stand wieder auf der Straße. Hoffmann hatte Marie offenbar bereits heimgebracht. Jedenfalls waren sie nirgends mehr zu entdecken. Adler wechselte die Straßenseite. Die Bahnhöfe waren zu Umschlagplätzen des Schwarzmarktes geworden. Zwischen Zeitung lesenden Passanten und eiligen Damen mit Hut und Rock schob er sich bis an die Ziegelwand der Ruine des Potsdamer Bahnhofs vor. Dort bezog er Position. Aufmerksam schaute er zwischen den heruntergekommenen grauen Gestalten hindurch, die ihre letzten Habseligkeiten feilboten. Meißner Porzellan gab es da, goldene Uhren und klobige Schmuckstücke.

Doch das alles nahm er nur am Rande wahr. Konzentriert behielt er den versteckten Zugang zum Haus Vaterland im Auge, durch den er die Ruine gerade verlassen hatte. Doch nichts regte sich dort.

Als nach zwanzig Minuten niemand das Haus durch den verborgenen Eingang betreten oder verlassen hatte, gab Adler seinen Posten auf, begleitet von den argwöhnischen Blicken der Händler, die wohl einen Spitzel in ihm vermuteten.

Wer auch immer gleichzeitig mit ihm im Haus Vaterland gewesen war, hatte wohl einen anderen Weg gefunden, um es wieder zu verlassen. Da Hoffmann mit Marie den Wagen genommen hatte, blieb Adler nichts anderes übrig, als zum Präsidium zurückzulaufen. Er trat einen Schritt vor, blieb aber sogleich wieder unschlüssig stehen. Vielleicht sollte er erst bei Aschinger etwas essen gehen?

Sofort rempelte ihn ein Passant unwirsch an.

»Könn' Se vielleicht ma weitajehn?«, rüffelte ihn ein älterer Herr mit staubigem Hut und Aktentasche unter dem Arm.

Doch Adler ließ sich nicht stören.

Versonnen schaute er zum Himmel. Dort hatten sich die Wolken schon wieder gräulich zusammengeballt. Vermutlich würde bald erneut Regen einsetzen. Plötzlich fiel sein Augenmerk auf die Silhouette eines Mannes an der Leipziger Straße. Sie kam ihm bekannt vor, doch woher? Mit schnellen Schritten verschwand der Unbekannte in der Menschenmenge, die in Richtung Alexanderplatz strömte.

»So verträumt, Herr Kommissar? Das kenne ich ja gar nicht von Ihnen.«

Adler hatte Frau Dr. Fischer nicht bemerkt, die auf einmal neben ihm stand.

Sie lächelte ihn aufmunternd an.

»Was machen Sie denn hier?«, fragte Adler.

Zu spät bemerkte er, wie unbotmäßig schroff seine Frage wirken musste. Doch Fischer ließ sich davon nicht stören.

»Ich habe gerade meine Tante im Süden der Stadt besucht. Sie wohnt an der Rehwiese in Nikolassee. Kennen Sie die Gegend?«

Natürlich. Die Rehwiese kannte Adler. Dort standen wunderbare Villen inmitten des Grunewaldgrüns. Ein schönes Ziel für einen ausgedehnten Sonntagsspaziergang, den er auch einmal mit Charlotte unternommen hatte. Mit der S-Bahn dauerte es von Mitte aus keine Dreiviertelstunde dorthin. Hand in Hand waren sie durchs hohe Gras in der Senke der Rehwiese geschlendert.

»O ja, eine sehr schöne Gegend.«

»Sehr schön«, bestätigte Fischer.

Unvermittelt hakte sie sich bei ihm unter und zog ihn aus dem Gewühl des Gehwegs zurück an die Seite des Bürgersteigs, an der er eben noch aufmerksam das Haus Vaterland beobachtet hatte.

»Vielleicht sollten wir hier nicht wie Ölgötzen rumstehen. Die Leute gucken schon ganz grummelig.«

Wie hübsch das Grübchen an ihrer Wange ist, wenn sie lacht, dachte Adler.

Es schien ihm, als wäre er nur noch von wunderbaren Frauen wie Ruth, Helen und Frau Dr. Fischer umgeben.

Fischers Arm unter seinem fühlte sich bemerkenswert

gut an. Er stockte. »Bemerkenswert«. Was für ein albernes Wort. Bemerkenswert sagte überhaupt nichts aus. Und es traf auch nicht das, was ihn bei ihrer Berührung durchglühte.

Sie plauderte ungerührt weiter drauflos, ihren Arm immer noch bei ihm untergehakt.

»Tantchen hat dort bei Freunden aus der Studienzeit ein feines Zimmer unter dem Dach ergattert, nachdem sie 43 in Mitte völlig ausgebombt wurde. Alles futsch. In der neuen Wohnung wohnen auch ein paar Künstler. Völlig verrückt sind die. Die laufen meistens nackert durchs Haus und malen sich gegenseitig mit wilden Kreidestrichen auf dem Papier, wenn sie nicht gerade, na ja …«

Fischer lief rot an.

Vielleicht hatte sich Berlin doch nicht so verändert, wie Adler es befürchtet hatte. Hier blieb die Kunst Kunst, Künstler blieben Künstler, und Liebende blieben, nun ja, eben Liebende. Und manchmal fiel alles in eins.

»Soso, in Nikolassee. Hätte man ja auch nicht gedacht«, antwortete er verlegen, weil er nicht wusste, was er sonst hätte sagen sollen.

»Tja, das wilde Nikolassee, hätte man wirklich nicht vermutet«, stimmte ihm Fischer zu, der langsam wieder die Farbe aus dem Gesicht wich.

»Ist Ihre Tante denn auch eine Medizinerin wie Sie?«

»Fast. Sie hat Chemie studiert, bei Professor Bodenstein. Übrigens gleich hier um die Ecke, in der Bunsenstraße.«

Die Bunsenstraße kannte Adler. Aber von Bodenstein hatte er noch nie gehört. Da er sich nicht nachzufragen traute, nickte er nur.

Leise zog Fischer ihren Arm wieder unter Adlers Ärmel hervor.

»Aber eigentlich ist sie Fotografin«, fuhr sie fort. »Sie macht wundervolle Berlinfotos. Schwarz-Weiß, wie Seidenstücker. Gott sei Dank hatte sie ihr Archiv nicht in der Wohnung. Sonst wäre das auch alles verloren. Unvorstellbar. Ist ja furchtbar vielen so ergangen. Schrecklich. Na ja, und die ganzen Ruinen hat sie auch aufgenommen im letzten Jahr. Deshalb hat sie auch Kontakt zu den beiden Malern nebenan bekommen. Simone Taenzer heißt sie. Sie haben bestimmt schon mal Fotos von ihr in einer Zeitung gesehen. Für ein amerikanisches Magazin hat sie im Winter eine Serie über die erfrorene Stadt gemacht. *Berlin – Froozen City* war der Titel.«

Langsam wurden es Adler zu viele Namen, von denen er noch nie gehört hatte. Bodenstein? Seidenstücker? Taenzer? Vielleicht sollte er mal die Fotos der Tante von Frau Fischer anschauen? Wäre bestimmt interessant. Dennoch entschloss er sich, lieber das dünne Eis ihrer Konversation zu verlassen, um wieder festeren Gesprächsgrund unter die Füße zu bekommen.

»Müssen Sie jetzt zur Charité hoch?«

»Ja«, bestätigte die Ärztin. »Aber vorher muss ich unbedingt noch was essen. Ich verhungere gleich, und Tantchen konnte ich ja nicht die paar Lebensmittel gleich wieder wegfuttern, die ich ihr eben erst mitgebracht hatte.«

»Na dann, das trifft sich. Darf ich Sie begleiten?«

»Wie, zu Fuß? Gar nicht mit Fahrrad unterwegs, Herr Kommissar?«

»Nein, das steht leider dumm im Präsidium rum.«

»Na, so was. So ein dummes Fahrrad.«

Noch während ihres kleinen Geplänkels waren sie losgeschlendert. Vorbei am Columbushaus und dem kahlen Tiergarten. Rechts davon erstreckten sich die Ministergärten, dahinter die Voßstraße, zu der die leeren Fensteraugen der Ruine der Reichskanzlei blickten. Mit jedem Schritt rückten das Brandenburger Tor und die schwarz verkohlte Reichstagsruine näher. Doch anders als sonst hatte Adler neben Frau Fischer heute keinen Blick für die Relikte der gemeuchelten Stadt.

Während sie in Richtung Spree weiterliefen, brachte er sie auf den aktuellen Stand der Ermittlungen. Das war sicheres Terrain. Hier kannte er sich aus. Er berichtete ihr vom Besuch im Kinderheim in der Krumme Straße und vom Verschwinden des kleinen Fritz. Es tat gut, über diese Erlebnisse mit ihr zu sprechen, auch wenn der Schrecken in den Augen der Ärztin unverkennbar war. Sie teilten die Angst um das verschwundene Kind.

Für einen Moment schweiften seine Gedanken ab. Wenn die Dinge so gelaufen wären, wie Adler es sich erträumt hatte, dann wäre er nie im Krieg gewesen. Dann besäße er noch seinen linken Arm. Dann wären er und Charlotte längst verheiratet. Dann hätten sie gewiss schon ein gemeinsames Kind. Oder sogar zwei. Manchmal hatten sie über ihre Zukunft gesprochen. Zärtlich wispernd, während sie dicht beieinanderlagen. Die Wärme des anderen Körpers an sich spürend. Die Nähe, die Leidenschaft, die Liebe. Dann hatte er ihr sanft durch die Haare gestreichelt und ihre Lippen geküsst. Und sie hatten ganz leise von den gemeinsamen Kindern gesprochen, die sie haben wollten. Zwei Mädchen, hatte

Charlotte gefordert. Adler hatte gelächelt. Zwei Kinder. Hauptsache, zusammen mit dir, hatte er gedacht.

Fischer musterte ihn aufmerksam.

Einen halben Kopf kleiner als Adler, lief sie an seiner rechten Seite neben ihm, genauso schlank wie er, im gleichen Schritt.

»Ich musste gerade …«, sagte Adler stockend.

»Ich verstehe. Müssen wir das nicht alle hin und wieder?«

Ihre Stimme war jetzt auch leise, fast flüsternd.

Sie erinnerte ihn an Charlotte. Die Gesichter überlagerten sich, verschmolzen miteinander. Charlotte entglitt ihm von Tag zu Tag mehr.

»Kommen Sie, ich zeige Ihnen etwas.«

Adler schüttelte mit seiner Melancholie auch die Sehnsucht ab. Forsch griff er nach Frau Fischers Hand, beschleunigte den Schritt. Gleich hinter dem Brandenburger Tor und der Ruine des Adlon bogen sie links in die Luisenstraße ab. Durch eine Haustüre schoben sie sich auf den Hof eines Mietshauses, von dem der Putz abblätterte. Aber immerhin, das Haus stand.

»Hier«, verkündete Adler strahlend.

Es gab ihn also auch noch. In der Ecke des Hofes stand ein kleiner Kirschbaum mit weit ausladenden Ästen.

»Vor etlichen Jahren wohnte hier ein Kollege von Ihnen. Ein japanischer Arzt, der zugleich ein bedeutender Schriftsteller war. In seiner Zeit in Berlin hat er diesen Kirschbaum gepflanzt. Er erinnerte ihn an seine Heimat. Als er Berlin dann wieder verließ, blieb der Kirschbaum natürlich hier. Jetzt erinnert er sowohl an den Arzt als auch an Japan.«

»Wie schön«, sagte Fischer und lächelte. »Wie wunderschön, dass manche Dinge überdauert haben und fortleben.«

Die Kirsche war voller praller Knospen. Doch es würde wohl noch mehrerer warmer Tage bedürfen, ehe sie aufspringen würden.

»Ich habe den Baum durch Zufall einmal auf einem Spaziergang im Frühling entdeckt. Die Blüten leuchten im Sonnenlicht zartrosa. Wunderschön.«

»Was für ein Glück, dass er diesen Winter überstanden hat und nicht zu Brennholz gemacht wurde.«

»Was für ein Glück«, bestätigte Adler.

Bestimmt, dachte er, wohnt hier ein wachsamer Hüter des Baumes.

Sie beschlossen, zur Friedrichstraße vorzulaufen. In einem Restaurant nahmen sie ein schnelles Mittagessen zu sich. Erbsensuppe. Fünfzig Pfennig die Portion. Hungrig verzehrten sie die Speisen am Stehtisch.

»Und wie geht es weiter?«, fragte Frau Fischer, ehe sie sich einen weiteren Löffel der geschmacksneutralen grüngrauen Erbsenpampe in den Mund schob.

Ja, wie weiter?, dachte Adler.

Das war ihm derzeit auch nicht so klar. Wilkinsons Antrag, mit den Amerikanern zusammenzuarbeiten, den er abgelehnt hatte, die Kindermorde, bei denen es keine Spur gab, keine richtige Wohnung, in der er leben konnte, dazu die trostlose Stadt. Wobei, so neben der schönen Frau Fischer stand es sich ja gerade eigentlich sehr angenehm. Keineswegs trostlos. Eher im Gegenteil.

»Wir haben keinerlei Spur. Drei tote Kinder, jetzt noch ein vermisster Junge, dafür jede Menge Druck von

Markgraf und Stumm. Es ist zum Junge-Hunde-Bekommen. Heute Abend wollen Ruth von Dedowsky und ich uns in den einschlägigen Etablissements umhören.«

»Na, viel Vergnügen. Was halten Sie eigentlich von der Dedowsky?«

»Fleißig, klug, umtriebig, sympathisch. Feine Kollegin. Wieso fragen Sie?«

Fischer zuckte mit den Schultern.

»Nur so. Ich kenne sie ja noch nicht so lange.«

»Das klingt nach Einschränkung.«

Fischer zögerte. Dann machte sie eine wegwerfende Handbewegung

»Ach was.«

»Na los jetzt, nicht drücken«, beharrte Adler.

»Ich …« Fischer druckste herum.

»Na?«

»Es ist nur so ein Gefühl.«

»Was denn für eins?«

»Irgendwie beschleicht mich immer ein leichtes Unbehagen bei Frau von Dedowsky.«

»Quatsch«, polterte es aus Adler heraus.

»Ja, wahrscheinlich ist es wirklich absoluter Quatsch. Tut mir leid, ich hätte es besser nicht ansprechen sollen. Aber ich mache mir manchmal etwas Sorgen.«

»Sorgen? Worüber denn?«

Fischer wurde wieder etwas rot im Gesicht.

»Ganz ehrlich?«

»Ich bitte darum. Wir sind ja schon die ganze Mittagszeit über ziemlich ehrlich, oder?«

»Ja, die ganze Mittagszeit«, bestätigte Fischer und klang dabei ungewohnt verträumt.

Sie stockte einen Moment, ehe sie mit fester Stimme fortfuhr.

»Ich mache mir Sorgen, wie sich die Berliner Polizei in den nächsten Wochen und Monaten entwickelt. Da werde ich ganz misstrauisch und sehe Gespenster. Eigentlich mache ich mir sogar gewaltige Sorgen, wie sich die ganze Stadt weiterentwickelt. Die Konfrontation zwischen den Alliierten wird doch täglich arger. Die Spannungen sind mittlerweile in der Luft zu greifen. Eskaliert die Situation am Ende? Die Versorgungslage hier in der russischen Zone und in den anderen Zonen Berlins ist katastrophal viel schlechter als im Westen Deutschlands. Also machen sich immer mehr Leute auf in den Westen. Im Westen entsteht immerhin auch eine freie Presse.« Sie senkte die Stimme. »Und hier im Osten gibt es nur das *Neue Deutschland*. Wo bitte soll das enden?«

Adler guckte sie ernst an.

Ja, wo sollte das enden?

Diese Entwicklung hatte auch hinter Wilkinsons Frage gesteckt.

Doch darauf würden sie jetzt keine Antworten finden. Weder er noch Fischer. Ob mit oder ohne Erbspüree. Aber das war ihm im Moment egal. Endlich war ihm nämlich eingefallen, an wen ihn die Silhouette des Mannes am Potsdamer Platz erinnert hatte.

Der Nachmittag im Präsidium verlief ungewöhnlich ruhig. Keiner der Kollegen war im Büro. Weder Stumm noch Markgraf riefen Adler zu sich, sodass er über alte Akten gebeugt an seinem Schreibtisch saß. Vor dem

Fenster flatterte ein erster Zitronenfalter durch die Berliner Luft. Raade war mit dem alten Kunert nach Süden aufgebrochen und besuchte in Mariendorf und Lankwitz weitere Kinderheime. Volgmann saß vermutlich wieder vor einer Verbrecherkartei. Oder er lief an Ruinen vorbei, auf seiner vergeblichen Suche nach Verdächtigen. Langsam entschwand der Zitronenfalter im Berliner Dunst aus Adlers Blickfeld. Rita hatte sich den Nachmittag freigenommen: Sie wolle zu ihren Eltern fahren, die bei Königs Wusterhausen lebten. Vermutlich würde sie beladen mit Kartoffeln und Rüben zurück in ihr Zimmer nach Friedrichshain kommen.

Ruth von Dedowsky war ebenfalls nicht da. Adler hatte keine Ahnung, was sie gerade machte, und es war auch sonst niemand da, der es ihm hätte verraten können.

Er spürte, wie seine Augenlider immer schwerer wurden. Schwerfällig hievte er sich hoch, um die Bürotür zu schließen. Das war für alle ein klares Signal, dass er jetzt nicht gestört werden wollte. Er ließ sich auf den harten Schreibtischstuhl plumpsen, legte die Füße auf dem Papierkorb hoch und schloss die Augen. Luftig ließ er sich vom Berliner Grau hinforttreiben und folgte seinen Gedanken. Noch einmal lief er mit der kleinen Marie durch das dunkle Haus Vaterland. Er spürte ihre schlanke Kinderhand in seiner, nahm den kalten muffigen Geruch im Haus wahr und bezog anschließend vor dem Potsdamer Bahnhof Posten. Durch kniehohes Gras schlenderte er die Rehwiese entlang. Die hohen Bäume boten Schatten. Er hielt Charlottes Hand, fühlte ihr Handgelenk. Doch als er den Blick hob, sah er in das Gesicht der forsch schauenden Karin Fischer. Sie küssten sich. Lange und leidenschaftlich. Er spürte ihre weiche Zunge und die raue Haut ihrer Lippen. Mit beiden Armen drückte er sie an sich, spürte ihre Brust. Vorbei an der AVUS liefen sie weiter nach Wannsee. Längst war es dunkel geworden. Frau Dr. Fischer zog ihn die Straßen entlang, unter hohen Bäumen zur Villa von Wilkinson, den sie mit einer herzlichen Umarmung begrüßte, die mehr als eine flüchtige Bekanntschaft ausdrückte. Erschüttert stand er vor den beiden. Arm in Arm drehten sie sich zu ihm um und schauten ihn fragend an.

»Du musst dich entscheiden, das weißt du, Hans«, sagte sie. Dann löste sie sich aus Wilkinsons Arm, trat auf Adler zu und strich ihm sanft eine Strähne aus dem Gesicht.

»Ich mache mir Sorgen, wie sich die Berliner Polizei in den nächsten Wochen und Monaten entwickelt. Wie sich die ganze Stadt weiterentwickelt«, sagte Wilkinson. Seine Stimme klang müde. Da griff eine kleine Hand nach Adlers rechter.

»Du findest den Fritz, nicht wahr?«

»Ganz bestimmt«, antwortete Adler und schaute der kleinen Marie ins Gesicht.

»Ganz bestimmt«, rief Charlotte und rannte auf der Rehwiese vor ihm her. Doch sosehr er sich auch anstrengte, er konnte sie nicht mehr einholen, ehe sie zwischen den Bäumen verschwand.

Mit einem Ruck erwachte Adler. Es hatte an der Tür geklopft. Er strich sich die Haare aus der Stirn. Draußen hatte wie erwartet wieder ein feiner Regen eingesetzt, der Himmel war dunkel, keine Spur von Frühling oder Zitronenfaltern mehr.

»Herein.«

Hoffmann nickte ihm kurz zu, als er das Büro betrat.

»Herr Kommissar.«

»Was gibt's, Hoffmann? Schon wieder Besuch?«

»Ja, Herr Kommissar, aber eine Zeugin. Also möglicherweise.«

Adler schaute irritiert.

»Eine mögliche Zeugin? Was hat sie denn gesehen, die Dame?«

»Sie hat einen kleinen Jungen beobachtet, der am Rand des Tümpels an der Potsdamer Straße gespielt hat, gleich hinter der Potsdamer Brücke. Gestern. Sie ist dann weiter Richtung Kemperplatz gegangen. Hat sich aber noch einmal umgesehen, sagt sie, denn der Junge habe so dicht am Wasser gestanden. Und da war er plötzlich weg. Sie hat sich gewundert, sich aber erst einmal nichts weiter dabei gedacht. Als sie jetzt gehört hat, dass ein Junge verschwunden ist, ist sie schnurstracks zu uns gekommen.«

Das klang zwar alles reichlich vage, befand Adler, aber es half wohl nichts. Er seufzte. Sie mussten die Zeugin vernehmen, die Aussage aufnehmen, und dann …? Adler blickte auf die Uhr. Der Nachmittag war schon reichlich angeknabbert. Heute würden sie nicht mehr viel erreichen können, denn es war schon fast dunkel.

»Folgendes, Hoffmann: Sie nehmen das alles genau auf. Morgen Vormittag werden wir einen Taucher von der Wasserschutzpolizei bitten, den Tümpel abzusuchen.«

»Jawoll, Herr Kommissar. Dachte ich mir. Habe bereits die Aussage aufgenommen. Wollte nur sichergehen, dass Sie nicht noch einmal mit der Dame sprechen wollen.«

Adler grinste.

»Gut gemacht, Hoffmann. Hat sie denn einen festen Wohnsitz?«

»Jawoll, wohnt in Pankow.«

»Ausgezeichnet. Was meinst du, Ruth? Können wir es dabei bewenden lassen?«

Seine Kollegin stand in der Tür.

Mit der Schulter gegen den Rahmen gelehnt, verfolgte sie entspannt die Konversation der beiden Männer. Dann ging ein Ruck durch ihren Körper.

»Sehr gut, Hoffmann. Wenn Sie wegen des Tauchers der Wasserschutzpolizei Unterstützung brauchen, lassen Sie es mich wissen.«

»Selbstverständlich, Frau von Dedowsky, vielen Dank.«

Damit drehte sich Hoffmann um, wartete aber so lange vor der Tür, bis von Dedowsky Adlers Büro betreten hatte, ehe er selbst es verließ.

Aus einem Netzbeutel holte von Dedowsky eine verbeulte kleine Blechkiste.

»Wir gehen nachher noch auf die Potse?«

»Unbedingt.«

»Nun, ich dachte mir, du würdest vielleicht Hunger haben.«

»Sehr weise. Du umsorgst mich wie eine Mutter.«

»Ehrlich gestanden kam die Idee von Erich.«

»Von Erich? Eine solch väterliche Attitude hätte ich jetzt nicht unbedingt von ihm erwartet.«

»Er hat immer noch ein schlechtes Gewissen wegen neulich.«

»Braucht er doch nicht zu haben.«

»Habe ich ihm auch gesagt. Er meinte daraufhin nur, gut, das seien dann eben die letzten Stullen, die ich dir deswegen noch mitbringen solle.«

»In jedem Fall vielen Dank. Auch an Erich. Komm, setz dich. Hast du schon ein Abendbrot gehabt?«

»Nee, ist auch ein bisschen früh, aber egal. Ich habe etwas Hunger.«

Adler öffnete die Schachtel und hielt sie von Dedowsky entgegen, die sich eine der Schmalzstullen herausnahm, um genüsslich hineinzubeißen.

»Schmeckt?«, grinste Adler.

»Ein Fest«, murmelte von Dedowsky mit vollem Mund.

Hinter der Potsdamer Brücke hatte die Stadt ihre Form vollständig verloren. Ruine reihte sich an Ruine. Kein Haus hier war ohne Schäden geblieben. Trümmerberge lagen neben abgeplatzten Putzfetzen, Einschusslöcher der Maschinengewehrsalven durchzogen die Erdgeschosse, die noch stehen geblieben waren. Hinter hohlen Fensteröffnungen glotzte der frühe Abend hervor. Immerhin, in einigen notdürftig hergerichteten Bretterbuden hatten sich wieder kleine Geschäfte angesiedelt. Die Signets von Kindl und Schultheiss lockten die Biertrinker abends in die Eckkneipen. Sie verhießen den Männern ein paar Stunden Ruhe und Gemeinschaft bei Molle und Korn. Ein paar Stunden Vergessen. Ein paar Stunden ohne Erinnerungen. Auf Höhe der Pohlstraße standen junge Frauen neben einer schlanken Säule, der das Kapitell weggepustet worden war, in einem Hauseingang und rauchten. Verschämt guckten sie zu Boden, als von Dedowsky und Adler vorbeigingen.

Nüttchen, die auf Kundschaft warteten.

So wurden jene Frauen lapidar genannt, die ihren Körper am Ende eines langen Tages feilboten, um mit dem Erlös irgendwie über die Runden zu kommen. Viele von ihnen hatten ihre Männer im Krieg verloren. Oder sie hofften, dass sie irgendwann aus der sowjetischen Gefangenschaft zurückkehren würden. Die meisten hofften vergeblich. Bis dahin bekamen sie ihre Kinder und sich selbst nicht anders satt als durch Prostitution. In den wenigen halbwegs erhaltenen Häusern der Potse boten Pensionen ihre Zimmer stundenweise an. Wem auch das noch zu teuer war, der konnte sein billiges Vergnügen in einem muffigen Keller erhalten. Ein Trupp amerikanischer Soldaten zog lärmend von der Kurfürstenstraße kommend an ihnen vorbei. Die Männer johlten, pfiffen und waren trotz der frühen Abendstunde bereits ziemlich betrunken. Wer hier die Sieger und wer die Besiegten waren, deutlicher hätte es sich kaum zeigen können.

Von Dedowsky hatte Adler vorgeschlagen, im Winston zu beginnen.

Hinter dem einfachen hölzernen Empfangstresen mit der Garderobe stand ein spärlich bekleidetes Mädchen. Sie nahm nicht nur die Mäntel der Gäste entgegen, sondern auch die Handtaschen der Damen und kleine Pakete der Herren, in denen sie ihre illegalen Schusswaffen blickdicht verstaut hatten.

Das Winston sollte ein friedlicher Ort bleiben.

Halbwegs friedlich zumindest.

Den Polizeiausweis von Adler quittierte die junge Frau mit einem mitleidigen Lächeln.

»Rabatt jibt et hier aber och für de Polente nich.«

»Schon klar.«

»Außerdem sind Se ja schon janz jut ausjestattet«, fuhr sie fort und nickte mit dem Kopf in Richtung von Dedowsky.

»Sehr richtig. Das ist meine Kollegin Kommissarin von Dedowsky. Und Sie heißen …?«

»Wüsste nich, wat Se dit anjeht, aber wenn Se't unbedingt wissen wollen, können Se ma Lilly nennen.«

»Lilly, sehr schön. Wir würden gerne mit Ihrem Chef sprechen, Lilly.«

»Det wollen viele.«

»Mag sein, aber ich denke, wir wollen nicht nur, wir werden auch mit ihm sprechen.«

»Wenn Se meenen.«

Lilly verzog keine Miene und machte auch keine Anstalten, sich zu bewegen. Stattdessen schaute sie Adler nur provozierend lässig an. Inzwischen hatte sich hinter den beiden Polizisten schon eine kleine Schlange gebildet. Junge Frauen mit Fuchspelzen um den Hals standen Arm in Arm mit ihren Kavalieren und warteten ungeduldig auf Einlass.

»Wird's bald?«, wurde von der Tür aus lautstark gefordert.

Adler beugte sich zu Lilly vor.

»Wir können jetzt natürlich in den Schankraum gehen, unsere Ausweise vorzeigen und von allen Besuchern die Personalien aufnehmen. Oder Sie führen uns mal eben zu Ihrem Chef. Was, meinen Sie, wäre besser für das Geschäft?«

Lillys Gesichtsausdruck wechselte von gelangweilt zu angeekelt.

Dann drehte sie sich zur Tür neben der Garderobe und rief:

»Kannste ma übernehmen, Luzi? Der Gentleman hier hat en Bejeren, wo nur icke ihm dit befriedigen kann.«

Adler grinste von Dedowsky an, die nur mühsam an sich halten konnte, um angesichts der vulgären Zweideutigkeit nicht loszuprusten.

Während Lilly den Tresen hochklappte, kam Luzi in die Garderobe vorgeschlurft. Sie trug das gleiche tief ausgeschnittene schwarze Kleid mit roter Spitze wie Lilly. Ansonsten aber war sie das genaue Gegenteil ihrer Kollegin, ja, sie hätte ihre Mutter sein können. Die Haare hochgesteckt, eine Zigarette im Mundwinkel, die Nägel der faltigen Hände knallrot lackiert. Das faltige Dekolleté ließ tief blicken.

»Doas isch aba an scheener Mann, den doa ausgesucht hascht«, verkündete sie in breitem Schlesisch.

»Breslau?«, fragte Adler.

»Un schlau isch a ach no«, bekam er zur Antwort.

»Watn nu, wolln Se die Olle angaffen oder komm Se mit mich mit?«, blaffte Lilly, der das Gespräch offenbar zu lange dauerte, denn sie fürchtete um ihre Trinkgelder, je länger sie von der Garderobe wegblieb.

»Nach Ihnen«, antwortete Adler, und sie folgten Lilly, die hochhackig und in schwarzen Nylons vor ihnen in den halbdunklen Schankraum ging. Durch die verqualmte Luft klimperten lustlose Melodien von Glenn Miller.

Das ist weit entfernt von der Klasse des Jazz in der Badewanne, dachte Adler enttäuscht.

Dennoch war über die Hälfte der Tische besetzt, Kellnerinnen umschwirrten die Gäste, darunter etliche Uniformierte.

Lilly führte sie an einem verspiegelten Tresen vorbei, der mit einer bemerkenswerten Batterie von Flaschen an alkoholischen Getränken ausgestattet war. Der Schwarzmarkt schien weitaus mehr herzugeben, als Adler es sich hatte vorstellen können. Sofern man nur über die richtigen Quellen verfügte.

Neben der Bar befand sich eine Tapetentür, die sich umgehend öffnete. Ihr Besuch hatte sich wohl schon bis hierher rumgesprochen.

»Wünsche noch enen vajnüglichen Abend«, verkündete Lilly, die vor der geöffneten Tür stehen blieb. Dann wandte sie sich wieder zur Garderobe um.

Ein elegant gekleideter Mann mittleren Alters hielt ihnen die Tür auf. Beiger Anzug, weiter Schlag, die dunkelblonden Haare mit Pomade nach hinten gestrichen.

»Bitte treten Sie ein. Wie kann ich Ihnen weiterhelfen?«

Er führte sie in das kleine Büro mit Schreibtisch. Vor der Wand stand ein blaues Sofa. Darüber hing ein fast abstraktes Bild, das eine Gruppe von Hauswänden zeigte.

Ohne sich selbst vorzustellen, nahm der Mann Platz und verzichtete darauf, auch von Dedowsky und Adler einen Platz anzubieten.

»Herr …«, begann von Dedowsky.

»Kasunke, gnädige Frau.«

»Herr Kasunke.«

»Sie sind beide von der Polizei, wie unschwer zu erkennen ist. Hier geschieht nichts Illegales. Überhaupt nichts. Das darf ich Ihnen versichern.«

Trotz seiner aalglatten Hülle konnte Kasunke seine Nervosität kaum verbergen.

Adler war sich vollkommen im Klaren darüber, dass ihr Gegenüber ganz gewiss nicht Kasunke hieß. Aber das war egal. Zumindest für den Augenblick. Sie würden sein Spiel mitspielen, solange es ihnen weiterhalf.

»Dessen sind wir uns vollkommen gewiss, Herr Kasunke«, flötete von Dedowsky.

»Weshalb …, also, was führt Sie zu uns?«

Aus der Bar wehte »Georgia on my mind« herüber.

Von Dedowsky wartete einen Moment, lehnte sich vor zu Kasunke und flüsterte leise:

»Der Tod.«

Aus Kasunkes Gesicht wich jede Farbe. Seine Hand tastete tapsig zu einer Schublade unter seinem Schreibtisch.

»Nun bleiben Sie erst mal ganz ruhig«, fuhr sie fort. »Es ist ja nicht Ihr Tod, der uns zu Ihnen führt, nicht wahr, Herr Kasunke?«

Adler hatte die Hand in seine Manteltasche gleiten lassen. Kasunke erstarrte mitten in seiner Bewegung. Verwirrt schaute er zu den beiden Polizisten, ratlos, wie er sich nun verhalten sollte.

Adler fiel auf, dass der Mann noch weit jünger war, als er zunächst vermutet hatte. Vielleicht erst Anfang zwanzig? Der Chef des Winston war er ganz sicher nicht.

»Passen Sie mal auf.« Von Dedowsky beugte sich noch weiter vor und schaute Kasunke ernst in die Augen.

»Was Sie hier treiben oder wer hier was mit wem treibt,

das ist uns für den Moment alles völlig schnuppe, wenn Sie verstehen, was ich meine.«

»Ich verstehe.«

»Es passiert jetzt Folgendes«, fuhr sie mit ruhiger Stimme fort. »Sie lassen Ihren Chef jetzt umgehend wissen, dass wir ihn sprechen wollen. Und umgehend heißt sofort. Während Sie das in den nächsten zwei Minuten organisieren, setzen wir uns da vorne an einen Tisch neben der Bar und warten. Am besten, Sie lassen uns auf Kosten des Hauses derweil jedem einen Negroni servieren. Sollten Sie das alles jedoch nicht in den nächsten zwei Minuten erledigen, dann wird …«, von Dedowsky unterbrach sich und schaute auf ihre Armbanduhr, »in schätzungsweise fünfzehn Minuten ein Großaufgebot der Berliner Polizei dem Winston einen Besuch abstatten. Und das wäre vermutlich nicht sonderlich gut fürs Geschäft, oder?«

Wortlos hatte Kasunke ihren Ausführungen zugehört. Sein Gesichtsausdruck schwankte zwischen Amüsement über Ruths Unverschämtheit und Angst vor der drohenden Razzia.

Mit Schwung erhob er sich, öffnete die Tür, führte die beiden an einen freien Tisch und bestellte an der Bar die gewünschten Getränke.

»Bin sofort zurück«, hauchte er und verschwand auf einer Treppe, die am Ende des Gastraumes zu den Vergnügungszimmern im Obergeschoss führte.

Adler grinste seine Kollegin an.

»Hat Spaß gemacht?«, fragte er.

»Hat man das gemerkt?«

»Absolut. Prost!«

»Georgia« war von »In the mood« abgelöst worden.

Tonlos summte von Dedowsky mit.

Kurz darauf kam Kasunke zurück. Ein untersetzter Herr mit dünnem Haarkranz und weit weniger feinem Anzug begleitete ihn.

»Mein Sohn sagte, Sie möchten mich sprechen?«

»Vielen Dank, dass Sie sich die Zeit für uns nehmen, Herr Diethelm«, lächelte Adler.

Sofern sich der Bordellbetreiber wunderte, dass Adler seinen Namen kannte, ließ er sich nichts anmerken. Er zog einen freien Stuhl heran und setzte sich. Eine Kellnerin brachte ungefragt ein schlankes Glas und schenkte ihm Champagner ein.

»Auch ein köstliches Getränk«, merkte von Dedowsky an.

»Das Einzige, was ich neben Kaffee und Wasser überhaupt noch vertrage«, beschied Diethelm. »Also, was kann ich für Sie tun? Nur um zwei Drinks im Winston zu schnorren, sind Sie ja bestimmt nicht vorbeigekommen. Oder geht es der Berliner Polizei mittlerweile derart schlecht?«

»Wer kann das schon sagen?«, antwortete von Dedowsky sibyllinisch.

»Spaß beiseite«, fuhr sie fort. »Haben Sie in den letzten Tagen und Wochen seltsame Beobachtungen gemacht, Herr Diethelm?«

»Ich mache jeden Tag seltsame Beobachtungen. Sie können sich gar nicht vorstellen, wie seltsam.«

»Und die wären?«

»Wo soll ich anfangen? Bei geilen Soldaten, bei gierigen Luden, bei gelangweilten Nutten oder bei Polizisten, die irgendwie gaga sind und Negroni bestellen?«

Der Hauch eines Lächelns umspielte Diethelms Mund. Er war offenbar ganz zufrieden mit seiner sprachlichen Pirouette.

»Und jetzt mal im Ernst.«

Von Dedowsky wurde langsam ungeduldig.

»Sie ahnen nicht, warum wir hier sind?«

Diethelm schaute sie müde an.

»Ich habe keine Ahnung. Nicht die leiseste. Und wissen Sie was? Es ist mir auch ziemlich egal. War's das?«, antwortete er.

Er machte Anstalten, sich zu erheben.

»Nein, das war es noch keineswegs.«

Von Dedowsky drehte sich demonstrativ um.

Neben dem Klavier hatten drei Pärchen angefangen, eng umschlungen zu tanzen.

»Wir können Ihren Laden sehr gerne einmal umkrempeln, wie wär's?«

»Und wem soll das etwas bringen außer allen viel Ärger?«, fragte Diethelm müde.

Doch trotz der patzigen Antwort schien er irritiert über die Drohung zu sein.

»Also noch mal von vorne, Herr Diethelm. Haben Sie wirklich keine Idee, weshalb wir Sie sprechen wollen?«

»Vermutlich möchten Sie meinen reichen Schatz an konstruktivem Wissen über den Berliner Untergrund anzapfen, gegen den die U-Bahn sich als ein Flachbohrer erweist.«

»Ich merke, Sie sind jetzt langsam auf dem richtigen Weg.«

Diethelm nippte an seinem Champagner.

Der Pianist wechselte zu »Pennsylvania 6-5-000«. Die

drei Paare stoben auseinander. Warum um Gottes willen fährt er jetzt nicht mit der »Moonlight Serenade« fort?, fragte sich Adler. Stattdessen machte der Pianist sich einen Spaß daraus, die Zahlenfolge besonders laut in den Raum zu rufen. Wo immer Glenn Miller jetzt sein mochte – das hatte er ganz gewiss nicht verdient.

Statt weiter mit von Dedowsky zu sprechen, wandte sich Diethelm an Adler.

»Also, Kommissar Adler. Reden wir mal Tacheles. Was soll das Spielchen? Wenn Sie wirklich irgendetwas gegen mich unternehmen wollten, dann würden Sie hier nicht in Zivil auftauchen. Und gewiss nicht zu dieser frühen Stunde. Also, Herr Kommissar, kommen Sie zum Punkt. Die Gäste werden schon nervös.«

»Je nervöser die Gäste, desto lockerer sitzen die Informationen. Ist es nicht so?«, bemerkte Adler.

»Was zum Teufel wollen Sie?«

Diethelm beharrte auf seiner Unwissenheit und holte sich eine Lucky Strike aus seinem silbernen Zigarettenetui, die er mit einem Schnippen seines ebenfalls silbernen Gasfeuerzeuges anzündete. Er sog den ersten Zug tief ein.

»Keine Garbáty?«, fragte Adler.

Anstelle einer Antwort verzog Diethelm das Gesicht.

Er gehörte zu jenen Menschen, die immer auf die Füße fielen. Egal wie tief sie zuvor im Schlamm gesteckt hatten.

»Kinder«, raunzte Adler.

Diethelm zog die rechte Augenbraue hoch. Eindrucksvoll, dachte Adler. Ihm war es nie gelungen, die Bewegung einer Augenbraue von der der anderen zu lösen. Wenn er die Augenbrauen hochzog, gelang es ihm nur mit beiden gleichzeitig. Aber vielleicht brauchte man das als Eintrittskarte in die Unterwelt.

»Was für Kinder?«

»Mensch, Diethelm. Können wir jetzt bitte mal zu Potte kommen?«

Wieder nahm Diethelm einen Zug von seiner Lucky.

Er wog ab, wie weit er das Spiel mit Adler und von Dedowsky treiben sollte. Ab wann würde es für ihn gefährlich werden? Und in welchem Fall konnte er sich im Gegenteil Freiheiten für sich erhoffen?

»Die Mädels bei mir sind alle über achtzehn.«

Adler stöhnte innerlich auf. Diethelm wollte also noch eine weitere Runde mit ihnen drehen. Na gut, das konnte er haben.

»Zumindest den Papieren nach. Aber meinen Sie, das würde einer Überprüfung durch die Military Police standhalten, wenn wir dort ganz lieb bitte, bitte sagen, mal hier vorbeizukommen?«

»Sie haben keine Hemmungen, sich mit den Amis ins Bett zu legen?«

Adler lächelte.

»Die haben ihre Damen doch auch nicht.«

»*Touché.*«

»Sprachlich wären das dann aber die Franzosen.«

»Hat ja auch etwas.« Diethelm grinste frech.

Von Dedowsky reichte das Geplänkel nun endgültig.

»Entweder Sie reden jetzt, oder wir nehmen in zehn Minuten zusammen mit den Amis den Laden hoch. Ende der Durchsage.«

»Ist Ihre Vorgesetzte immer so melodramatisch, Adler?«

»Sie ist keineswegs melodramatisch, sondern äußerst realistisch. Gewaltiger Unterschied. Also, bitte jetzt …«

Diethelm schien einzusehen, dass er sie lange genug hingehalten hatte. Gäste, die das Winston lieber verlassen wollten, weil die Polizei sich in der Bar aufhielt, hatten es längst getan. Zudem schien ihm ja keine unmittelbare Gefahr von den beiden zu drohen.

»Lassen Sie mich bitte noch einmal betonen, dass jedes Geschäft hier völlig legal und einvernehmlich vorgenommen wird.«

»Weiter bitte.«

»Es kursieren Gerüchte.«

»Aha.«

»Es sind nur Gerüchte, und Sie haben nichts mit dem Winston zu tun. Absolut gar nichts. Solche, nun ja … Vorlieben, werden hier nicht befriedigt.«

Adler zog die Stirn kraus.

Das konnte eklig werden. Sehr eklig.

»Wovon reden Sie bitte?«

»Davon, worüber Sie die ganze Zeit mit mir reden wollen.«

Klarer würde Diethelm nicht werden. Nun gut. Adler verstand ihn auch so.

»Und was besagen diese Gerüchte, die nichts mit dem Winston zu tun haben?«

»Die Russen.«

»Geht es ein bisschen klarer?«

Diethelm fühlte sich ganz offensichtlich nicht wohl in seiner Haut. Mit dem glühenden Stummel der Lucky zündete er sich die nächste Zigarette an. An Nachschub schien es ihm jedenfalls nicht zu mangeln. Dann rückte er dichter an Adler und von Dedowsky heran und bedeutete ihnen mit einer Geste, dasselbe zu tun.

»Beim Iwan soll es einen großen Liebhaber kleiner Kinder geben.«

»Wer?«

»Keine Ahnung. Aber bestimmt ist es kein kleiner Soldat.«

»Wer?«, wiederholte Adler seine Frage.

»Sie können mich das jetzt noch fünf Mal fragen. Ich weiß es nicht.«

»Und woher stammt das Gerücht?«

»Mensch, Adler, man hört dies und jenes, und ehe man es sich gemerkt hat, hat man schon wieder vergessen, wer es eigentlich gesagt hat. Das ist doch menschlich, wenn man so viele Menschen zusammenbringt wie ich.«

»Sie sind ein wahrer Wohltäter.«

Diethelm grinste.

»Wo Sie recht haben …«

»Zurück zu den Kindern«, mischte sich von Dedowsky ein. »Was ist mit ihnen?«

»Man staunt ja, aber die Verhältnisse scheinen sich zu normalisieren. Und das führt dazu, dass es langsam zu Nachschubproblemen kommt.«

»Nachschubprobleme?«

»Frischware.«

»Sie Ekel.«

»Meine Güte, haben Sie sich mal nicht so, Fräulein. Ich rede doch nicht von mir oder vom Winston. *Wir* haben übrigens keinerlei Schwierigkeiten mit dem Nachschub. Die Mädels stehen geradezu Schlange, um bei mir mitzuwirken.«

»Wegen der exzellenten Arbeitsbedingungen vermutlich.«

»Aber gewiss doch.«

»Was heißt das?«

»Fünfhundert Reichsmark.«

»Wofür?«

»Meine Güte, sind Sie schwer von Kapee. Für jeden Buben, der gefällt, sind fünfhundert Reichsmark ausgelobt. Bar auf die Hand. Mädchen werden zur Not auch genommen.«

Adler guckte ungläubig zu von Dedowsky.

»Heißt es …«, schob Diethelm schnell nach.

»Und wie viele Jungs haben Sie schon geliefert?«

Diethelm blickte Adler ernst an.

»Keinen einzigen. Niemals. Das sind Kinder. Ganz ehrlich, Herr Kommissar, das ist der einzige Grund, warum ich mit Ihnen und Ihrer charmanten Kollegin mit den Haaren auf den Zähnen überhaupt geredet habe. Weil das Kinder sind. Das ist pervers. Das ist widerlich. Das ist ein Verbrechen.«

»So moralisch, wenn es um die Moral der anderen geht?«

»Passen Sie mal gut auf. Geschäft ist Geschäft. Aber Entführung, Vergewaltigung von Kindern und Mord, das ist etwas anderes. Etwas völlig anderes. Damit habe ich nichts zu tun.«

Der Pianist schlug kräftiger in die Tasten, denn Diethelm war lauter geworden, als beabsichtigt.

Ein moralischer Ganove. Wie hübsch, dachte Adler.

»Und wer ist der große rote Unbekannte?«

»Wie gesagt. Ich weiß es nicht. Aber er muss ziemlich weit oben in der Nomenklatur stehen. Und er muss ziemlichen Druck auf seiner Leitung haben. Der Preis soll in den letzten Tagen noch einmal gestiegen sein.«

Diethelm schob das Glas mit dem Champagner von sich weg. Der Appetit war ihm wohl vergangen.

Adler verstand. Sie mussten sich also beeilen. Weitere Entführungen waren zu befürchten, weitere Vergewaltigungen, weitere tote Kinder. Es schüttelte ihn.

»Kriegen Sie dieses Schwein«, grunzte Diethelm. »Das ist ein Verbrecher, und schlecht fürs Geschäft ist es obendrein.«

Adler schaute ihn fragend an.

»Dadurch wird unnötig viel Staub aufgewirbelt«, schob Diethelm zur Erklärung nach.

Der Pianist war wieder zur normalen Lautstärke zurückgekehrt.

Ein Pärchen kam die Treppe aus dem Obergeschoss hinabgeschlendert. Beide grinsten vergnügt. Vermutlich nicht aus dem gleichen Grund.

»Eine Bitte noch …«, sagte Adler.

»Noch eine?«

»Ja. Bitte lassen Sie künftig den armen Glenn Miller in Ruhe oder besorgen sie sich einen besseren Pianisten.«

Diethelm legte den Kopf schräg.

»Hätten Sie Interesse?«, fragte er.

Adler wies auf seinen leeren Jackenärmel.

»Bin leider verhindert.«

Er stand auf, legte zehn Reichsmark auf den Tisch und nickte Diethelm zu.

Sie standen schon fast auf der Straße, als unvermittelt

Lilly neben von Dedowsky auftauchte und sie sanft an der Schulter berührte.

»Fassen Sie ihn, bringen Sie ihn zur Strecke«, flüsterte sie ihr mit fester Stimme, aber ohne jeden Berliner Zungenschlag zu.

Im Regen verschwamm das Licht der Gaslaternen.

Nach der verrauchten Wärme im Winston tat die frische Luft gut. Doch schon nach wenigen Schritten krochen Feuchtigkeit und Kälte Adler und von Dedowsky unter die Mäntel.

»Noch weiter?«, fragte Adler.

Natürlich könnten sie jetzt die Potse weiter runter Richtung Schöneberg laufen. Vorbei am Delikatessengeschäft Scheurich & Patzke zum Sportplast, wo Goebbels' »totaler Krieg« noch immer zwischen Wänden widerhallte. Dem totalen Krieg war jedoch nicht der totale Sieg gefolgt, sondern die totale Niederlage und die totale Befreiung. Da wäre der totale Alltag jetzt doch mal eine schöne Alternative.

»Ich glaube, wir haben genug erfahren für heute. Und ich habe auch genug für heute.« Von Dedowsky gähnte. »Genügend Unruhe haben wir ohnehin verbreitet.«

»Na dann, soll sein. Ich bring dich noch nach Hause, sonst schimpft Erich mich aus.«

»Du kannst gerne bei uns auf dem Sofa übernachten. Dann musst du nicht noch weiter nach Wilmersdorf.«

»Vielen Dank. Aber ich glaub, ich muss mich mal wieder in meiner Hütte sehen lassen.«

Schweigend liefen sie durch Regen und fahles Laternenlicht.

»Und?«, nahm von Dedowsky nach einer Weile den Faden wieder auf. »Einer der Sowjets. Glaubst du wirklich?«

»Eigentlich schwer vorstellbar«, entgegnete Adler.

»Das alles ist schwer vorstellbar, aber Monster gibt es bei den Amerikanern genauso wie bei den Russen. Und das mit dem Monstersein haben wir die letzten zwölf Jahre ja auch erschreckend gut hinbekommen.«

»Also egal welche Nationalität?«

»Nicht die Nationalität macht den Täter, sondern die Persönlichkeit in Kombination mit der Möglichkeit«, erklärte von Dedowsky. »Wir sollten daher nichts ausschließen, statt uns an den Russen festzuklammern.«

»Natürlich nicht. Lass uns morgen weiterschauen. Immerhin haben wir einen ersten Anhaltspunkt. Jedes Netz beginnt mit einem ersten Knoten. Auch wenn man es sich zu Anfang noch nicht vorstellen kann. Aber du hast recht. Wir müssen geduldig bleiben. Und offen für andere Möglichkeiten.«

Adler blieb vor dem Backsteinhaus stehen.

»Willst du nicht doch mit reinkommen?«, fragte von Dedowsky.

Adler winkte ab.

»Gute Nacht. Wir sehen uns morgen.«

An der Ecke zur Maaßenstraße drehte sich Adler noch einmal um. Von Dedowsky stand noch immer vor ihrem Haus. Sie winkte ihm zu. Kurz winkte Adler zurück und schwang sich dann auf sein Rad. Er nahm denselben Weg wie gestern. Nass war er sowieso. Aber er wollte noch einmal in der Badewanne vorbeischauen. Kurz zumindest. Er brauchte einen Ausgleich zu dem verklimperten

Glenn Miller von vorhin. Und natürlich wollte er Helen sehen. In erster Linie aber wollte er überprüfen, ob Wilkinson wieder in der Bar war. Adler radelte die Kurfürstenstraße hoch. Als er in die Nürnberger Straße einbog, schaute er kurz hinüber zu den Ruinen des Zoos. Doch ihm war zu fröstelig, als dass er jetzt einen Gedanken an Giraffen und Elefanten verlieren wollte.

In der Badewanne schlug ihm die gleiche warme, rauchige Luft entgegen wie zuvor im Winston. Doch die Stimmung hätte nicht unterschiedlicher sein können. Eine gedämpfte Trompete hauchte durch den Raum, begleitet von einem gezupften Bass, der den Rhythmus bestimmte. Zart strichen Besen über die Percussion. Adler schüttelte sich. Die Musik kroch ihm angenehm unter die Haut, umschmeichelte ihn und schenkte ihm zusammen mit dem Whiskey, den er sich von Günther an der Bar holte, eine angenehme Wärme. Für einen Moment fühlte er sich ganz zu Hause. Major Wilkinson schien heute Abend allerdings nicht wiedergekommen zu sein. Schade eigentlich. Sie hätten einiges zu besprechen gehabt, dachte Adler.

»Wen suchst du, Kommissar?«

Helen war unvermittelt neben ihm aufgetaucht und legte ihre Hand auf seinen Rücken.

Die Berührung durchströmte Adlers Körper wie Lava.

»Dich«, antwortete er mit einem Lächeln.

»Dein Glück.«

Sie zwinkerte ihm zu.

Dann schob sie sich an ihm vorbei durch die Menschengruppen zur Bühne. Dort schaute sie zu ihren Musikern, nickte ihnen fast unmerklich zu und versenkte sich mit geschlossenen Augen langsam in den Rhythmus der Musik. Wieder verstummten die Gespräche im Raum. Noch ohne einen Ton gesungen zu haben, zog Helen die Aufmerksamkeit des Publikums auf sich. Ihres Publikums.

Und dann begann sie zu singen. Ganz leise. Ganz zart, aber mit einer Urgewalt in ihrer Stimme. Schließlich fiel das Piano ein.

»*I'm gonna love you like nobody loves you come rain or come shine.*«

Wie auf Kommando gab sich das Publikum dem Rhythmus des Blues hin. Die Köpfe bewegten sich sanft hin und her, doch jeder behielt die Sängerin fest im Blick.

Adler freute sich, dass er es gerade rechtzeitig zu Helens Auftritt geschafft hatte. Er ließ ihre Stimme in sich hineintropfen. Ton für Ton, Wort für Wort.

»*Come rain or come shine.*«

Mit jedem Augenblick fiel mehr von seinem Tag von ihm ab. Und schließlich war da nur noch die Musik. Die pure Musik, die den ganzen Kopf ausfüllte, den ganzen Körper ergriff. Das singende Klavier, der treibende Bass, die streichelnden Percussions und natürlich Helens Stimme, die sich in der Dunkelheit des Clubs um die geschundenen Seelen schmiegte. Die Stimme, die der Lust auf Leben Ausdruck verlieh. Auf Liebe und auf Alltag. Auf Vergnügen, ohne Angst haben zu müssen, dass die Sirenen im nächsten Moment wieder aufheulten. Ohne Bomberverbände, die sich der Stadt von Nordwesten näherten.

Was für eine Gnade, einfach ohne Angst auf Helens Stimme durch die Nacht zu gleiten. Eine Gänsehaut zog sich über Adlers Arme. Über den Arm, der bei ihm war, und über den, der irgendwo in Russland lag.

Während Helen nach dem wunderbaren Lied von Pearl Bailey zwei Songs von George Gershwin anschloss, schaute Adler durch das Lokal. Er blieb aufmerksam. Selbst jetzt. Selbst in diesem kurzen Moment des Glücks.

Etliche Soldaten hielten ihre »Fräuleins« eng umschlungen. Sie küssten sie und schauten mindestens ebenso verliebt wie ihre deutschen Begleiterinnen. Niemand würde sie deshalb wegen »Rassenschande« verfolgen. Niemand verurteilte sie deswegen. Niemand würde auf die Idee kommen, sie in ein Konzentrationslager zu schleppen, wo sie unmenschlich gequält und ermordet würden. Oder sie nach Plötzensee zu bringen, um sie an einem Fleischerhaken aufzuknüpfen.

Von der Bühne aus lächelte Helen ihm zu.

»Bei mir bist du schön. *Please let me explain.*«

Es war das Lied, mit dem sie ihre Auftritte häufig abschloss.

Nicht nur Adler hätte ihr immer weiter zuhören können. Ihrem strahlenden Blick folgen, wenn sie sang, ihrer unglaublichen Intensität, wenn sie die Augen schloss. Ihrer Stimme, die mal kraftvoll klang, mal rauchig, mal klar.

Adler war sich sicher, dass das Publikum ihr selbst dann zu Füßen gelegen hätte, wenn sie jetzt »Der Mond ist aufgegangen« gesungen hätte oder »Kein schöner Land«.

Er lächelte bei der Vorstellung in sich hinein. Dann fiel er in den Beifall ein, der aufbrandete, als sie die Bühne verließ. Noch in das Klatschen hinein begann der Trompeter, Rex Stewarts »Dreamer's Blues« zu spielen.

»Warum hast du gerade gelächelt, Hans?«

»Ich habe mir vorgestellt, wie du deutsche Volkslieder singst.«

Helen schaute misstrauisch.

»Was ist daran seltsam? Meinst du, weil ich schwarz bin, kann ich keine deutschen Volkslieder singen?«

»Nein, das meine ich nicht. Ganz im Gegenteil. Aber es ist schon eine recht amüsante Vorstellung, dass du dort oben auf der Bühne stehst und nach ›Bei mir bist du schön‹ mit Matthias Claudius weitermachst.«

»Soll ich?«

»Unbedingt, irgendwann einmal. Aber nicht heute.«

»Okay, wie du willst. Du kannst auch die ›Forelle‹ von mir hören, oder, ach, ich weiß nicht, was noch.«

»Ich bin mir sicher, dass es wunderbar klingt, weil du wunderbar singst und wunderbar bist.«

»Du bist ein alter Charmeur, Hans. Aber bilde dir bloß nicht ein, dass du mich so rumbekommst, mein Lieber. Erzähl mir lieber, ob ihr heute weitergekommen seid mit eurer Mordgeschichte.«

Adler seufzte. Die Gedanken an die Kinder waren ihm tatsächlich für ein paar Minuten aus der Erinnerung geglitten. Nun also waren sie wieder zurück. So schnell hatte er eigentlich nicht wieder auf den harten Boden der Tatsachen zurückgewollt.

»Vielleicht.«

»Vielleicht? Was heißt das? Großes Polizeigeheimnis?«

»Ganz genau. Großes Polizeigeheimnis. Und du, hast du etwas gehört, was uns weiterhelfen könnte?«

»Es tut mir leid. Überhaupt nichts.«

»Niemand, der sich nach Kindern erkundigt?«

»O ja, jetzt, wo du es sagst.«

Adlers Augen flammten auf.

»Da ist so ein etwas schmieriger Typ. Hängt dauernd hier herum, hat nur einen Arm und knabbert mir das Ohr ab mit Fragen nach vermissten Kindern.«

Adler sackte wieder in sich zusammen. Er schaute sie verärgert an.

»Sorry, aber das ist nicht lustig, Helen.«

Helen senkte den Blick.

»Nein, das ist es wirklich nicht.« Sie stockte. »Es tut mir leid, bitte entschuldige. Nein. Ich habe nichts gehört. Wirklich überhaupt nichts.«

Adler zögerte einen Moment.

»Hast du eigentlich auch Kontakt zu Russen?«

»Zu Russen?« Helen schüttelte den Kopf. »Nein, wieso? Willst du mich anwerben?«

»Anwerben? Für den Iwan? Ich?«

»Hätte mich auch gewundert, Hans. Ist nicht so deine Art.«

Sie holte eine Schachtel Luckys aus ihrer Tasche.

»Nein, keinen Kontakt zu Russen. Was hätten sie denn sagen sollen, die Russen?«

Adler überlegte, wie viele Informationen er preisgeben sollte.

»Vielleicht, dass dort jemand ein übersteigertes Interesse an kleinen Kindern hat?«

»Nein, nichts dergleichen.«

Adler winkte Günther an der Bar, der ihm zwei Bourbon einschenkte.

»*Cheers*«, bedankte sich Helen.

Doch Adler wollte noch nicht aufgeben. Vielleicht hatte er ja andersherum Glück.

»Kennst du die Offiziere der Amis, die hier vorbeikommen?«

»Einige schon«, antwortete Helen. »Aber nicht alle. Du bist übrigens schon ganz schön fragerich heute Abend, Hans.«

»Sehr fragerich. Muss eine Art Berufskrankheit sein. Im Ernst, ist dir schon mal einer mit breitem Grinsen und ausgeprägt geraden Zähnen aufgefallen, Rang eines Majors?«

Helen ließ den Blick durch den Raum wandern.

»Nein, du musst nicht suchen«, sagte Adler. »Er ist heute Abend nicht da.«

»Na dann.«

»Gestern war er da. Hier vorne an der Bar stand er, zusammen mit ein paar anderen GIs.«

»Dann hättest du mich vielleicht besser gestern nach ihm gefragt.«

»Vielleicht. Aber vielleicht erinnerst du dich ja trotzdem?«

Helen strich ihm sanft über den Kopf.

»Hey, Hans. Mach dir nicht so viele Sorgen, hörst du? Du siehst schon ganz faltig aus auf der Stirn. Und müde. So müde. Du solltest langsam schlafen gehen. Heute Abend wirst du die Welt nicht mehr retten. Und deinen Mörder findest du auch frühestens morgen.«

Natürlich hatte Helen recht. Wie immer.

Er war müde.

Schrecklich müde sogar.

Vielleicht wurde er deshalb ein wenig unvorsichtig.

»Er heißt Wilking oder so ähnlich«, beharrte er.

Helen musterte ihn intensiv.

»Wer denn, Hans?«

»Der Ami.«

Sie schüttelte den Kopf.

»Keine Ahnung, ich kenne keinen Captain Wilking.«

»Major, Major Wilking«, korrigierte sie Adler.

Helen drückte ihm einen Kuss auf die Wange.

»Geh schlafen. Und sei vorsichtig, hörst du? Sehr, sehr vorsichtig. Es ist wichtig, dass du ausgeschlafen bist. Dass du wach bist. Dass du keine Fehler machst, damit du den Mörder bald findest.«

Adler drückte sie sanft an sich und hauchte ihr einen Kuss auf das schwarze Haar.

»*Aye, aye, Mylady*. Ich radele nun nach Haus und gehe zu Bett. Und deine Stimme begleitet mich. Wenigstens die.«

»Besser als nichts, nicht wahr?«

»Besser als nichts. *Good night*, Helen.«

Doch Adlers Heimfahrt durch die kühle Berliner Frühlingsnacht dauerte länger, als er es sich gewünscht hatte. Zwar hatte der Regen aufgehört, doch vor den Verwaltungsbauten, die die Nazis am Fehrbelliner Platz errichtet hatten, hielt ihn eine Kontrolle der Militärpolizei auf. Vorsichtig zog er die Papiere aus seiner Tasche. Misstrauisch beäugten die beiden Soldaten die Dokumente, ihre MPs im Anschlag.

Jetzt trotz der beiden Whiskeys bloß keine verdächtige Bewegung machen, beschwor sich Adler.

Häufig waren in den letzten beiden Jahren bei nächtlichen Personenkontrollen Schüsse gefallen. Tödliche Missverständnisse. Einem war auch der neue Chefdirigent der Berliner Philharmoniker kurz nach Kriegsende zum Opfer gefallen. Eine britische Kontrolle hatte Leo Borchardt erschossen. *Friendly fire.*

Adler atmete tief durch, lächelte zurückhaltend. Die Soldaten befragten ihn länger. Was er hier mache? Wieso so spät am Abend? Schließlich überzeugte sie sein Polizeiausweis, und sie ließen den erschöpften Adler passieren. Den Hohenzollerndamm hoch, vorbei an der kleinen russisch-orthodoxen Kirche.

An der S-Bahn bog er links zu den Kleingärten ab. Im funzeligen Licht des Fahrraddynamos konnte er kaum etwas erkennen. Durchgefroren erreichte er seine Hütte. Doch auch dort war es eiskalt. Adler entzündete eine Kerze, warf Kohlen in den Allesbrenner und wartete darauf, dass es wärmer wurde. Auf dem Wasser in der Emailkanne hatte sich eine dünne Eisschicht gebildet. Er goss einen kleinen Schwaps in die Waschschale und spülte sich sein Gesicht ab. Im Ofen flackerte das Feuer. Jetzt erst merkte er, dass jemand seine Laube durchsucht haben musste. Alles war ordentlich, aufgeräumt. Aber nicht so, wie er es gewohnt war. Er schaute in die kleine Kommode mit seiner Kleidung. Auch dort war alles akkurat gefaltet. Doch die Hemden lagen zu präzise übereinander. Der Kasten mit der Klarinette hing genau im 45-Grad-Winkel an der Wand.

Keine Frage. Jemand war in seiner Bude gewesen und hatte sie durchsucht.

Nur wer? Und warum?

Hier gab es absolut nichts, was es wert gewesen wäre, dass man es klaute.

Tatsächlich schien auch nichts zu fehlen. Und wenn der Einbruch kein Diebstahlsversuch war, was dann? Wer wollte mehr über ihn erfahren? Und warum? Die Amis? Wilkinson? Mit denen hatte er doch Kontakt gehabt. Warum also noch einmal bei ihm eindringen? Hatte es ihn verdächtig gemacht, dass er Wilkinsons Angebot abgelehnt hatte?

Adler setzte sich an den Tisch, griff sich ein Stück Dauerwurst, das in Papier eingewickelt auf seiner Kommode lag, und schnitt sich drei dünne Scheiben ab. Aus dem Brotkasten nahm er das Kommissbrot und schnitt ebenfalls eine Scheibe ab.

Kauend überlegte er weiter.

Es gab viele Möglichkeiten, doch keine konnte ihn überzeugen. Weder dass Diethelm sich auf Erkundung nach ihm machte, noch dass jemand im Auftrag von Stumm oder Markgraf bei ihm eindrang. Nichts davon ergab einen Sinn.

Aber was erwartete er?

Nur wenig ergab in diesen Jahren Sinn.

Adler legte den Rest Wurst und Brot zurück, säuberte das Messer und putzte sich die Zähne. Inzwischen war es leidlich warm in seiner Hütte. Vorsichtshalber legte er noch eine Kohle nach.

Stumm hatte recht. Er brauchte eine andere Bleibe. Dringend. Morgen würde er die Suche erneut angehen. Ganz sicher. Adler befeuchtete Finger und Daumen und drückte die Flamme der Kerze aus, die mit einem leichten Zischen erlosch. Dann legte er sich unter die Decke.

Doch wie so oft in den vergangenen Jahren fand er nicht gleich in den Schlaf. Obwohl er hundemüde war, drehten seine Gedanken Karussell. Die freche Lilly und der gelangweilt berechnende Diethelm kurvten durch seinen Kopf. Irgendetwas stimmte nicht. Stimmte ganz und gar nicht. Doch er war zu erschöpft, um zu begreifen, was es war. Er hatte das Gefühl, dass er bloß zwei, drei Schritt zurücktreten müsste. Dann wäre alles ganz deutlich zu erkennen. Dann würde sich der Nebel lichten, und die Dinge würden klare Konturen gewinnen. Er machte sich keine Illusionen darüber, dass sie in dem Tümpel hinter dem Haus des Fremdenverkehrs nichts finden würden. Zumindest nicht Fritz. Fritz war entführt worden. Da war er sich ganz sicher.

Ruth von Dedowsky lächelte ihm beruhigend zu. Dann drehte sie sich um und verschwand im Frühlingsnebel. Karin Fischer griff nach seiner rechten Hand. Wärme strömte durch seinen Arm. Es fühlte sich gut an. Es war wunderbar. Adler war eingeschlafen.

Tag vier

Seine Zunge lag dick und pelzig in seiner Mundhöhle. Der Schlafmangel der letzten Tage machte Adler zu schaffen. Seine Augenlider waren geschwollen. Er fühlte sich in etwa so, wie die gelbgrüne Ölfarbe im Verhörzimmer aussah.

Wie gut, dass es hier weit und breit keinen Spiegel gibt, dachte er.

Und wenn es einen gegeben hätte, dann hätte er einen großen Bogen um ihn geschlagen.

Auf seinem Weg nach Mitte hatte Adler am Morgen an der Potsdamer Straße einen Zwischenstopp eingelegt. Die Luft war frostig, bei jedem Atemzug stieß er ein kleines Rauchwölkchen aus. Er beneidete den Polizeitaucher nicht, der gleich in den eisigen Tümpel würde abtauchen müssen. Wie leer geräumte Regalbretter wirkten die Geschosse des Hauses des Fremdenverkehrs, das sich hinter dem künstlichen See erhob. Eine leere Bibliothek. Ein Ort des Ungeistes. Der geschwungene Baukörper hatte den Auftakt für Hitlers Projekt gebildet, die ganze Gegend am Rand des Tiergartens großflächig umzugestalten. Genau hier sollte ein gewaltiger runder Platz entstehen. Er war Teil jener Magistrale, die Hitler und Speer von Süden nach Norden quer durch die Stadt treiben wollten. Zum »Lob« des Nationalsozialismus und seines Führers. Ein

Aufmarschareal sondergleichen, das in einer gewaltigen Halle kulminieren sollte, Teil eines perversen nationalsozialistischen Heldenkultes. Eine Halle, gegen die der mächtige Petersdom lediglich wie ein Zwerg erschienen wäre.

Nach und nach, so hatte es ihm der alte Loose mit beschämt gesenktem Blick erzählt, seien die jüdischen Bewohner des alten Westens aus ihren Wohnungen an der Matthäus-Kirche verjagt worden.

Heute wisse jeder, wohin sie in Massentransporten gebracht wurden, hatte Loose nach einer kurzen Pause ergänzt.

Ja, jetzt wusste man es, dachte Adler. Aber man hätte es schon damals wissen können.

Auf einem Betonplateau zwischen den Ruinen montierten die Polizeitaucher ein Gerüst. Daran wollten sie den Kollegen in das Wasserloch hinablassen. Dort, wo im letzten Sommer ein paar wagemutige Jugendliche die vollgelaufene Baugrube als Ruinenschwimmbad für sich entdeckt hatten.

Adler begrüßte Hoffmann. Er stand etwas abseits und unterhielt sich mit einem anderen Uniformierten.

»Kommissar Schulze, darf ich vorstellen: Das ist Kommissar Adler«, machte Hoffmann die beiden Männer miteinander bekannt.

Adler nickte seinem Gegenüber freundlich zu und streckte die Hand aus. Der griff beherzt mit seiner linken Hand zu.

»Ich sehe, wir haben beide etwas an der Front zurückgelassen«, lachte er.

Erst jetzt bemerkte Adler den leeren rechten Mantel-
ärmel des Kollegen.

»Haben wir wohl«, gab er ein wenig verschämt zurück,
weil er es nicht gleich bemerkt hatte.

»Tauchen ist seitdem bei mir leider nicht mehr drin.
Aber um Anweisungen zu geben, reicht ja ein Arm völlig aus«, lachte er.

Schulze war Adler auf Anhieb sympathisch. Unkom-
pliziert und selbstironisch wirkte er. Eine seltene Mischung für einen Berliner.

Mit wenigen Worten beschrieb Schulze das Vorgehen der Polizeitaucher. Zentimeterweise würden sie
am Grund des Tümpels alles abtasten müssen. Das war
nicht ungefährlich. Auf dem Boden des Wasserlochs
konnte die Leiche des vermissten Jungen liegen. Aber
ebenso gut konnten sie dort auf einen Blindgänger
stoßen.

Die Sichtweite in der Wasserbrühe war minimal.

»Was denken Sie? Werden Sie es heute schaffen, das
ganze Gewässer zu untersuchen?«, fragte Adler.

»Schwer zu sagen, aber ich bin ganz zuversichtlich.
Denken Sie denn, dass der Junge wirklich in den Tümpel
gefallen ist?«

Adler schaute Schulze nachdenklich an.

»Wenn ich ehrlich sein soll: Ich habe keine Ahnung.
Kann sein, kann auch nicht sein. Vielleicht spricht mehr
dagegen. Fritz – so heißt der Bub, den wir suchen – hat
am Haus Vaterland gespielt. Warum also sollte er hier
an das Ufer gehen? Andererseits müssen wir der Spur
nachgehen. Eine Zeugin hat einen Jungen am Ufer gesehen. Wenn ich mich also irre und wir ihn wider Erwarten

doch hier fänden, wäre das zwar furchtbar, aber dann hätten die Eltern wenigstens Gewissheit.«

»Danke für die ehrliche Einschätzung, Kollege Adler. Wir werden selbstverständlich unser Bestes geben. Gehen Sie davon aus, dass wir heute Abend wissen werden, ob Fritz hier einen Unfall hatte oder nicht.«

Durch seine zusammengekneisterten Augen betrachtete Adler die junge blonde Frau, die auf der anderen Seite des Tisches saß. Sie hatte die schlanken Beine übereinandergeschlagen, die sie bis zu den Knien in dicken Wollstrümpfen versteckte. Ihre braunen Lederschuhe waren abgeschubbert und fleckig.

Woher die wohl stammten? Vielleicht hatte irgendjemand darin in den zwanziger Jahren noch Charleston getanzt.

Dazu trug Wendt dasselbe viel zu dünne gelbe Sommerkleid mit grünen Streifen wie schon gestern. Weil es heute noch kühler war, hatte sie wenigstens eine Strickjacke darübergezogen. Angespannt hielt sie sie vor der Brust zu. Ob aus Kälte oder weil sie sich im Polizeirevier unbehaglich fühlte, vermochte Adler nicht zu sagen. Vermutlich beides, dachte er.

Den Blick gesenkt, wartete sie darauf, dass er den Gesprächsfaden wieder aufnahm. In der Ecke des Zimmers wartete Raade. Auch er hatte den Blick gesenkt. Seine ganze Erscheinung verströmte ein Unwohlsein, das auch Adler gerade quälte. Doch auf Befindlichkeiten konnte Adler jetzt keine Rücksicht nehmen. Wendt war freiwillig im Präsidium vorbeigekommen. Dort hatte sie nach Raade gefragt. Er hatte die junge Frau umgehend zu Adler begleitet, nicht ohne ihm einen Blick zuzuwerfen, der wohl meinte: Nehmen Sie sie bitte nicht zu hart ran.

Raade kannte den Dienstweg. Und er kannte Adler. Der hatte jetzt gar keine andere Wahl, als aus ihr so viele Informationen wie möglich herauszubekommen. Wenn Fräulein Wendt ihm von sich aus gleich erzählte, was ihr offensichtlich so sehr auf dem Herzen lag, dass sie extra ins Präsidium gekommen war, um darüber zu sprechen: gut. Wenn nicht, musste er es ihr auf andere Weise entringen.

Adler spürte, dass Raade die junge Frau sympathisch war. Vielleicht würde es ja ohne Schärfe abgehen, hoffte er.

»Entschuldigen Sie die anmaßende Frage.« Adler sah ihr unverwandt in die hellblauen Augen. »Aber ist es überhaupt möglich, sich mit vier Erzieherinnen richtig um die fünfzig Kinder in Ihrer Einrichtung zu kümmern?«

»Fünfzig Kinder?«, fragte Wendt. Ihre Stimme klang müde. »Zwischenzeitlich sind es über siebzig. Ihre Unterlagen sind etwas veraltet, Herr Kommissar.«

Adler musterte sie ehrlich erschrocken. Siebzig Kinder? Wie sollten sich die Erzieherinnen da dem einzelnen Kind zuwenden können? Sich seiner Geschichte annehmen und seiner Bedürfnisse?

»Dabei geht es unseren Kindern noch vergleichsweise gut. Sie können sich nicht vorstellen, wie viele Kinder heute ohne ihre Eltern allein in Berlin leben, wie viele durch das Land irren. Die Kinder wissen einfach weder woher noch wohin. Immer noch geht das so. Selbst jetzt, zwei Jahre nach Kriegsende. Manche sind auf Bauernhöfen untergekommen, wo sie hart arbeiten müssen für etwas Brot und Milch. Andere schlagen sich auf dem Schwarzmarkt durch. Sie leben das Leben von Erwachsenen. Dabei sind es Kinder. Wolfskinder. Wenn sie von der Polizei eingefangen werden, kommen sie zu uns. Aber sie können sich vielleicht vorstellen, was dann passiert. Wie schwierig es ist, diese Kinder mit ihren furchtbaren Erfahrungen wieder in eine Gemeinschaft einzubinden.«

Fräulein Wendt schaute auf das Glas Wasser, das vor ihr stand.

Nach einem Moment des Schweigens fuhr sie fort:

»Nach all dem, was diese Kinder erlebt haben … Das ist … Mir fehlen immer wieder die Worte. Eine verlorene Generation ist das. Mutter und Vater sind fort. Vielleicht leben sie auch noch irgendwo. Wer weiß das schon? Oder der Vater ist gefallen oder in Gefangenschaft geraten. Vielleicht haben sie ihre Geschwister auf der Flucht verloren, oder sie haben gar keine Familien mehr. Diese Kinder besitzen keine Bindungen, keine Heimat. Manche Kinder waren noch so jung, als sie von ihrer Familie getrennt wurden, dass sie nicht einmal ihren Nachnamen erinnern. Sie würden das Gesicht ihrer eigenen Mutter nicht wiedererkennen, wenn sie vor ihnen stünde.«

Wieder hielt sie inne. Sie blickte aus dem Fenster in den blassgrauen Berliner Frühlingshimmel.

»Dieser Kaffee ist ein solches Geschenk für uns«, setzte sie erneut an.

Dieses Mal umspielte kurz ein dankbares Lächeln ihren Mund.

»Wissen Sie, der Winter war furchtbar. Wir hatten gar kein Holz mehr zum Heizen. Die Zimmer waren eiskalt. Also haben wir möglichst viele Kinder in einem Raum zusammengelegt, damit sie sich wenigstens gegenseitig etwas aufwärmen und nicht erfrieren. Das sind doch keine Zustände.«

Adler bemerkte, wie ihre Augen feucht wurden.

Sie zog die Schultern hoch, seufzte. Mühsam kämpfte sie gegen ihre Tränen an.

»Noch Anfang März sind uns zwei Kinder gestorben. Am Abend haben sie vor Fieber geglüht. Am Morgen lagen sie einfach tot im Bett. Ganz blass und still. Und wir konnten nichts tun. Wir hatten keine Medikamente, der Arzt war hilflos, die Kinder waren so abgemagert, dass sie keine Widerstandskräfte mehr besaßen. Diese Kinder hatten einfach nichts mehr. Zu wenig zu essen, keine Wärme, keine Eltern, keine Liebe. Nichts.«

Adler schaute sie betroffen an. Jetzt war er hellwach. Nein, bei Wendt musste er nicht nachbohren. Sie trug ihr Herz offen vor sich her. Sie war froh, reden zu können, sich die Seele zu erleichtern.

»Das sind doch keine Zustände«, brach es erneut aus ihr heraus.

Aus dem Augenwinkel sah Adler, wie erschüttert Raade war. Mit einer solchen Schilderung hatten sie tatsächlich nicht gerechnet.

Wendt tupfte sich mit einem Taschentuch die Augen.

»Ich schwatze und schwatze hier, aber das wollen Sie ja gar nicht hören.«

Sie quälte ein Lächeln hervor.

»Doch«, sagte Adler und legte alle Ruhe in seine

Stimme, zu der er angesichts dieser Schilderung fähig war.

»Bitte erzählen Sie uns von Ihrer Arbeit im Heim. Und von den Kindern. Wir möchten das unbedingt hören.«

»Die Großen sind jetzt in der Schule, gleich hinten in Alt-Lietzow. Wissen Sie, wir müssten sie eigentlich alle im Auge behalten. Immer. Aber das geht ja gar nicht! Es ist einfach unmöglich. Also machen sie einfach, was sie wollen. Sie rauchen und treiben sich herum und … ach, ich will gar nicht wissen, was sie noch alles machen. Wenn wir es herausbekommen, sperren wir sie für einen halben Tag in den Karzer ein. Aber glauben Sie, das dunkle Loch würde irgendetwas helfen? Zweimal, dreimal im Monat im Karzer, das ist keine Bestrafung. Das ist wie eine Auszeichnung für sie. Andere Kinder sind völlig verschüchtert. Die sitzen nur in der Ecke. Ganz zerfressen vom Heimweh. Von der Angst und der Traurigkeit. Und das sind keineswegs nur die Mädchen, die so reagieren, glauben Sie mir, ganz bestimmt nicht. Die Jungs leiden ganz genauso. Manche sogar noch mehr. Die großen Mädchen helfen uns Betreuerinnen, so gut sie können. Von der Luisengemeinde kommen einige ältere Frauen regelmäßig vorbei, die uns auch unterstützen. Sie lesen den Kleineren vor. Oder sie bringen ihnen eine Schale mit Essen, organisieren frische Wäsche. Die Kinder haben ja nichts, und wir können jede helfende Hand gut gebrauchen.«

Adler betrachtete die junge Frau mit wachsender Bewunderung. Von alledem hatte er nicht den blassesten Schimmer gehabt. Das Mindeste, was er tun konnte, war, ihr jetzt seinen Respekt zu zollen, indem er sich die Zeit nahm, ihrer Klage zuzuhören, ob sie ihnen bei ihrem Fall nun weiterhalf oder nicht.

Wendt atmete tief durch und schnäuzte sich dann so behutsam die Nase, als wollte sie um keinen Preis jemanden stören.

»So, nun wissen Sie, was für eine Jammertante ich bin.« Sie lachte glucksend.

»Wissen Sie, wie viele der Kinder wieder zu ihren Eltern zurückfinden?«, fragte Adler.

»Wenige. Ganz wenige. Aber es kommt vor. Zum Glück. Da helfen die Suchanzeigen des Roten Kreuzes. Letzte Woche kam eine Frau zu uns. Sie ist aus Ostpreußen geflohen. Sie hatte gehört, dass ein Junge bei uns sei, der vielleicht ihr Sohn sein könnte. Hals über Kopf hätten sie Königsberg verlassen müssen. Davor habe es geheißen, ihr müsst aushalten, auf keinen Fall vor dem Russen weichen. Wer flieht, sei ein Volksverräter. Gauleiter Koch habe noch Tage zuvor den Endsieg beschworen. Wer sich trotzdem aus dem Staub machte und dabei erwischt wurde, wurde kurzerhand am nächsten Laternenpfahl aufgeknüpft. Schon kurz hinter der Stadt wurden Mutter und Sohn in dem Treck voneinander getrennt, dem sie sich angeschlossen hatten. Ihr müsst im Bahnhof warten, habe es geheißen. Dort gab es dann eine dünne Suppe. Einen Kanten Brot. Hauptsache, etwas in den Magen bekommen. Dann hieß es, ein Zug würde nach Westen abfahren. Alle stiegen ein. Es war ein einziges Drängen und Zerren und Quetschen. Eingepfercht warteten sie im Waggon. Wie Schlachtvieh sei man sich vorgekommen. Doch der Zug fuhr nicht los. Dann hieß es, Pferdefuhrwerke würden sie weiter Richtung Berlin bringen. Also drängelten alle wieder raus. Auf einmal war der Junge fort. Die Mutter suchte. Die Mutter schrie. Irgendwann sei sie vor Erschöpfung und Verzweiflung zusammengebrochen. Widerstandslos habe sie sich auf einen der Wagen verfrachten lassen. Und nun, nach zwei Jahren, sahen sie sich wieder. Sie können sich überhaupt nicht vorstellen, was das für eine Szene war, als sich der Bub und die Mutter in die Arme fielen. Es war …«

»… herzzerreißend«, vollendete Raade den Satz.

Wendt lächelte.

»Herzzerreißend. Ja. Und wunderschön.«

Adler beschloss, dass jetzt der richtige Zeitpunkt war, um wieder behutsam die Gesprächsführung zu übernehmen.

»Warum hat uns Frau von Miller denn nicht mit den Kindern sprechen lassen?«

Wendt zögerte.

»Weil sie Angst hat.«

»Wovor hat sie denn Angst?«, hakte Adler nach.

Sie blickte nieder. Ihr Atem ging jetzt heftiger.

»Weil …«

»Wegen der toten Kinder?«, fragte Adler erneut nach.

Doch sie schüttelte den Kopf.

»Ach, was, nein, dafür konnte sie doch nichts. Wirklich nicht. Sie ist auch nicht immer so, wie sie gestern war. *War* nicht immer so.«

»Seit wann ist sie denn so? Und warum?«

Adler biss sich auf die Zunge. Verdammt, nicht so voreilig. Langsam. Eine Frage nach der nächsten stellen. Du hast doch Zeit. Verschreck sie bloß nicht.

Doch es schien, als habe Wendt seine Fragen kaum

mitbekommen. Sie war in ihre Erinnerung versunken. Sie kämpfte mit sich, rang mit ihrer Loyalität, mit dem, was sie sagen sollte oder auch nicht.

»Ich war so froh, dass Inspektor Raade vorbeigekommen ist, und Sie natürlich auch.«

Adler schaute sie ruhig an und wartete.

Oberhalb der gelbgrünen Ölfarbe war das Zimmer in einem matten Grün gestrichen. In der Ecke stand ein hölzerner Papierkorb. Ansonsten war der Raum leer. Das Fenster war vergittert. Nicht gerade eine einladende Atmosphäre.

Fräulein Wendt wechselte die Beinstellung. Dann beugte sie sich vor und gab sich einen Ruck. Ihre Entscheidung war gefällt.

»Natürlich gibt es immer wieder mal eine Tracht Prügel bei uns. Sie sind sogar an der Tagesordnung, ehrlich gestanden. Sonst bekommen wir einige der Kinder überhaupt nicht mehr in den Griff. Manchmal ist Frau von Miller einfach am Ende ihrer Kräfte. Dann müssen die Kinder auch schon mal länger in den Karzer.«

Wieder legte sie eine Pause ein, als müsste sie sich vergewissern, dass sie weiterreden sollte.

»Vor vier Wochen kam ein Junge aus dem Karzer. Kaum war die Türe auf, da sprang er auf Frau von Miller zu und schlug wie wild auf sie ein. Er war völlig außer sich. Wir anderen Frauen konnten ihn kaum bändigen. Irgendwie haben wir es dann aber doch geschafft und ihn zurück in den Kellerraum bugsiert.«

Eine Fliege wanderte leise surrend über die grüne Wand.

Wie die wohl hier reingekommen ist?, fragte sich Adler.

»Und was ist dann passiert?«, fragte er behutsam.

»Nichts. Das ist es ja. Als ich den Buben am nächsten Morgen aus dem Karzer rauslassen wollte, um mit ihm zu reden, um ihm klarzumachen, dass es so nicht geht, war er verschwunden.«

»Und wo war er hin?«

Wendt zuckte mit den Schultern.

»Ich weiß es nicht. Er ist nicht mehr aufgetaucht.«

»Haben Sie mit Frau von Miller darüber gesprochen?«

Sie guckte ihn mit wässrigem Blick an.

»Ich habe es versucht.«

»Was heißt das, Sie haben es versucht?«

»Ich habe gefragt, wohin der Thomas verschwunden sei.«

»Und was hat sie geantwortet?«

»Er wäre abgeholt worden.«

Offenbar würde Adler ihr von nun an doch jede weitere Information einzeln entlocken müssen.

»Hat sie gesagt, von wem er abgeholt wurde?«

Wendt schüttelte den Kopf und blickte zu Boden.

»Das gehe mich nichts an, sagte sie. Sie hätte Meldung gemacht beim Jugendamt. Wegen seines Betragens.«

»Bei wem hat sie denn diese Meldung gemacht?«

»Das ist es ja, ich habe nichts gefunden. Gestern Abend, als Frau von Miller aus dem Haus war, wollte ich noch einmal in der Akte nachschauen. Aber auch die Akte war verschwunden. Es ist, als hätte es den Thomas nie bei uns gegeben.«

Adler seufzte.

»Seitdem gibt es den Bohnenkaffee?«, fragte er.

Sie schaute vom Boden auf, nickte stumm.

»Er ist gar nicht aus den CARE-Paketen der Amerikaner?«

Sie schüttelte den Kopf.

»Es ist sehr gut, dass Sie zu uns gekommen sind und uns alles erzählt haben, Fräulein Wendt«, mischte sich Raade nun ein.

Vielleicht ein bisschen spät, dachte Adler, aber besser als gar nicht.

»Raade, Sie nehmen jetzt bitte die Aussage von Frau Wendt auf und machen sich anschließend mit einer Streife auf den Weg zu Frau von Miller. Ich möchte sie umgehend hier auf der Wache sehen.«

»Sehr wohl, Herr Kommissar.«

Raade berührte die in sich zusammengesunkene junge Frau sehr behutsam an der Schulter.

»Kommen Sie, wir gehen rüber in das Schreibzimmer. Dort nehme ich Ihre Aussage auf, und anschließend können Sie gehen.«

»Was geschieht denn jetzt mit mir?«

Tränen strömten ihr über die Wangen. Es gab kein Halten mehr.

»Wir nehmen Ihre Aussage zu Protokoll, und dann versuchen wir herauszubekommen, was mit Thomas geschehen ist. Wie hieß er denn mit Nachnamen?«

»Müller«, hauchte Wendt.

Raade und Adler blickten sich an. Thomas Müller. Na, großartig. Ein Name so selten wie Sandkörner am Strand.

»Na, kommen Sie erst einmal«, sagte Raade sanft.

Adler blieb weiter in dem Verhörzimmer sitzen, nachdem die beiden anderen es bereits verlassen hatten.

Würde sie diese Spur weiterbringen? War es überhaupt

eine Spur? Er war sich da nicht so sicher. Doch das war egal. Es war seine Aufgabe, genau das herauszubekommen.

Die Fliege nutzte ihre Chance und flog durch die offene Tür hinaus auf den Flur.

Chapeau, schoss es Adler durch den Kopf.

Auf dem Flur waren Schritte zu hören. Dann hallte das Klatschen einer Zeitung gegen die Wand durch das Gebäude.

Pech gehabt, dachte Adler.

Hoffmann stand im Türrahmen, einen gefalteten *Tagesspiegel* in der Hand.

»Und? Gibt es etwas Neues vom Taucheinsatz?«, fragte Adler.

»Bisher noch nicht. Kommissar Schulze ließ wissen, dass sie den Tümpel einmal durchforstet hätten. Sie würden es jetzt noch einmal versuchen, aber er sei sich eigentlich bereits recht gewiss, dass sie nichts finden würden.«

Er hatte es ja befürchtet und zugleich gehofft. Die ganze Aufregung also umsonst. Wenn sich die Zeugin geirrt hatte und Fritz nicht in den Tümpel gefallen und ertrunken war, dann bestand immer noch die Chance, dass er lebte.

Doch wo war das Kind abgeblieben?

»Sie scheinen übrigens sehr gefragt zu sein dieser Tage, Herr Kommissar«, unterbrach Hoffmann Adlers Gedanken.

»Ach ja, bin ich das?«

»Jawoll. Die Marie war noch einmal unten. Habe sie in Ihr Büro hochgebracht. Denke, sie hat noch was zu sagen.«

Als Adler nicht gleich reagierte, ergänzte er:

»Etwas Wichtiges.«

»Etwas, das sie uns gestern nicht erzählt hat? Ist es ihr über Nacht wieder eingefallen?«

Hoffmann schüttelte den Kopf.

»Sie sollten wirklich …«

»Na gut, dann komm ich mal mit.«

Adler erhob sich mühsam. Inzwischen fühlte sich sein ganzer Körper so schwer und müde an wie vorhin nur seine Augenlider.

Marie saß kerzengerade vor seinem Schreibtisch. Von irgendwoher hatte Rita zwei Tüten Brausepulver organisiert. Während das Mädchen ein klebriges grünes Pulver genüsslich aus der Tüte schleckte, blubberte das andere rosa in dem Glas vor ihr.

Adler nickte Rita ein wortloses »Gut gemacht« zu.

»Was gibt's, Marie?«

Er schob sich an dem Mädchen vorbei und lehnte sich ihr gegenüber an die Fensterbank.

»Habt ihr den Fritz schon gefunden?«, fragte sie forsch.

Adler schaute sie ernst an.

»Deshalb bist du bei mir vorbeigekommen?«

Marie nickte angestrengt.

»Leider haben wir deinen Bruder immer noch nicht gefunden. Aber wir suchen ihn ganz feste. Das weißt du, oder?«

»Werdet ihr ihn finden?«

Ihre Stimme war ganz leise geworden. Zweifel und Angst schwangen in ihr mit wie dünne Fäden. Adler kniete vor dem Kind nieder.

»Wir werden alles versuchen, um ihn zu finden. Das habe ich dir versprochen, und das verspreche ich dir heute wieder.«

Marie schien mit diesem eher vagen Versprechen trotzdem zufrieden zu sein und widmete sich mit klebrigen Fingern wieder ihrem Brausepulver.

»Wissen deine Eltern denn heute, wo du bist?«

Marie strahlte über das ganze Gesicht.

»Klaro, die warten sogar unten auf mich.«

»Na, dann ist ja gut.«

Adler wartete, ob das Mädchen von sich aus noch mehr erzählen wollte.

Doch angesichts des Brausepulvers war Maries Mitteilungsbedürfnis nur noch minimal.

»Kommissar Adler?«

»Was gibt's, Volgmann?«

Neben Rita tauchte der Inspektorenanwärter im Türrahmen auf.

»Ich wollte nur Bescheid geben, dass die Kartei nichts weiter ergeben hat. Bisher. Wir sind jetzt alle Namen durch. Polizeipräsident Markgraf meinte, das brächte so und so nichts.«

»Meinte der Herr Polizeipräsident.«

»Jawohl.«

Irgendwie schien sich dieses untertänig klingende »Jawohl« seltsam beharrlich in der Sprache und, was noch schlimmer war, im Denken seiner Mitarbeiter festgesetzt zu haben.

»Und was meinen Sie, Volgmann?«

Adler schaute ihm fest ins Gesicht.

»Ich meine …«

Volgmann zögerte, wurde rot.

»Also ich meine …«, setzte er erneut an. »Ich meine, der Herr Polizeipräsident hat mit seiner Einschätzung den Nagel versenkt.«

»Hat er das?«

Adler schaute Volgmann ernst ins Gesicht und verkniff sich angesichts des schiefen Sprachbildes routiniert das Lachen.

»Jawoll.«

Ein Wort wie ein Gewitterhusten. Das war die preußischste Steigerungsform der Bestätigungsformel. Ein Land konnte man auflösen. Das hatten die Alliierten im Februar per gemeinsamem Kontrollratsbeschluss fein hinbekommen. Seitdem existierte Preußen politisch nicht mehr und auch nicht auf den Landkarten. Sein Geist aber würde weiter wabern. Preußen ließ sich nicht einfach in Luft auflösen. Im Guten ebenso wenig wie im Schlechten. Aber wer war er, die Beschlüsse des Alliierten Kontrollrats in Zweifel zu ziehen?

»Danke, Volgmann, dann fragen Sie doch am besten den Herrn Polizeipräsidenten, wen er als Täter im Verdacht hat und was für ein Vorgehen er jetzt vorschlägt.«

Volgmann schaute ihn mit großen Augen an.

»Ich soll den Herrn Polizeipräsidenten …«, stotterte er.

»Genau, Volgmann, das sollen Sie.«

Adler wartete einen Moment.

»Natürlich könnten Sie stattdessen einfach weiter die Verdächtigen aus der Kartei überprüfen«, fügte er hinzu.

Volgmann atmete auf. Er war offensichtlich schwer erleichtert.

Sich direkt an den Polizeipräsidenten zu wenden, wäre

ihm nie eingefallen. Auch so eine preußische Untertanenhaltung. Sehr Diederich Heßling. Aber wer das war, wusste Volgmann bestimmt auch nicht.

»Ja, dann überprüfe ich wohl weiter die Verdächtigen, also die aus der Kartei«, verkündete er.

»Machen Sie das mal, Volgmann.«

Adler wandte sich ab und schaute wieder zu Marie.

Stocksteif saß das Kind auf seinem Platz. Tränen in den Augen.

Adler schaute sie erschrocken an.

»Marie, was ist denn los, um Himmels willen? Schmeckt dir das Brausepulver nicht mehr?«

Ängstlich drehte sie sich um.

»Der Mann«, flüsterte sie.

Sie zog Adler zu sich hinab und legte ihm ihre klebrige Hand an das Ohr, so dicht, dass ihn der Geruch nach Waldmeister fast überwältigte.

»Der Mann.«

»Welcher Mann?«

»Der Mann da, der da in der Tür war eben.«

»Was ist mit dem Mann?«, flüsterte Adler zurück.

»Der Mann war dort.«

»Wo war er? Bei dir zu Hause?«

Marie schüttelte den Kopf.

Wieso verstand Adler nicht, was sie ihm erklären wollte?

»Er war mit den anderen Polizisten zusammen dort, als wir bei deinen Eltern waren?«

Erneut schüttelte das Kind den Kopf.

»Wo wir gespielt haben. Mit Fritz.«

Adler fuhr ein Schreck in die Glieder. Volgmann? Im Haus Vaterland?

Blitzschnell legte er seinen Zeigefinger auf den Mund.

»Das bleibt unser Geheimnis, Marie. Einverstanden?«

Ein wenig unsicher schaute das Kind den großen Mann mit dem grauen Gesicht an. Ein Geheimnis. Nun gut. Aber warum nur?

»Einverstanden?«, fragte Adler eindrücklich nach.

Jetzt nickte Marie.

Adler fühlte sich unwohl bei dem Gedanken, das Kind derart unter Druck zu setzen. Andererseits wollte er auf jeden Fall verhindern, dass Volgmann etwas von Maries Beobachtung erfuhr. Er sollte nicht wissen, dass gerade der dunkle Schatten eines Verdachts auf ihn gefallen war. Und es war nicht der erste, wie Adler sich eingestand.

»Einverstanden«, hauchte Marie.

Unvermittelt war es einer jener Tage geworden, an denen es Adler schwerfiel, überhaupt noch einen klaren Gedanken zu fassen. Erlebnisse und Gedanken drängten dicht aufeinander. Verwoben sich zu einem unlösbaren Knäuel. Gehetzt jagte er durch die Stunden. Getrieben von scheinbaren Notwendigkeiten. Er sehnte sich nach einem ruhigen Ort und genügend Zeit, um seine Gedanken zu ordnen, um Schlussfolgerungen zu ziehen, einen Plan zu entwickeln. Trotz seines aufwallenden Missmuts und der bohrenden Kopfschmerzen, die mittlerweile hinter seinen Schläfen pochten, versuchte er sich zu konzentrieren.

Fritz, Marie, Volgmann, Haus Vaterland.

Das war sie. Das war die erste wirkliche Spur. Vielleicht.

Sie war nicht das Ergebnis sorgfältiger Ermittlungen, wie er sich eingestand, sondern hatte sich beinahe zufällig offenbart. Aber was war schon der Zufall? Nichts anderes als die aufmerksame Wahrnehmung eines Moments.

Derweil saß die Chance zu einer weiteren möglichen Spur bereits im Verhörzimmer und wartete seit einer halben Stunde darauf, dass er auftauchen würde. Frau von Miller. Sollte sie ruhig noch ein wenig schmoren. Das Verhörzimmer war schließlich bei Weitem nicht so furchtbar wie der Karzer, in dem sie ihre Buben zur Strafe einsperrte.

Adler stellte sich an das Fenster seines Büros.

Er atmete tief durch und schaute auf die Trümmerstadt, die sich rund um den Alexanderplatz auftat. Jämmerlich ragte der spitzenlose Turm der Marienkirche empor. Ein Trupp Frauen in langen dunklen Mänteln zog mit gebeugten Rücken ihre Handkarren in Richtung Unter den Linden. Um die Kuppelreste des Schlosses flatterte ein Schwarm Tauben. Vorbei an der überrascht aufschauenden Rita machte sich Adler auf den Weg zu Stumms Dienstzimmer.

Die Flure waren leer. Das ganze Präsidium schien ausgeflogen zu sein. Doch er hatte Glück: Stumm war da. Und er hatte Zeit.

»Setzen Sie sich, Adler. Zigarette?«

»Herr Polizeivizepräsident«, setzte Adler an und stockte.

Und was, wenn er sich irrte? Wenn alles ganz anders war?, schoss es Adler durch den Kopf, während ihm Stumm wie immer die Schachtel mit den Garbáty entgegenhielt. Dann würde er sich unmöglich machen. Aber das war die Sache allemal wert.

Stumm wartete, die Zigaretten in der Hand.

»Was gibt's, Adler? Raus mit der Sprache. Ich habe nicht vergessen, dass Sie nicht rauchen …«

»Welche Marke, also …«, druckste Adler herum.

Dann riss er sich endlich zusammen.

»Rauchen Sie auch eine andere Marke als Garbáty?«

Stumm schaute ihn an, als würde er sich fragen, was das jetzt werden sollte.

»Warum ist das wichtig, Adler? Haben Sie spezielle Wünsche? Mögen Sie lieber amerikanische Zigaretten? Lucky Strike? Chesterfield? Damit kann ich leider nicht dienen.«

Adler griff in die Tasche seines Blazers. Er holte den Umschlag mit dem Zigarettenstummel hervor, den er im Haus Vaterland aufgelesen hatte, und kippte ihn auf dem Schreibtisch aus.

»Was zum Teufel …?«

Stumm schaute ihn irritiert an.

»Es ist nicht das, wonach es aussieht.«

»Ich denke doch, dass es so ist, wie es aussieht. Ein widerlicher Zigarettenstummel auf meinem Schreibtisch. Was soll das, Adler?«

»Gestern war ich noch einmal im Haus Vaterland. Sie erinnern sich? Der kleine Fritz ist dort verschwunden. Zumindest hat ihn seine Schwester dort zum letzten Mal gesehen. Im obersten Stockwerk des Hauses Vaterland habe ich diesen Zigarettenstummel aufgelesen.«

»Im Haus Vaterland? Haben Sie eine kleine Zeitreise ins alte Berliner Vergnügungsviertel unternommen?«

»Das auch«, bestätigte Adler und musste grinsen. »Aber das war in der Potsdamer Straße, ebenfalls gestern«, fuhr er fort.

»Na, Mannomann, Sie kommen ja rum, Adler.«

»Das können Sie laut sagen, Herr Polizeivizepräsident. Aber im Ernst. Rauchen Sie immer Garbáty?«, wiederholte er seine Frage nachdrücklich.

»Ausschließlich, aus alter Verbundenheit«, bestätigte Stumm.

»Aber im Haus Vaterland sind Sie in den letzten Tagen nicht gewesen, nicht wahr?«

»Im Haus Vaterland war ich nicht seit … lassen Sie mich nachdenken … seit 1938 nicht mehr. Fehlt mir auch nicht sonderlich. War damals schon eine Touristenfalle. Lediglich Landpomeranzen und Pgs haben sich dort wohlgefühlt.«

Adler nickte.

»Nun kommen Sie mal zur Sache, Adler. Worauf wollen Sie hinaus? Ich habe keine Garbáty ins Haus Vaterland gebracht. Wollen Sie mich verhören? Oder wollen Sie mir irgendetwas unterstellen?«

Stumms Tonfall war mit jedem Wort kühler geworden. Unsicher schaute er Adler an.

»Bewahre, Herr Polizeivizepräsident.«

Adler stand auf und schloss die doppelte Bürotür zum Sekretariat, die bisher nur angelehnt gewesen war. Dann setzte er sich wieder und fuhr fort.

»Bitte entschuldigen Sie die Geheimniskrämerei. Es ist ein bisschen pikant, und ich bin mir auch absolut nicht sicher. Es ist nur … nur ein Verdacht. Vielleicht sogar weniger als ein Verdacht. Gerade eben war die kleine Marie bei mir im Büro. Die große Schwester des verschwundenen Jungen, Fritz. Eigentlich wollte sie sich nur vergewissern, dass wir auch alles daransetzen, ihren Bruder zu finden. Dabei ist sie in meinem Büro zufällig auf Volgmann getroffen. Und dann hat sie mir verstört berichtet, dass sie ihn im Gespräch mit Fritz gesehen habe. Offenbar im Haus Vaterland, wohl an dem Tag, an dem Fritz verschwunden ist. Als ich den Ort gestern inspiziert habe, an dem sie Fritz zum letzten Mal gesehen hatte, war ich nicht alleine im Haus Vaterland. Allerdings konnte ich auch niemand anderen dort finden.«

Es klopfte an der Tür.

»Jetzt nicht«, raunzte Stumm laut. »Machen Sie weiter, Adler.«

»Aber als ich später vor dem Haus gewartet habe, ob ich nicht doch irgendwas entdecke, fiel mir die Silhouette eines Mannes auf. Erst im Nachhinein wurde mir dann klar, dass sie mich an Volgmann erinnerte«, fuhr Adler fort. »Ehe ich ihm folgen konnte, war er allerdings im Menschengewirr verschwunden. Und dann gab es diesen Zigarettenstummel im ehemaligen Kuppelraum des Hauses Vaterland. Lange lag der noch nicht dort.«

Stumm musterte Adler intensiv.

»Sie wissen, dass Sie damit nichts in der Hand haben, nicht wahr? Gar nichts. Das sind noch nicht einmal Indizien.«

Adler nickte.

Ja, das war ihm selbst schmerzlich bewusst. Ein Zigarettenstummel war ein Zigarettenstummel und bei Weitem noch kein Indiz.

»Trotzdem kommen Sie mit Ihrem Verdacht zu mir, Adler, und wollen wissen, ob ich noch eine andere Zigarettenmarke rauche außer den Garbáty.«

Stumms Stimme war jetzt völlig ruhig. Dennoch fürchtete Adler, dass jeden Moment ein Donnerwetter über ihn hereinbrechen könnte. Stumm stand auf und trat ans Fenster. Nach einer Pause fuhr er mit unveränderter Stimme fort.

»Sehen Sie, Adler, und das schätze ich an Ihrer Arbeit. Sie wissen, dass Sie noch nichts Verwertbares in der Hand haben außer einer flüchtigen Idee. Aber die Idee ist alles. Denn sie bedeutet eine Möglichkeit. Und ohne eine Möglichkeit würden wir weiter im Nebel stochern.«

Stumm hielt wieder inne und schaute ins Berliner Ruinengrau.

»Also«, setzte er erneut an.

»Folgendes: Ich rauche schon immer Garbáty. Seit Jahrzehnten. Seit ich rauche. Und ja, fast jeder, der bei mir im Büro zu einer Besprechung kommt, bekommt eine Zigarette angeboten. Egal ob er raucht oder nicht. Das war es doch, worauf Sie hinauswollten?«

Adler nickte, sagte aber nichts.

»So weit, so gut. Leider muss ich Sie jedoch enttäuschen. Denn Volgmann war noch nie allein bei mir zu einem Gespräch. Und ich habe ihm auch sonst noch nie eine Zigarette angeboten.«

»Schade«, flüsterte Adler.

Seine Indizienreihe zerstob wie ein Wassertropfen auf dem Straßenpflaster.

»Ja, sehr schade. Leider. Aber ich denke, Sie sollten

trotzdem ein wachsames Auge auf Volgmann haben. Garbáty hin oder her.«

Erneut blieb Adler nichts anderes übrig, als zu nicken.

»Ich kann mir nicht vorstellen, dass sich Marie die Begegnung mit Volgmann ausgedacht hat. Was aber andererseits nicht heißt, dass wir sie richtig interpretieren. Das kann so sein, aber es muss nicht so sein.«

Adler erhob sich.

Stumm lächelte ihn ermutigend an.

»Also, bleiben Sie dran. Was ist mit dem Kinderheim?«

»Werde gleich die Leiterin vernehmen. Eine Frau von Miller. Sagt Ihnen der Name was?«

»Noch nie gehört.«

Adler stockte.

»Woher wussten Sie von dem Kinderheim, wenn ich fragen darf?«

»Ist heute Ihr großer Fragetag bei mir? Raade hat es mir erzählt.«

»Raade?«

»Was dagegen, Adler?«

»Selbstverständlich nicht.«

Adler zögerte.

»Haben Sie …«, setzte er an.

Stumm lächelte jetzt über das ganze Gesicht.

»Wenn Sie sich erst einmal irgendwo festgebissen haben, dann lassen Sie nicht mehr so schnell locker, was, Adler? Ja, ich habe Raade Zigaretten angeboten. Er hat sich zwei genommen. Auf meine nachdrückliche Bitte hin. Er ist ja auch eher schüchtern.«

»Ja, er ist ziemlich schüchtern. Aber vor allem ist er Nichtraucher.«

»So ist es, Raade ist Nichtraucher. Und er war kürzlich schon einmal bei mir.«

Stumm lächelte.

»Bleiben Sie dran, Adler.«

Als Adler die Tür gerade öffnen wollte, fügte er leise hinzu:

»Und kein Wort …«

»Selbstredend, Herr Polizeivizepräsident.«

Von Frau von Millers Selbstsicherheit vom Vortag schien wenig übrig geblieben zu sein, als Adler das Verhörzimmer betrat. Seit gut einer Stunde wartete sie nun schon hier.

»Erst hat sie geflucht und nach Ihnen verlangt. Seit etwa einer halben Stunde herrscht jetzt Ruhe«, hatte ihm Raade auf dem Flur berichtet. Kurz erwog Adler, ob er ihn jetzt wegen der Zigaretten für Volgmann ansprechen sollte. Doch er verwarf den Gedanken. Die Dinge sollten nicht vermischt werden. Immer schön eins nach dem anderen, und das Wichtige vom Unwichtigen trennen. Jetzt ging es erst einmal um Frau von Miller.

»Sie wissen, warum wir Sie hierhergebracht haben?«, begann Adler das Verhör.

»Ich habe nicht die leiseste Ahnung, Herr Kommissar«, zischte sie.

»Tatsächlich nicht?«

»Tatsächlich nicht.«

Da war er also wieder. Dieser bösartig selbstgewisse Ton, der Adler schon gestern so an ihr gestört hatte.

»Sie stammen aus Breslau?«

Anstelle einer Antwort nickte von Miller.

»Seit wann leben Sie in Berlin?«

»Seit 1928.«

»Sie waren während des Krieges also nicht in Schlesien?«

»Möchten Sie mit mir eine kleine biographische Erkundungstour unternehmen, Herr Kommissar?«, antwortete sie schnippisch. »Könnten Sie mir bitte erklären, warum Sie mich hierhergebracht haben und wann ich endlich wieder meine Arbeit aufnehmen kann? Ich werde Sie für Ihre unverschämte Art zur Verantwortung ziehen.«

Ohne auf ihre Anwürfe einzugehen, fuhr Adler fort.

»Sie waren also während des Krieges nicht in Schlesien?«, fragte er erneut.

»Ich wüsste nicht, was Sie das angeht.«

»Frau von Miller, warum geben Sie mir nicht einfach Auskunft?«

»Weil es keinen Grund dafür gibt, Ihre Fragen zu beantworten. Ich habe nicht die leiseste Ahnung, weshalb Sie mich hier festhalten und stundenlang warten lassen. Es ist empörend.«

»Sie sind heute nicht in der Position zu entscheiden, ob es einen Grund für meine Fragen gibt oder nicht. Also, wenn ich bitten darf: Sie waren während des Krieges nicht in Schlesien?«

Sie schaute Adler giftig an, ehe sie antwortete.

»Nein, war ich nicht.«

»Wo haben Sie die Zeit verbracht?«

»Im Ausland.«

»Sie waren eine Verfolgte des Naziregimes?«

»So ist es.«

»Das ehrt Sie.«

»Wenn Sie das sagen, Herr Kommissar. Da Sie jetzt wissen, welchem Martyrium ich während des Krieges ausgesetzt war, verraten Sie mir bitte endlich, weshalb ich hier bin.«

Wieder ging Adler nicht auf Frau von Millers Forderung ein, sondern verfolgte konsequent seine Verhörstrategie.

»Und wo haben Sie diese Jahre verbracht?«

Sie seufzte.

»Ich habe die Zeit des faschistischen Angriffskriegs auf die friedliebende Sowjetunion in deren Schutz verbracht.«

Volltreffer, dachte Adler.

»Und seit wann sind Sie zurück in Deutschland und in Berlin, Frau von Miller?«

»Seit Sommer 1945.« Sie schüttelte den Kopf. »Kommissar, was sollen all diese Fragen? Was wollen Sie von mir? Ich verstehe es einfach nicht.«

Ungerührt fuhr Adler fort.

»Seit wann sind Sie die Leiterin des Kinderheimes in der Krumme Straße?«

Auf dem Flur war ein Poltern zu vernehmen. Adler ahnte, was das bedeutete. Doch auch jetzt blieb er bei seiner Linie und setzte seine Befragung fort.

»Mir wurde die Leitung angetragen, kurz nachdem wir im befreiten Berlin angekommen sind.«

»Wer bitte ist *wir*?«

Erneut seufzte Frau von Miller, als ob sie die Frage als Zumutung empfände.

»Eine Gruppe von politisch Verfolgten des NS-Regimes, die wie ich vor dem nationalsozialistischen Terror großzügige Zuflucht in der SU gefunden haben.«

»Sie stehen also in engem Kontakt mit der sowjetischen Militäradministration, obwohl Sie im englischen Sektor arbeiten?«

»Ich verstehe Ihre Frage nicht, Herr Kommissar.«

»Sind Sie sicher, dass Sie meine Frage nicht verstehen, oder wollen Sie sie nur nicht verstehen?«

Draußen vor der Tür konnte er nun deutlich die aufgebrachten Stimmen von Raade, von Dedowsky und Markgraf hören.

»Ich werde Ihnen keinerlei Frage mehr beantworten, Herr Kommissar. Ich wünsche, den Polizeipräsidenten zu sprechen.«

Offenbar hatte von Miller ebenfalls die Stimme Markgrafs erkannt.

Sie witterte Morgenluft.

»Das scheint sich ja fast von selbst zu ergeben und schneller als gedacht«, bemerkte Adler, als die Tür zum Verhörzimmer aufgerissen wurde. Markgraf stand mit hochrotem Kopf im Türrahmen.

»Was fällt Ihnen eigentlich ein, Adler?«, brüllte er.

Trotz des unwirschen Auftretens seines Vorgesetzten erhob sich Adler respektvoll.

»Was kann ich für Sie tun, Herr Polizeipräsident?«

»Dieses Verhör ist beendet. Auf der Stelle. Frau von Miller, bitte entschuldigen Sie die Unannehmlichkeiten. Wir werden Sie umgehend zu Ihrem Arbeitsplatz zurückbegleiten.«

Mit stechendem Blick musterte Markgraf Adler.

»In mein Büro. Sofort«, raunzte er.

Adler hielt Frau von Miller die Hand hin. Doch ohne ihn auch nur eines Blickes zu würdigen, stand sie ebenfalls auf, verweigerte den Handschlag und verließ schweigend den Raum. Es schien Adler, als würde sie Markgraf kaum merklich zunicken, während sie an ihm vorbeiging. Langsam verhallten ihre klackernden Schritte auf dem Flur.

»Adler?«

Markgrafs Stimme hatte sich etwas beruhigt.

»Auf jetzt.«

»Jawohl, Herr Polizeipräsident.«

Ein größerer Unterschied als zu dem Gespräch mit Markgrafs Stellvertreter Stumm war kaum vorstellbar. Zwar brüllte Markgraf inzwischen nicht mehr. Doch er blieb bissig wie ein scharfer Schäferhund.

»Wieso haben Sie Frau von Miller verhört?«

»Es gab Hinweise, dass …«

»Was heißt das? Was für Hinweise?«, fiel ihm Markgraf ins Wort.

Adler überlegte, wie er die unangenehme Situation am schnellsten beenden konnte, ohne die Ermittlungen zu belasten, und indem er zugleich Erika Wendt schützte.

»Es gab Hinweise, dass es in dem Kinderheim, das Frau von Miller leitet, zu Unregelmäßigkeiten kommt.«

»Was für Unregelmäßigkeiten?«, bohrte Markgraf nach.

»Bohnenkaffee.«

Markgraf brauste auf.

»Wollen Sie mich verarschen, Adler?«, brüllte er so laut, dass man es vermutlich bis zur Marienkirche hinüber hören konnte.

»Ich … Das würde ich mir nie erlauben …«, stotterte Adler.

Innerlich jubilierte er jedoch. Er hatte Markgraf am Haken.

»Was soll das heißen: Bohnenkaffee?«

»Wir vermuten Schwarzhandel.«

»Und was hat das mit den toten Kindern zu tun? Erklären Sie mir das mal, Adler! Nun machen Sie schon.«

»Das wissen wir noch nicht, Herr Polizeipräsident. Wir wollten gerade damit beginnen, es zu ergründen, als Sie …«

Adler ließ den Satz unvollendet.

»Sie wissen, wer Frau von Miller ist?«

Adler schaute Markgraf ahnungslos an.

»Sie ist die Leiterin des Jugendheims, denke ich.«

»In erster Linie ist sie eine verdienstvolle Kämpferin unserer gemeinsamen sozialistischen Sache. Zusammen mit dem Genossen Ulbricht ist sie im Mai 1945 zurück nach Berlin gekommen, um zu helfen, das Land von den Nazischergen zu befreien und den Sozialismus in Deutschland aufzubauen.«

Na, dann hätte sie vielleicht schon ein bisschen früher kommen sollen, dachte Adler und nickte stumm.

»Da staunen Sie, was? Das kann sich so ein kleiner Soldat im Dienst der Nazis gar nicht vorstellen, was? Dass es Menschen wie Frau von Miller gibt. Menschen, die mit der ganzen Inbrunst ihres Lebens für ein besseres Deutschland gekämpft haben, während Sie noch den Befehlen Ihres vermaledeiten faschistischen Führers gefolgt sind und meinten, gegen die ruhmreiche Sowjetische Armee kämpfen zu sollen, die Deutschland vom Terror der Nazischergen befreit hat.«

Adler schaute zu Boden.

Er ließ den mit Propagandakauderwelsch durchsetzten Redeschwall Markgrafs über sich ergehen. Wenn die von Miller mit der Gruppe Ulbricht den Krieg im Moskauer Exil verbracht hatte, dann hatte sie entweder großes Glück gehabt, dass sie nicht wie die Schauspielerin Carola Neher einer der sowjetischen Säuberungen unter den deutschen Exilanten zum Opfer gefallen war. Oder sie gehörte zu jenen 150-prozentigen Kommunistinnen, die über einen großen Rückhalt bei Stalins Schergen verfügten. Oder bei Stalin selbst. Adler hatte bei Frau von Miller offenbar durch puren Zufall in ein Wespennest gestochen. Langsam ahnte er, wer ihm da gestern einen Besuch in seiner Laube abgestattet haben könnte.

Wilkinson war es wohl eher nicht gewesen.

»Da sagen Sie gar nichts mehr, was, Adler?«, triumphierte Markgraf. »Unterstehen Sie sich, einer verdienten sozialistischen Vorkämpferin wie Frau von Miller noch einmal zu nahe zu treten. Sie steht unter dem persönlichen Schutz des sowjetischen Stadtkommandanten. Haben wir uns verstanden?«

»Jawohl, Herr Polizeipräsident.«

Adler verbeugte sich, nahm Haltung an. Aber er konnte der Versuchung nicht widerstehen, die Schraube noch ein klein wenig weiterzudrehen. Selbst auf die Gefahr hin, dass es für ihn selbst gefährlich werden konnte.

»Verzeihen Sie, Herr Polizeipräsident.«

»Was gibt es denn noch, Adler? Sie haben klare Anweisung von mir erhalten. Und meine Anweisungen sind die Anweisungen des sowjetischen Stadtkommandanten.«

War Markgraf eigentlich bewusst, was er da gerade sagte?

»Selbstverständlich, Herr Polizeipräsident. Was allerdings den Bohnenkaffee betrifft ...«

Adler konnte nicht ausreden, ehe Markgraf losbrüllte, seine Halsschlagader war auf die doppelte Größe angeschwollen.

»Sie unterlassen jede, ich wiederhole, JEDE Ermittlung in dieser Sache und geben den Bohnenkaffee selbstverständlich umgehend an Frau von Miller und ihr Institut zurück. Haben wir uns verstanden?«

Feixend lief Adler über den Flur zu seinem Büro zurück. Die Spur zum Kinderheim war damit zwar kalt. Dafür hatte er Markgraf köstlich in Rage gebracht, auch wenn er wusste, dass er damit ein gefährliches Spiel trieb. Doch das war es wert gewesen, wenn er schon nicht mehr in Sachen Kinderheim weiterermitteln durfte. Aber wer weiß? Vielleicht würde ja Raade noch etwas durch Fräulein Wendt in Erfahrung bringen?

Derart in Gedanken und Schwung, lief er fast Ruth von Dedowsky in die Arme.

»Wo willst du denn hin?«

»Zu Markgraf.«

»Da komme ich gerade her.«

»Na, was für ein Zufall. Was wolltest du denn da?«

»Nichts. Er wollte etwas von mir. Wir sollen die Kinderheimspur nicht weiterverfolgen.«

»Ach ja?«

»Lass es dir von ihm selbst erzählen.«

»Für den Fall, dass er in Plauderstimmung ist, sehr gerne.«

Von Dedowsky winkte ihm zu und lief weiter.

»Bin schon spät dran«, rief sie noch.

Zurück im Büro rief Adler den alten Kunert zu sich.

Der Wachtmeister stand kurz vor der Pensionierung. Zwei Kriege hatte er durchgemacht. Beide hatte er überlebt. Mehr Glück hatte das Leben nicht mehr für ihn bereitgehalten. Im letzten Krieg war er ausgebombt worden. Dabei hatte er Frau und Tochter verloren und damit den Sinn seines Lebens. Während des Angriffs hatte er in einer Wache in Rixdorf Dienst gehabt. Stoisch hatte er auf seinem Stuhl gesessen und dem unerträglichen Lärm der detonierenden Bomben zugehört, dem Inferno, das um ihn herum ausbrach. Seitdem war der stille Berliner noch stiller geworden. Mit seinem weit ausschwingenden Oberlippenbart wirkte er noch ein wenig mehr, als wäre er aus dem vergangenen Jahrhundert übrig geblieben. In seinem ruhigen Wesen wohnte eine freundliche Kraft. Er nahm die jüngeren Kollegen unter seine Fittiche, machte sie mit den Gepflogenheiten des Dienstes vertraut. Vielleicht, so hoffte Adler, würde ihm Kunert deshalb mehr über Volgmann erzählen können. Doch der Wachtmeister hatte an dem Inspektorenanwärter nichts bemerkt, das nicht auch Adler schon aufgefallen wäre. Volgmann war etwas langsam in allem, was er tat, und vor allem neigte er zum Widerwillen, die Anweisungen zu erfüllen, die er erhielt. Stets hielt er ein »Aber« bereit – das schon. Aber sonst?

»Mit wem hat Volgmann ansonsten noch Kontakt unter den Kollegen?«

Kunert zog seine Stirn kraus.

»Natürlich mit den Raade, mit mich, mit die Frau von Dedowsky. Und och mit Ihnen. Na, und mit Hoffmann. Aber sonst is dit eher ener von der ruhjen Sorte.«

»Hat er eine Frau, eine Freundin?«

»Davon weeß ick nischt. Erzählt auch nie wat. Eine Mutter hat ihm aba noch.«

»Und er raucht.«

»Ja nu«, lachte Kunert, »aber dit können Se ihm nu nich zum Vorwurf nich machen, dit tun wa ja fast alle, Herr Kommissar, außer Ihnen und Raade.«

»Sie rauchen auch? Habe ich noch nie bei Ihnen gesehen, Kunert.«

»Ja, aber niemals im Dienst. Abends so ne schöne Zijarre. Det is herrlich.«

Wehmütig schaute Kunert zu ihm hinüber.

»Is ja nu auch nix mehr. Weeß jar nicht mehr, wenn ick die letzte jeraucht habe.«

Während sich Kunerts Blicke sehnsuchtsvoll im Leeren verloren, versuchte es Adler mit einem letzten Anlauf.

»Und haben Sie Volgmann schon mal mit Polizeipräsident Markgraf gesehen?«

»Nee, also dit nu ja nich.«

»Nicht?«

»Nee, also nich, dat ick wüsste.«

Diese Fragerunde schien im Sande zu verlaufen. Adler wollte Kunert schon entlassen, als der sich theatralisch mit der Hand an die Stirn schlug.

»Wo Se mir hier so verhören …«

»Kunert, ich verhöre Sie nicht. Wir tauschen uns lediglich aus. Unter Kollegen. Das bleibt auch bitte unter uns, nicht wahr?«

»Selbstvaständlich, Herr Kommissar. Wat ick nur och saren wollte, vor zwee, drei Tagen, ick weeß et nich mehr janz jenau, da war der Volgmann komisch.«

»Was meinen Sie mit komisch, Kunert?«

»Ja so in sich jekehrt. Noch mehr, als er dit sonst och schon is. Und dann hatta vor dem Präsidium mit 'nem Russen jequatscht.«

»Mensch, Kunert. Und das hatten Sie vergessen?«

Betroffen schaute der Wachtmeister seinen Vorgesetzten an.

»Na ja, egal. Es ist Ihnen ja wieder eingefallen.«

»Ja, dit isset. Also die ham jequatscht, janz kurz nur, und dann ist der Russe wech jefahren.«

»Was gesprochen wurde, konnten Sie nicht verstehen?«

»Nee, da war ja die Fensterscheibe dazwischen. Und so zehn Meter weg uffer Straße war et och. Aber danach war der Volgmann noch bedripster.«

»Hm, nun gut, Kunert. Dann behalten Sie den Volgmann mal im Auge. Und sagen Sie mir Bescheid, wenn er heute Dienstschluss macht.«

»Jawoll, Herr Kommissar, und dit allet behalte ick für mir.«

»Ausgezeichnet. So machen wir es. Vielen Dank, Kunert.«

Kaum hatte Kunert das Zimmer verlassen, ließ sich Adler mit der Polizeiinspektion in Charlottenburg verbinden und verlangte den Kollegen Seegmann.

»Der Adler, was gibt's denn?«

»Danke der Nachfrage, mir geht's auch gut«, antwortete Adler.

»Na, wenn Sie sich melden, dann klingt es halt nach Arbeit«, flötete Seegmann in seiner bayrischen Tonlage.

»Wie kommen Sie nur darauf, Seegmann? Aber – Sie haben recht.«

»Und, wie viel Mann, wie viele Tage?«, antwortete Seegmann schicksalsergeben.

»Tja, wenn ich das wüsste. Sprechen wir übrigens auf einer sicheren Leitung?«

Seegmann prustete los.

»Sie sind ja heute mal wieder ganz besonders lustig.«

Aber es half nichts. Sie mussten jetzt mit der Überwachung beginnen, sonst war die von Miller möglicherweise schon auf und davon.

In knappen Worten schilderte Adler dem Charlottenburger Kollegen den Sachverhalt.

»Und nun sollen wir das Kinderheim im Auge behalten?«, resümierte Seegmann.

»Natürlich nicht, Seegmann. Sie sind in Ihrem Tun völlig frei im britischen Sektor. Wer wäre ich, Ihnen da ins Handwerk zu pfuschen?«

»Na, das will ich wohl auch gemeint haben«, antwortete Seegmann mit einem Lächeln in der Stimme.

»Ich denke, Sie sollten lieber mal in die Badewanne gehen und sich gewaltig hinter den Ohren putzen. Das gehört sich so.«

»Jetzt gehen Sie zu weit. Badewanne – wenn ich das schon höre! Einmal die Woche. Höchstens. Und nur samstags. Mehr können wir uns gar nicht leisten. Woher die ganzen Kohlen fürs heiße Wasser nehmen, ohne zu stehlen? Und wenn etwas dazwischenkommt und das Wochenbad ausfällt, dann schreiben die Kinder ganze Aufsätze. Ich sag's Ihnen nur!«

»Na dann, dazu gibt's nichts mehr zu sagen.«

»Das sehe ich genauso, Herr Kollege. Guten Tag!«

Seegmann hatte aufgelegt, und Adler stellte sich vor, wie der kleine, leicht untersetzte Mann sich nach dem Telefonat vor Lachen bog.

Samstag also in der Badewanne.

Eine Uhrzeit hatten sie gar nicht vereinbaren müssen. Irgendwann im Lauf des Abends würden sie sich dort treffen, und Seegmann würde berichten, was er herausgefunden hatte. Und wenn es wider Erwarten nicht klappen sollte, würde er ihm einen »Schulaufsatz« zukommen lassen. Adler grinste. Er fühlte sich ziemlich konspirativ. Gut, dass es diese inoffiziellen Wege gab. Natürlich hatten die Russen mitgehört. Vermutlich auch die Amerikaner und die Briten obendrein. Was soll's? Keiner traute niemandem mehr. Und um jetzt noch in die Wache nach Charlottenburg zu fahren, dazu hätte Adler heute die Zeit gefehlt. Volgmann konnte schließlich jederzeit aufbrechen.

Das Telefon klingelte.

Noch einmal Seegmann?

Doch es war nicht Charlottenburg. Der Anruf kam vom *Tagesspiegel*. Eine Frauenstimme fragte, ob der Herr Kommissar gerade Zeit habe, und verband ihn dann weiter.

Es war Erich Wellhausen.

»Störe ich, Hans?«

»Nein, kann allerdings sein, dass ich dich ganz schnell abwürgen muss. Was gibt's?«

»Kommt ihr voran?«

»Fragst du das als Journalist oder als Freund meiner Kollegin?«

»Kann man beides voneinander trennen?«

»Vermutlich nur schwer«, antwortete Adler sibyllinisch.

»Kannst du nicht oder willst du nicht über den Fall reden?«

»Unsere Spur ist so dünn, dass sie jeden Moment wieder abreißen kann.«

Wellhausen schwieg am anderen Ende der Leitung.

»Wieso fragst du eigentlich mich das und nicht Ruth?«, nahm Adler den Faden wieder auf.

»Ja, das ist eine gute Frage. Ruth. Ihr wart doch gestern im Rotlichtmilieu unterwegs, auf der Potse?«

»Waren wir. Wieso möchtest du das wissen?«

»Und bis wann?«

»Na, du bist ja ganz schön neugierig heute.«

»Komm, sag schon.«

»Ich werde Ruth so gegen zehn bei euch abgeliefert haben. Warst du denn nicht da?«

»Doch«, antworte Wellhausen mit ruhiger Stimme. »Ich war schon da. Aber Ruth nicht.«

»Wieso, das kann doch gar nicht sein, ich habe sie …« Adler stockte.

»Erich, du denkst doch nicht, dass ich … dass Ruth …«

»Ich denke gar nichts, Hans. Ich weiß nur, dass Ruth um eins noch nicht zu Hause war. Ich wäre fast zu dir in die Laube geradelt, um nachzufragen.«

Ein Frost, so kalt wie der letzte Winter, ließ das Gespräch zwischen den beiden Männern gefrieren.

»Na, dann hättest du aber das Bier mitbringen müssen«, bemühte sich Adler, dem unangenehmen Gespräch eine humorige Note zu geben.

»Und wann ist Ruth dann heimgekommen?«, schob er nach.

»Als ich um zwei auf dem Sofa eingeschlafen bin, war sie noch nicht wieder da. Und als ich um fünf aufgewacht und zu ihr ins Bett gekrochen bin, da hat sie friedlich geschnarcht.«

»Das kann nicht sein, Erich. Ich habe sie viel früher vor eurer Haustüre abgeliefert. Ich verstehe es nicht.«

»Siehst du, genau das denke ich mir auch.«

Adlers Gedanken rotierten.

Wo war Ruth hin, nachdem er sie nach Schöneberg begleitet hatte? Irrte sich Erich? Wollte er ihn auf die Probe stellen? War er eifersüchtig? Das ergab alles überhaupt keinen Sinn.

Adler sah Ruth von Dedowsky vor sich, wie sie im Laternenlicht stand, als er sich noch einmal umgedreht hatte.

Wilkinson, schoss es ihm durch den Kopf. Nachdem er es nicht geschafft hat, mich anzuwerben, hat er es vielleicht bei ihr probiert.

Vielleicht hatten sie sie vor dem Haus aufgesammelt, kaum dass er weg war. Die Leute beobachten und blitzschnell zuschlagen, das konnte schließlich nicht nur die Berliner Polizei. Aber wieso hatte sie dann nichts gesagt? Nun, er hatte ja auch lieber geschwiegen …, gestand sich Adler ein.

»Hans, bist du noch da?«

»Merkwürdig das alles. Ja, bin noch da.«

»Ja, sehr merkwürdig.«

»Hast du eine Idee oder gar einen Verdacht, wo sie gewesen sein könnte?«, fragte Adler.

»Wenn sie nicht bei dir war, und das glaube ich dir sogar, dann habe ich keine Ahnung, was Ruth zwischen 22 Uhr und etwa fünf Uhr morgens gemacht haben könnte«, antwortete Wellhausen ratlos.

»Hast du sie denn gefragt?«

»Selbstverständlich habe ich das beim Frühstück gemacht. Sie hat gelacht und gesagt, dass sie mit dir unterwegs war. Aber du sagst mir gerade, dass ihr das nicht mehr wart. Schlussfolgerung: Einer von euch beiden sagt nicht die Wahrheit.«

»Es wird dir nicht viel weiterhelfen, wenn ich dir versichere, dass ich nicht derjenige bin, der schwindelt. Und ich glaube, Hans, du weißt auch, dass ich nicht schwindle, denn sonst hättest du mich gar nicht erst angerufen oder längst aufgelegt.«

Wellhausen schwieg erneut.

»Ich frage morgen noch mal wegen der Kinder bei dir nach, ob ihr weiter seid, wenn es recht ist«, beschloss er das Telefonat.

»Mach das, Erich«, antwortete Adler.

Doch Wellhausen hatte schon aufgelegt.

Es rumorte in Adlers Kopf. Er musste sich unbedingt sortieren.

Wo war Ruth gewesen? Hatte sie auf eigene Faust weitergeforscht? Oder hatte sie eine Affäre? Doch das hielt

Adler für abwegig. Am plausibelsten erschien es ihm, dass Wilkinson sie abgeholt hatte. Wie hatte sich Ruth wohl zu dem Angebot der Amerikaner verhalten? Hatte sie sich überhaupt entschieden? Und wenn, hatte sie sich so wie Adler für die Unabhängigkeit entschieden?

Adler rieb sich die Augen.

Erstaunlich, wie frisch Ruth gerade auf dem Flur gewirkt hatte.

Wie sollte er nun weiter vorgehen? Ratlos begann er, auf einem karierten Blatt Papier mit einem dicken Bleistift Kreise zu malen. Kleine und größere. Je mehr sich die Ränder der Kreise überschnitten, desto unklarer wurden die einzelnen Formen. Bald blitzten nur noch wenige weiße Flecke aus dem schmierigen Silbergrau der Bleimalerei auf dem Papier hervor. Alles war zu einer massigen Fläche verschmolzen. Er blickte auf das Blatt. Es war unmöglich, die Kringel bis zu ihrem Anfang zurückzuverfolgen.

Adler zerknüllte das Blatt und warf es weg. Doch er verfehlte den Mülleimer. Seufzend erhob er sich, sammelte das Papier auf.

»Ham Se wat verloren, Herr Kommissar?«

Kunert stand in der Tür, während Adler neben dem Mülleimer kniete.

»Mit dem Werfen habe ich es nicht so«, grinste Adler. »Ob ein Arm oder zwei, beim Völkerball war ich schon in der Schule eine Niete.«

»Nun übertreiben Se ma nich so, Herr Kommissar, sonst komma jleich die Tränen.«

Adler konnte sich nicht helfen. Der Wachtmeister gefiel ihm in seiner schnörkellosen Berliner Art.

»Aber wegen meiner Wurfkünste sind Sie ja nicht zu mir gekommen, oder, Kunert?«

»Richtig, Herr Kommissar. Sie haben mir jebeten, Ihnen zu saren, wenn der Volgmann ufbricht. Det is nun jerade passiert«, berichtete Kunert.

Adler richtete sich auf. Sein Blick wurde ernst.

»Danke, Kunert. Das bleibt alles unter uns, verstanden?«

»Selbstvaständlich, Herr Kommissar.«

Adler nahm Hut und Mantel von der Garderobe. Seinen Schreibtisch ließ er entgegen seiner sonstigen Manier unaufgeräumt zurück. Rita war offenbar schon gegangen.

Er lief durch die leeren Flure des Präsidiums. Seine Schritte hallten laut.

»Na dann, auf geht's«, machte sich Adler Mut.

Als Adler auf die Straße trat, glitt das Grau des Nachmittags bereits in abendliche Dunkelheit hinüber. Für einen Moment schillerte die Stadt mit ihren wenigen Lichtern, als handelte es sich um eine ausgedörrte Version eines Bildes von Lesser Ury.

Adler blieb im Eingang des Präsidiums stehen. Aufmerksam ließ er seinen Blick über die Umgebung wandern. Er hatte Glück. Dort hinten lief Volgmann. Er war also nicht zu spät gekommen. Mittlerweile waren ihm Statur und Gang seines Mitarbeiters bestens vertraut. In gebührendem Abstand nahm er die Verfolgung auf, ungewiss, wohin sie ihn führen würde. Im schlimmsten Fall würde er Volgmann still und heimlich bis zu dessen Wohnung begleiten. Offenbar hatte es der Inspektorenanwärter eilig. Zügig lief er durch die Spandauer Vorstadt in Richtung Hackescher Markt. Die Dämmerung mit ihrem fahlen Licht bot Adler eine gute Deckung, sodass er sich dichter an den schlanken Mann heranwagte. Der schien gar nicht auf den Gedanken zu kommen, dass er verfolgt werden könnte. Nicht ein einziges Mal schaute sich Volgmann um. Nicht ein einziges Mal blieb er stehen.

Vorwärts immer, rückwärts nimmer, kalauerte Adler in sich hinein.

Volgmann lief in Richtung Invalidenstraße. Wohin wollte er? Zum Stettiner Bahnhof?

Adler ärgerte sich, dass er nicht daran gedacht hatte, vorher nachzuschauen, wo genau Volgmann eigentlich wohnte. So blieb sein Ziel für ihn unwägbar. Doch Adlers Vermutung, dass Volgmann zum Bahnhof ging, bestätigte sich schnell.

Wie eine Mischung aus mittelalterlicher Burg und Kirche lag der Bahnhof in der fortschreitenden Dämmerung vor ihnen. Allerdings eine Burg, die einen ziemlichen Schlag abbekommen hatte. Die gelben Ziegelsteine waren mit Dreck überzogen, in den drei hohen Eingangsbögen war keine Glasscheibe mehr ganz, die Fensterkreuze waren ramponiert oder verschwunden. Ebenso wie das Dach über dem Gleiskörper. Von der Dachkonstruktion ragten nur noch einzelne Teile gespenstisch in die Nacht.

Einige wenige Passanten eilten mit gesenktem Blick durch die leere Vorhalle. Für Adlers Geschmack waren es zu wenige.

Neben einem Pfeiler blieb Volgmann stehen und

blickte auf seine Armbanduhr. Adler blieb gerade noch Zeit, sich hinter einem Zeitungswagen zu verstecken. Lächelnd erwarb er eine *Berliner Zeitung*. Währenddessen zündete sich Volgmann eine Zigarette an.

Wartete er hier auf jemanden?

Doch dann setzte er sich wieder in Bewegung. Treppab ging es zu den Gleisen der S-Bahn. Sie hatten kaum den Perron erreicht, als kreischend einer der markanten gelb-roten Züge der Bernauer Bahn einfuhr.

Richtung Bernau also wollte Volgmann. Aber wie weit? Ganz bis nach Bernau raus? In die sowjetische Zone?

Verdeckt von dem Häuschen mit der Aufschrift *Dienstaufsicht*, beobachtete Adler, wie Volgmann einen der vorderen Waggons der S-Bahn bestieg. Er wartete, bis der Schaffner die Kelle hob. »Einsteigen bitte«, schallte es durch das dämmerige Licht des unterirdischen Bahnhofs. Zügig schwang sich Adler in den Waggon hinter dem von Volgmann.

Was für ein unaufmerksamer Polizist Volgmann war! Mit ein klein wenig Achtsamkeit hätte er Adler mit seinen miserablen Beschattungskünsten leicht bemerken können.

Der Zug fuhr an.

Adler drängte sich auf eine Holzbank neben eine alte Frau. Missbilligend beäugte sie den Mann, der sie so bedrängte, rückte ein Stück weg und hielt die abgeschabte Handtasche noch ein wenig fester umklammert in ihren Händen. Sie fürchtete wohl, Adler könnte sie ihr sonst bei nächster Gelegenheit entreißen. Doch der hatte nur Volgmann im Blick. Durch die Fenster an den Enden der

Waggons konnte er den Inspektorenanwärter beobachten. Zwar hatte auch Volgmann so die Chance, seinen Verfolger zu entdecken, doch diese Gefahr musste Adler in Kauf nehmen. Allerdings schien Volgmann noch immer nicht auf die Idee zu kommen, dass er beschattet wurde. Mit krummem Rücken saß er da. In sich versunken hing er seinen Gedanken nach. Gierig sog er an der Zigarette, schnippte die Asche auf den Boden.

Zu gerne wäre Adler in seinen Kopf geschlüpft, um zu erfahren, was Volgmann umtrieb, wohin er unterwegs war.

Die beiden Waggons waren nur mäßig besetzt und leerten sich mit jedem Halt mehr. Schemenhaft glitt die Stadt vorbei. Die Häuserfragmente wurden lichter. In Pankow erkannte Adler neben der Bahn den großen runden Lokschuppen. Ein Pantheon, eine Kathedrale der Industrie. In Buch schließlich stiegen die beiden letzten Fahrgäste aus dem Waggon aus. Die beiden gickernden jungen Frauen nickten ihm beim Abschied freundlich zu. Adler lächelte. Ein Moment von Vorkriegsfriedensglück durchwallte seinen Bauch. Er dachte an Charlotte. Als er durch die Fenster in den anderen Wagen schaute, war Volgmann verschwunden.

Verdammt, dachte Adler.

Er verfluchte sich für den Moment, den er sich hatte ablenken lassen. War nun alles umsonst gewesen?

War Volgmann wie die Mädchen in Buch ausgestiegen?

Vorsichtig schob sich Adler ans Fenster. Nichts. Erst als sich in einer weiten Kurve die beiden Waggons gegeneinander verschoben, sah er Volgmann wieder. Er hatte sich umgesetzt. Warum auch immer. Er hielt jetzt seinen Kopf zwischen den Händen, die Arme auf den Oberschenkel aufgestützt. Der Mann bot ein Bild des Elends.

Auf einmal tat ihm Volgmann leid.

Aber nur für einen Moment.

Wenn es stimmte, was Adler befürchtete, dann hatte er dieses Mitleid nicht verdient. Dann war Volgmann ein mieses Schwein, ein Entführer und Verräter.

Adler schaute hinaus in die Dunkelheit. Irgendwo dort draußen floss die Panke. Ein kleines Rinnsal, weit vor der Stadt, ehe sie die Berliner Stadtgrenze überquerte. Irgendwie war Adler die Panke immer näher gewesen als die Spree. Die Spree, das war ein uneingelöstes Versprechen von Fluss. Bei Weitem nicht so mächtig wie die Elbe bei Hamburg oder so lieblich wie bei Dresden, nicht so selbstbewusst wie der Rhein bei Düsseldorf und schon gar nicht so majestätisch wie die Seine. Die Spree war eine bessere Kloake. Sie stank. Und wenn es stark geregnet hatte, trieben die toten Plötzen und Barsche mit dem Bauch nach oben am Schloss vorbei.

Die Panke war kleiner. Unscheinbar. Kein wirklicher Fluss. Eher ein Bach. Die Spree war wie Berlin. Eine Stadt, die immer mehr sein wollte, als sie wirklich war. Da war die Panke ehrlicher, sie kam, floss ein Stück voran und verschwand wieder.

Und Volgmann?

Der saß noch immer mit gesenktem Kopf in der Bahn.

Adler konnte nur ahnen, was in seinem Kopf vorging. Er würde doch wohl nicht so verrückt sein, zu den Russen überlaufen zu wollen?

Auf einmal schwebte ein weiterer Verdacht über seinem Mitarbeiter. Adler hatte das Gefühl, dass sich die Dinge immer mehr zu einem gordischen Knoten verzwirbelten. Doch ein Schwert für den befreienden Schlag war weit und breit nicht in Sicht.

Adler rief sich zur Ordnung.

Gleich würden sie Bernau erreichen. Der Ausstieg aus der S-Bahn erschien Adler der heikelste Moment seiner bisherigen Verfolgung zu werden. Jetzt war die Gefahr am größten, dass ihn Volgmann doch entdeckte. Und was dann?

»Na, Volgmann, das ist ja eine Überraschung, was machen Sie denn hier? Wollte nur mal sehen, wie Bernau am Abend aussieht.«

Vorsichtig lugte Adler aus dem Waggon, sobald der Zug stehen blieb.

Er hatte Glück. Im Gegensatz zu seinem Waggon war der von Volgmann noch gut besetzt mit Männern und Frauen, die aus der Stadt zurück ins Umland fuhren. Eine junge Frau schob sich an ihm vorbei, zwei Beutel in den Händen und eine lederne Tasche über der Schulter. Vermutlich das Tauschgut eines langen Tages. Aus einem der hinteren Waggons kam eine Gruppe älterer Männer. Bauarbeiter, vermutete Adler. Schnell liefen sie zum Ausgang. Gleich dahinter kam Volgmann. Mit ausdruckslosem Gesicht trottete er vor sich hin. Er schien so sehr mit sich selbst beschäftigt zu sein, dass er Adler vermutlich selbst dann nicht wahrgenommen hätte, wenn der unmittelbar vor ihm aufgetaucht wäre.

Glück gehabt, dachte Adler.

Er ließ ihm ein paar Meter Vorsprung, ehe er ebenfalls ausstieg. Die Luft war inzwischen lausig kalt geworden.

Feuchtigkeit kroch vom Boden empor. Auf dem Platz vor dem schlichten Bernauer Bahnhofsgebäude wehte eine Reihe roter Fahnen.

Schon lustig, dachte Adler. Wechsel nur die Fahne aus, dann wird alles anders und bleibt doch gleich.

Neben einem der Fahnenmaste blieb Volgmann stehen.

Schnell schob sich Adler hinter einen Pfeiler des Bahnhofsportals. Volgmann schaute sich um. Suchte er jemanden? Hatte er doch Verdacht geschöpft? Oder wollte er sich nur orientieren? Dann wandte er sich mit zügigen Schritten in Richtung Norden. Offenbar wusste er nun, wohin er wollte.

Vorbei an der Post und der mittelalterlichen Stadtmauer lief Volgmann durch den Stadtpark. Adler sah den Turm der Marienkirche, der sich über der Stadt erhob. Anders als das nahe Berlin hatte das mittelalterliche Bernau den Krieg weitgehend unbeschadet überstanden.

Wann war er nur schon einmal hier gewesen?, überlegte Adler.

Seltsam vertraut erschien ihm die Szenerie. Und dann fiel es ihm wieder ein: An einem Samstagnachmittag hatte ihm ein Schulkamerad seinen Laubfrosch ausgeliehen. Knallgrün, wie es sich gehörte. »Dasselbe in Grün.« Adler grinste. Industriespionage vom Feinsten. Da hatte der deutsche Herr Opel doch einfach das Automobil des französischen Herrn Citroën auseinandergenommen und in einer Garage nachgebaut. Adler war es egal. Oder besser noch. An jenem Septembernachmittag war es ihm nur recht gewesen. Mit sechzig Stundenkilometern flog er mit Charlotte von Berlin aus in Richtung Liepnitzsee. Ihre Haare wehten im rasenden Fahrtwind. In Bernau hielten sie an einer Wirtschaft. Sie tranken auf der Terrasse Kaffee und aßen Buttercremetorte. Ganz still standen sie in der Marienkirche. Die hohen gotischen Spitzbögen über sich, den wunderbaren Flügelaltar vor sich, hielt Adler Charlotte im Arm. Sein Gesicht hatte er in ihrem Haar vergraben. Duftig kribbelte es in seiner Nase. Zärtlich drückte er sie mit beiden Armen an sich. Wie glücklich er damals gewesen war, wie unbeschwert. Herrlich! Wie hatte er diesen Ausflug nur vergessen können? Von Bernau aus fuhren sie weiter zum Liepnitzsee. Auch wenn die Luft nicht mehr sommerlich war, so war das Wasser noch warm gewesen. Hinter einer Gruppe Büsche entkleideten sie sich. Nackt schwammen sie einmal quer durch den See, spritzen sich nass und küssten sich. Wie wunderschön Charlotte war! Adler tauchte tief in das Wasser hinab. Er spürte den Druck auf den Ohren und die Stille. Dort unten war das Wasser längst herbstkühl. Eng umschlungen stolperten sie später über das Wurzelwerk auf dem schmalen Uferweg. Charlotte lief die Hänge empor und fand eine ganze Reihe Steinpilze. Am Abend bereitete sie mit ihnen ein Risotto. Dazu tranken sie Riesling und waren für diesen Tag die allerglücklichsten Menschen der Welt.

Der Schulfreund, der ihm den Laubfrosch geliehen hatte, war inzwischen längst tot.

Gefallen an der Westfront.

Charlotte war tot.

Unter Trümmern begraben.

Und der Laubfrosch?

Vermutlich ausgebrannt oder verschrottet oder geklaut.

Verloren und vergessen. So wie dieser eine Tag des

Glücks. Ein lächelndes Ornament im Drama der Geschichte.

Adler spürte, wie ihm beim Gedanken an Charlotte die Tränen kamen.

Ich will zu dir zurück. Verflucht, ich will, dass es so wird wie damals.

Doch so würde es nie wieder werden.

Nie wieder würden sie gemeinsam durch den Liepnitzsee schwimmen.

Nie wieder würde er Charlottes wunderschönen nackten Körper liebkosen.

Nie wieder würde sein linker Arm sie umfassen.

Nicht einmal Steinpilze würden sie mehr gemeinsam finden.

Charlotte war verloren.

Sein Arm war verloren.

Und mit ihnen sein altes Leben.

Am Stadtrand von Bernau ließ Adler den Abstand zu Volgmann weiter anwachsen. Sie liefen zwischen kahlen Feldern in Richtung Ladeburg. Hinter dem Dorf begann endgültig der Wald. Zwischen duftenden märkischen Kiefern folgten sie sandigen Wegen durch die märkische Waldeinsamkeit, wurde die Dunkelheit immer drängender. Immer wieder verlor Adler Volgmann aus dem Blick. Aber das war nicht schlimm. Volgmann lief derart unaufmerksam durch den Wald, dass es bei jedem Schritt nur so knarzte und knackte. Zudem war sich Adler jetzt gewiss, wohin Volgmann wollte.

Sein Ziel war Bogensee.

Was für ein Fußmarsch ihnen noch bevorstand!

Was für ein Blödsinn. Quer durch die Nacht.

Kurz überlegte Adler, ob er nicht lieber nach Bernau umkehren sollte, anstatt zwei oder drei Stunden weiter durch die Dunkelheit hinter Volgmann herzulaufen.

Stets in der Gefahr, entdeckt zu werden oder sich zu verirren.

Vor allem aber in der Gefahr, von einem Trupp Rotarmisten aufgegriffen zu werden. Adler war solche Märsche aus den Kriegsjahren gewohnt. Aber Volgmann platschte durch den Wald wie ein Zivilist beim Sonntagsspaziergang mit der Familie.

Eines aber ließ Adler weiter hinter Volgmann herlaufen: Was um alles in der Welt wollte Volgmann in Bogensee?

Dort saßen schließlich seit Mai 45 die Russen.

Feist eingenistet, wo Joseph Goebbels einst seiner Affäre gefrönt hatte. Während seine Frau Magda zu Hause in Berlin bei den Kindern saß.

Auch sie tot. Alle. Die Schandschnauze Goebbels, seine Frau, die Kinder.

Feige hatte sich der Mephisto aus dem Staub gemacht. Bloß nicht zu den eigenen Verbrechen stehen. Lieber gemütlich mit dem bittersüßen Mandelgeschmack des Zyankalis in Sekundenschnelle aus dem Leben scheiden.

Nach mir die Sintflut. Das war sie, die Nazimoral.

Nun also saßen die Sowjets in der Villa, die der Nazibonze für sich gebaut hatte.

Doch wenn Volgmann zu den Sowjets hätte überlaufen wollen, dann hätte er das weitaus leichter haben können. Eine S-Bahn-Fahrt bis nach Karlshorst hätte vollkommen gereicht.

»Oder ein Gespräch mit Markgraf«, murmelte Adler vor sich hin.

Er zuckte zusammen.

Ein Schreck durchfuhr ihn. Alle Erschöpfung, alle Müdigkeit waren schlagartig verschwunden. Etwas hatte ihn berührt.

Sofort warf sich Adler auf den Boden und lauschte.

Nichts.

Alles still. Bis auf die tapsigen Schritte Volgmanns, die immer leiser wurden, je weiter sie sich entfernten.

Adler richtete sich auf.

Immer noch nichts.

Für die nächsten Meter blieb er vorsichtig. Setzte jeden Schritt besonders achtsam.

Und dann sah er, was ihn so erschreckt hatte: Zwei kleine Schweinwerfer leuchteten ihn durch das Geäst an. Ein Käuzchen hatte sich ihm lautlos von hinten genähert. Nichts hatte ihn berührt. Nur den Luftzug des Flügelschlags hatte er bemerkt.

Adler beschleunigte seine Schritte, um wieder zu Volgmann aufzuschließen.

Was hatte Volgmann mit Fritz zu tun? Wieso waren beide im Haus Vaterland gewesen?

Adler begriff es nicht.

Oder wollte er das Offensichtliche nur nicht begreifen?

Und wie passte Bogensee dazu?

Wie bezeichnend, dass sich die Siegermächte in den attraktivsten Villen niederließen. Obwohl. Wenn Adler die Wahl gehabt hätte, dann hätte er sich für die Wannseevilla entschieden, in der Wilkinson nun residierte, statt für dieses Landhaus, das so weit ab vom Schuss stand.

Adler stockte.

So weit ab vom Schuss, dass man nicht mitbekam, was dort eigentlich vor sich ging. So weit ab vom Schuss, dass niemand bemerken würde, wenn Volgmann oder er hier auf Nimmerwiedersehen verschwinden würde. Nicht in Bernau und schon gar nicht in Berlin.

Die Gedanken ratterten durch seinen Kopf.

Wer zum Teufel residierte denn am Bogensee?

Soweit Adler wusste, weder Sokolowski, der Chef der sowjetischen Militäradministration, noch sein Berater Semjonow. Oder hatte sich einer von beiden ganz nach Goebbels' Vorbild hier ein zweites Nest eingerichtet?

Wohl kaum. Das waren schließlich Soldaten und keine korrupten Nazischergen. Dazwischen lagen Welten. Oder etwa nicht?

Nach knapp zwei Stunden Fußmarsch blitzten zwischen den Bäumen unvermittelt Lichter auf. Adler ließ den Abstand zwischen sich und Volgmann wieder größer werden. Immer öfter blieb er stehen und lauschte in die Nacht hinein, ob er nicht eine russische Patrouille hörte. Doch da war nichts. Die Sowjets fühlten sich hier offenbar sehr sicher.

Aus der Distanz beobachtete Adler, wie sich Volgmann beim Posten am Eingang zur Villa meldete. Während er Haltung annahm, richteten die beiden überraschten Soldaten ihre Gewehre auf den Polizisten.

Adler hörte ein Telefon durch die Nacht klingeln. In der Villa schlugen Hunde an.

Nichts passierte. Volgmann stand neben seinen Bewachern. Was immer passieren würde, jetzt gab es kein Zurück mehr.

Adler wartete.

Hinter den Wolken war der Mond hervorgekommen. Er spendete zwar etwas mehr Licht, doch wenn Adler besser sehen konnte, war er auch selbst besser sichtbar. Er zog sich deshalb noch ein paar Schritte weiter in den Wald zurück und fand hinter einem struppigen Busch Deckung.

Endlose Minuten verstrichen.

Plötzlich kam Leben in die Szenerie. Doch was Adler dann sah, konnte er kaum glauben. Ein Soldat führte einen Buben aus dem Eingang der Villa mit ihrem gedrückten Bogen, über dem sich ein steiles Satteldach emportürmte, heraus und verschwand zwanzig Meter weiter mit ihm in einem Kellerzugang, den Adler bis dahin noch nicht bemerkt hatte.

Adler versuchte zu erkennen, ob es sich bei dem Jungen um Fritz handelte. Doch die Distanz war zu groß.

Begleitet von zwei Wachsoldaten trat ein mit üppigem Lametta über der Brust geschmückter General in Uniform aus dem Haus und lief in Richtung Auffahrt. Seine Schritte schwankten. Nüchtern war der gewiss nicht mehr. Als er noch etwa zehn Meter von der kleinen Gruppe mit Volgmann entfernt war, blieb er stehen. Auf einmal brüllte er mit einer sich überschlagenden Stimme los. Was genau er von sich gab, war für Adler unverständlich. Mit grobem Griff unter die Achseln drängten die beiden Soldaten Volgmann daraufhin vor den General.

Was um Himmels willen wollte dieser Idiot Volgmann hier?

Mit einer Geste, als wäre er sein Diener, verbeugte sich der Militär vor Volgmann. Der stand völlig erstarrt zwischen seinen Bewachern. Diese Begegnung hatte er sich vermutlich völlig anders vorgestellt. Schallendes Gelächter hallte zu Adler hinüber. Während der General bereits seinen Mund wieder geschlossen hatte, klang das gruselige Lachen noch nach.

Adler kneisterte seine Augen zu Schlitzen zusammen. Vielleicht gelang es ihm so, scharf genug zu sehen, um die wenigen Brocken, die er bis hierhin hörte, mit den Lippenbewegungen des Generals in Einklang zu bringen.

Ohne Erfolg.

Adler robbte sich vorsichtig voran.

Er wollte hören, was dort gesprochen wurde. Unbedingt.

Wieder schlugen die Hunde an. Der General drehte sich um und brüllte die Tiere an. Sofort herrschte Stille. Meter um Meter schob sich Adler durch den Sand.

Mit zwei Armen war das an der Front noch bedeutend leichter gewesen, befand er.

Doch das half jetzt auch nichts.

Hinter einer niedrigen Mauer aus groben Natursteinen fand er eine neue Deckung. Wiederum schlugen die Hunde an, die ihn vermutlich längst witterten. Wieder wurden sie von ihrem Besitzer zur Ordnung gebrüllt. Wenn er sie stattdessen hätte laufen lassen, wäre es um Adler wohl geschehen gewesen. Doch der Sowjet war ganz mit sich und seinem unerwarteten Besucher beschäftigt. Dass er nicht auf den Gedanken kam, dass Volgmann nicht alleine gekommen war, rettete Adler.

Von seiner neuen Position aus konnte Adler zwar auch

nicht jedes Wort verstehen, doch immerhin das meiste von dem, was gesprochen wurde.

»Wijjlst du noch mähr Geld hchaben, mein Kleijner?«, fragte der General in gebrochenem Deutsch.

Volgmann blickte zu Boden.

»Nein, Herr General.«

»Hat es dir nicht gereicht, was? Bist du etwa unersättlich?«

»Nein, Herr General. Ganz im Gegenteil, Herr General.«

Und damit fasste Volgmann ohne Vorwarnung in seine Brusttasche.

Sofort eskalierte die Situation.

Die beiden Soldaten neben dem General richteten ihre Waffen auf ihn. Einer der beiden anderen, die Volgmann flankiert hatten, schlug ihn mit einem Hieb auf die Schulter nieder. Adler hörte, wie das Schlüsselbein mit einem Knacken brach. Volgmann sank zu Boden und schrie vor Schmerz auf.

»Wijjlst du mich umbringen, Freundchen?«

Mühsam richtete sich Volgmann etwas auf.

Er schüttelte den Kopf.

»Ich will Ihnen nur das Geld zurückbringen.«

»Ich wijll dein Geld nicht, Hurensohn«, brüllte der General, offenbar außer sich vor Wut.

»Was denkst du dir eigentlich, wer ich bin? Mitten in der Nacht hierherzukommen.«

Er griff Volgmann am Kragen und riss ihn hoch.

Volgmann wimmerte.

Nur zu gut wusste Adler, welche grässlichen Schmerzen jetzt durch den Körper des Inspektorenanwärters strömten. Volgmann tat ihm leid. Was immer er getan hatte, in diesem Augenblick hätte Adler ihm gerne geholfen. Doch gegen die Übermacht der Sowjets würde er nichts ausrichten können. Das hatte sich dieser Idiot selbst eingebrockt. Jetzt musste er es alleine durchstehen.

Der General drehte den Kopf zur Seite, sodass Adler sein Gesicht besser erkennen konnte.

Es war Juri Sawtschov. Der Feingeist. Berühmt für seine Heine- und Goethezitate. Ein *homme de lettres*, der mit der deutschen Kunst und Literatur besser vertraut war als mancher Hochschulprofessor. Doch dieser Juri Sawtschov stand jetzt wie ein Monster vor ihm. Völlig von Sinnen brüllte er Volgmann an.

»Du verkaufst mir deijne Seele und meinst, du krichst sie am näcjsten Tag wieder zurück? Denkst du das wirklich? Du dummer, dummer Junge.«

Sawtschov ließ Volgmann los, der wie ein nasser Sack zu Boden sank.

Der General wandte sich ab, aber nur, um gleich wieder zu Volgmann zu treten.

Mit großer Geste begann er Goethe zu zitieren:

»Ich bin der Geist, der stets verneint!

Und das mit Recht; denn alles, was entsteht

Ist wert, dass es zu Grunde geht;

Drum besser wär's, dass nichts entstünde.«

Mühsam richtete sich Volgmann auf.

Tränen liefen jetzt über sein verschmiertes Gesicht.

»Lassen Sie den Jungen frei, bitte lassen Sie ihn frei«, flehte er mit erstickter Stimme.

Fassungslos blickte Sawtschov auf sein Gegenüber.

Adler hielt den Atem an.

»Dju wagst es. Dju wagst es.«

Die Stimme des Generals überschlug sich.

Er riss seinem Adjutanten das Gewehr aus der Hand und schlug den Gewehrkolben mit voller Wucht auf Volgmanns andere Schulter.

Wie ein waidwundes Tier heulte der auf und sackte in sich zusammen.

Irgendwie brachte er noch ein flehendes »Bitte« über die Lippen, ehe er sich erbrach und dabei die Stiefel des Generals besudelte.

Für einen Moment herrschte völlige Stille.

Sawtschov starrte den Deutschen an, der zu seinen Füßen kauerte.

Eine Mischung aus Ekel und Verachtung lag in seinem Blick. Dann riss er Volgmann am Kragen empor. Der brüllte auf vor Schmerz.

Adler zitterte hinter der Mauer am ganzen Leib. Mühsam zwang er sich, ruhig zu bleiben. Nicht vorzustürmen, nicht zu versuchen zu helfen. Wie auch? Jede Bewegung hätte unweigerlich seinen eigenen Tod bedeutet. Und es reichte, dass Volgmann mit seiner Dummheit sein Leben verwirkt hatte. Dass es so war, daran bestand für Adler kein Zweifel.

Sawtschov zog den Mann ein paar Meter über das Pflaster der Auffahrt. Dann ließ er ihn hart auf Boden fallen. War Volgmann vor Schmerz bereits ohnmächtig geworden?

»Stej auf«, brüllte Sawtschov.

Doch Volgmann regte sich nicht. Ein Blick von Sawtschov zu den beiden Soldaten von der Pforte reichte aus, dass sie in Richtung Villa losrannten. Einen Moment später kamen sie beide mit Wassereimern zurück.

Sawtschov nickte, und sie schütteten das Wasser über Volgmann aus.

Er zuckte.

»Stej auf«, brüllte Sawtschov erneut.

Volgmann wollte sich erheben, doch er konnte sich mit seinen zerstörten Gliedern nicht mehr abstützen. Er sackte erneut zusammen. Wieder nickte Sawtschov den beiden Soldaten zu.

An den gebrochenen Armen zogen sie Volgmann empor. Ein unmenschlicher Schmerzensschrei gellte über den Bogensee.

Adler spürte, wie ihm schlecht wurde. Mühsam kämpfte er seinen Brechreiz nieder. Tränen strömten ihm über das Gesicht. Der Krieg war vorbei. Der Krieg ging weiter. Das Quälen und Töten war vorbei. Und doch ging es immer weiter.

Immer noch schrie Volgmann vor Schmerz. Doch jetzt stand er immerhin wieder auf seinen eigenen Beinen, wenn auch schwankend.

»Was wiljst du?«, fragte Sawtschov mit schmeichlerischer Stimme.

»Den Jungen«, hauchte Volgmann. »Bitte lassen Sie den Jungen …«, hauchte er mit letzter Anstrengung. Doch er konnte diesen Satz nicht mehr beenden.

Vielleicht hatte Sawtschov erwartet, dass Volgmann um Gnade winseln würde.

Doch Volgmann brachte keinen Ton mehr hervor.

Ohne eine Miene zu verziehen, zog Sawtschov blitzschnell seine Pistole aus dem Halfter, hielt sie Volgmann an die Schläfe und drückte ab. Blut und Hirn bespritzten die Soldaten zu seiner Seite. Dennoch blieben sie reglos stehen. Ohne einen weiteren Blick auf den toten Deutschen zu werfen, der am Boden lag, drehte sich Sawtschov um. Er steckte seine Pistole zurück in das Halfter. Dann verschwand er im Eingang der Goebbelsvilla.

Einen Moment lang blieben die vier Soldaten unschlüssig stehen. Dann rieben sich die beiden, die neben Volgmann gestanden hatten, ihre besudelten Gesichter ab und halfen anschließend ihren beiden Kameraden, Volgmanns toten Körper fortzutragen.

Adler atmete schwer.

Sein Körper war klitschnass geschwitzt. Angst lähmte ihn. Mühsam zwang er sich, den Atem zu beruhigen. Nach einigen Augenblicken begann er langsam, ins Unterholz zurückzurobben.

Marie hatte recht gehabt.

Volgmann hatte mit Fritz geredet.

Vermutlich hatte er ihn mit sich genommen und Sawtschov ausgeliefert.

Aber warum?

Aus Geldgier? Aus Berechnung? Welchen Grund konnte er für dieses Verbrechen gehabt haben? Was auch immer ihn angetrieben hatte – seine Strafe hatte er bekommen, aber nicht für sein Verbrechen, sondern dafür, dass er es offenbar hatte rückgängig machen wollen. Doch die Tür, die er mit der Entführung von Fritz geöffnet hatte, war nun verschlossen. Im selben Moment, in dem er sie durchschritten hatte, war sie unwiderruflich zugefallen.

Schaudernd sah Adler den Mephisto von Gründgens vor sich, den er im Schauspielhaus erlebt hatte.

»Denn alles, was entsteht, ist wert, dass es zugrunde geht; Drum besser wär's, dass nichts entstünde.«

Ohne Charlotte kein Leid bei ihrem Verlust.

Ohne Volgmann kein verschwundener Fritz.

Ohne Sawtschov keine verschwundenen Kinder.

Dass nichts entstünde …

Und nun? Volgmann war tot. Fritz war vermutlich noch hier am Bogensee, wahrscheinlich in dem Kellerverhau neben der Villa, den Adler vorhin gesehen hatte. Was sollte er jetzt tun?

Sollte er versuchen, Fritz zu befreien und die anderen Kinder, die dort möglicherweise vom Monster Sawtschov gefangen gehalten wurden?

Doch selbst wenn er sie befreien konnte, wie würde er dann alleine und unbewaffnet mit ihnen von hier wegkommen? Bis nach Berlin! Nein. Allein hatte er hier keine Chance. Er musste zuerst nach Berlin zurück. Er musste mit Stumm sprechen und die Befreiung der Kinder organisieren. Aber wie würden die Sowjets darauf reagieren? Das würde Verwicklungen bis in den Alliierten Kontrollrat geben. Oder noch weiter hinauf… Am einfachsten wäre es, die Kollegen in Bernau ins Vertrauen zu ziehen. Doch der Polizei in Bernau konnte er nicht trauen. Dort kannte er niemanden. Möglicherweise hatten sie einen besseren Draht zu den Sowjets als zur Berliner Polizei. Schwer vorstellbar zudem, dass eine Kleinstadttruppe von Polizisten bereit und fähig wäre, einen sowjetischen General festzusetzen. Kurz blitzte der Gedanke an Wilkinson in Adler auf. Ohne die Unterstützung der Amerikaner würde es wahrscheinlich so oder so nicht gehen.

Wie auch immer. Als Erstes musste er wieder nach Berlin kommen.

Vorsichtig erhob Adler sich.

Die Zufahrt der Goebbelsvilla lag jetzt verlassen da. Was nun wohl in Sawtschovs Kopf vorging? Und was mit dem toten Volgmann passierte …

Obwohl sich nichts regte, musste Adler weiter achtgeben, dass er nicht entdeckt wurde. Leise schlich er sich zurück auf den geschützten Waldweg. Kaum hatte er ihn erreicht, gab es kein Halten. Im Dauerlauf machte er sich auf in Richtung Bernau.

Es war ein einziger Rhythmus. Einatmen, ausatmen, dabei nicht zu schnell werden, damit die Kraft ausreichte. Ruhig laufen. Einatmen. Ausatmen. Den Kopf frei machen. Komplett frei. Wie bescheiden es sich mit einem Arm rannte … Hätte man ja früher auch nicht gedacht. Der Mond schien jetzt hell über dem Wald. Kurz bevor Adler auf das freie Feld vor Bernau kam, blieb er stehen. Es tat gut, einen Moment zu verschnaufen. Es war aber auch notwendig, um die Lage zu sondieren. Er zwang sich, leise zu atmen. Tief und ruhig. Er lauschte in die Nacht. Irgendwo war das Bellen eines Hundes zu hören. Im Mondlicht waren nur wenige Sterne zu sehen. Die Gürtelsterne des Orion, der große Wagen. Anstatt weiterzurennen, ging er nun mit langen Schritten voran.

Kurz bevor er die Bernauer Stadtmauer erreichte, nahm er ein Geräusch wahr. Doch es war schon zu spät. Aus dem Schatten der mittelalterlichen Mauer lösten sich zwei Rotarmisten, die Gewehre im Anschlag. Instinktiv riss Adler den rechten Arm empor.

»Knie«, rief der eine.

Adler gehorchte und kniete sich auf das harte Kopfsteinpflaster.

Während ihn der eine Soldat abtastete, hielt der andere ihm den Gewehrlauf in den Nacken. Ein Schuss, und das wäre es gewesen. Aber warum sollten sie das tun?, versuchte sich Adler zu beruhigen. Sie standen auf dem Posten und hatten vermutlich genauso viel Angst vor Werwölfen wie er gerade vor ihnen.

Der Soldat, der ihn durchsuchte, wischte mit der Hand gegen den linken Ärmel, der lose hin und her schwang.

»Arm ab?«

Adler nickte.

»Krieg nix gut.«

Adler nickte erneut. Das kannst du wohl laut sagen, dachte er.

Die Entdeckung, dass er Kriegsversehrter war, entspannte die Situation. Der Druck des Gewehrlaufes in seinem Nacken ließ nach. Trotzdem blieb die Lage brenzlig. Die beiden würden Meldung machen. Und Adler hatte keine sinnvolle Ausrede, was er hier um diese Uhrzeit eigentlich wollte.

Aber da half ihm der Russe selbst aus der Patsche.

»Liebchen?«, lachte er ihm zu.

Adler nickte dankbar.

»Chans«, las er den Vornamen auf Adlers Ausweis. »Chans Adler, wie der Vogel.«

Adler lächelte mühsam.

Der Soldat nahm das Geld aus der Börse und steckte die Brieftasche zurück in Adlers Mantel. Adler durfte wieder aufstehen. Den rechten Arm hielt er immer noch erhoben. Nun folgte die Durchsuchung der Seitentaschen seines Sakkos. Aber außer dem Zigarettenetui mit Stumms Garbátys war dort nichts zu finden. Adler schlug das Herz bis ans Kinn.

Auch das Etui verschwand in der Tasche des Postens.

»Berlin?«

Adler nickte erneut, räusperte sich und stieß ein heiseres »Ja, nach Berlin« hervor.

Der Soldat, der ihn durchsuchte, zeigte auf eine der beiden Armbanduhren, die er am linken Handgelenk trug, und stieß einen leisen Pfiff aus.

»Hm, *dawei, dawei*«, rief er.

Dann gab er Adler einen leichten Schubs vorwärts. Ungläubig drehte sich Adler zu den beiden um. Er zögerte. Doch die beiden Soldaten winkten ihm nur mit den Handrücken. Sie hatten die Gewehre wieder um die Schulter gehängt. Nein, hier drohte keine Gefahr. Nicht jetzt.

»*Dawei, dawei*, Bahnhof, chnell«, riefen sie ihm in ihrem gebrochenen Deutsch zu.

Adler begriff.

Gleich würde sein Zug nach Berlin abfahren.

Er solle sich beeilen.

Tag fünf

Erschöpft ließ sich Adler auf die Holzbank fallen. Ein Pfiff. Der Zug fuhr an. Gerade noch rechtzeitig. Er war in Sicherheit. Zumindest für den Moment. Zumindest fühlte es sich so an. Doch er war auf dem Weg zurück durch die SBZ nach Berlin in die Viersektorenstadt – was bedeutete da schon Sicherheit?

Adlers Puls raste.

Er hatte sich an die Rückwand des Waggons gesetzt, um ihn besser überblicken zu können. Doch niemand außer ihm fuhr jetzt von Bernau in Richtung Berlin. Der Zug würde sich wohl erst an den kommenden Stationen nach und nach füllen. Voll würde er aber auf keinen Fall werden.

Während Adler langsam wieder zu Atem kam, tauchten die Bilder von Volgmanns Exekution wieder vor ihm auf. Sie überlagerten sich mit seinen Erinnerungen an den Krieg. Geschützdonner flammte auf. Gewehrsalven. Lärm und Angst und Kälte flossen ineinander. Das aufspritzende Blut. Die klebrige Masse des Gehirns, die durch den Schuss aus dem Schädel herausgeschleudert wurde. Knochenstückchen, die durch die Luft katapultiert wurden. Dort, wo eben noch Leben war, wo Erinnerungen und Gefühle wohnten, wo die Angst und der Schmerz in den zerschmetterten Schultern brannte, war nun nichts mehr. Leere. Wie ein nasser Sack war Volgmann in sich zusammengesunken. Dieser dumme Hund. Was hatte er sich bloß gedacht, zu Sawtschov zurückzukehren? Was immer er gedacht hatte, erreichen zu können, er war gescheitert. Fritz war noch immer gefangen. Sawtschov quälte, missbrauchte und tötete noch immer Kinder. Und Volgmann? Der hatte seine Fehleinschätzung bitter bezahlt. Was von ihm übrig blieb nach dieser Nacht, war nur noch eine verrottende Masse. Ohne Seele. Ohne Zukunft. Immerhin auch ohne Angst. Und ohne diese bodenlose, entsetzliche Schuld, die sich nie wieder gelegt hätte.

Adlers Zeugenschaft war Volgmanns Vermächtnis.

Unvermittelt begann Adlers Arm zu zittern.

Er konnte ihn nicht halten.

Er schloss die Augen. Atmete bewusst tief ein und aus.

Doch es dauerte eine ganze Weile, bis er seinen Arm wieder unter Kontrolle brachte.

Während die S-Bahn durch die Dunkelheit ruckelte, versuchte er sich zu sortieren.

Was nun?

Zu Stumm?

Ins Präsidium?

Doch da war jetzt niemand. Niemand, der sofort helfen konnte. Sie brauchten einen Plan, um die Kinder zu befreien. Sie mussten mit den Alliierten Kontakt aufnehmen. Mit den Amerikanern? Oder mit den Sowjets? Oder gleich mit beiden?

Adlers Augen brannten. Es fiel ihm schwer, noch einen klaren Gedanken zu fassen. Er war am Ende.

Dennoch rief er sich noch einmal selbst zur Ordnung.

Denk an die Kinder. Du weißt, wo sie sind. Als Einziger. Du musst dafür sorgen, dass sie befreit werden. Das ist deine Aufgabe. Streng dich an.

Aber wie sollte eine solche Befreiungsaktion ablaufen? Als Berliner Polizei konnten sie wohl kaum auf dem Territorium der SBZ operieren?

Adler war unschlüssig.

Die nächste Frage war, wen er ins Vertrauen ziehen konnte.

Von Dedowsky? Vielleicht. Bis gestern, bis zu Erichs Anruf wäre er sich völlig sicher gewesen, dass Ruth vertrauenswürdig war.

Aber jetzt? Vielleicht ja, vielleicht nein. Es gab keine Gewissheit.

Was war mit Erich Wellhausen? Vermutlich konnte er ihm trauen. Aber das half ihm im Moment nicht weiter.

Blieb wieder nur Stumm übrig.

Der stellvertretende Polizeipräsident.

Oder vielleicht auch Wilkinson?

Konnte er dem Amerikaner vertrauen, der versucht hatte, ihn anzuwerben, und den er brüsk hatte abblitzen lassen?

Die Kinder wurden ja nicht auf amerikanischem Gebiet gefangen gehalten. Aber vielleicht fanden die Amis über den Kontrollrat ja einen Zugriff? Oder sie konnten zumindest etwas in Bewegung setzen? Aber was, wenn die Sowjets blockten? Niemand würde schließlich jemals offen zugeben, dass General Sawtschov ein Kinderschänder war. Ein mieses perverses Schwein. Ein Mörder. Ein Monster!

Je länger Adler darüber nachdachte, desto verzwickter erschien ihm die Lage. Dabei war doch eigentlich alles klar. Die Kinder mussten schleunigst befreit und General Sawtschov zur Verantwortung gezogen werden.

Ganz einfach.

Eigentlich.

Adlers Gedanken wurden in der ruckelnden S-Bahn zunehmend träger. Immer auswegloser erschien ihm die Situation. Die Kraft glitt aus seinem Körper, die Zuversicht schwand aus seiner Seele. Was blieb, war eine mutlose Erschöpfung.

Stickige Wärme stieg von der Heizung unter seinem Sitz empor. Adlers Kleider klebten ihm an der Haut. Nur mit Mühe hielt er seine Augen noch offen. Nach und nach spülte die Erschöpfung seine Angst und das Entsetzen fort. Adler umhüllte eine wattige Müdigkeit. Die Gedanken wurden schwer und schwerer.

Adlers Augen fielen zu.

Im Bahnhof Pankow schreckte er aus seinem Halbschlaf hoch. Er rieb sich das schmutzige Gesicht, in dem Bartstoppeln sprossen. Stinkend und erschöpft richtete er sich auf. Immerhin saß er im Zug auf der Fahrt durch Berlin. Er lebte. Im Gegensatz zu Volgmann. Nicht auszudenken, wenn die Wachtposten ihn in seinem Versteck hinter den Büschen entdeckt hätten. An irgendeiner Station waren offenbar weitere Fahrgäste eingestiegen. Doch niemand schien Notiz von ihm zu nehmen. Trotzdem ärgerte sich Adler maßlos über seine Unaufmerksamkeit. Ärgerte sich darüber, dass er eingeschlafen war.

In Gesundbrunnen sprang er aus dem Zug. In der eisigen Luft wartete er auf seine Anschlussverbindung nach Süden in Richtung Wilmersdorf.

Er zitterte vor Kälte und Müdigkeit. Die Erschöpfung

des Tages saß ihm in jedem Knochen. Adler wusste, dass er dringend einen Gang runterschalten musste. Die letzten Tage hatten ihn an seine körperlichen Grenzen gebracht.

Was er brauchte, war eine Mütze voll Schlaf. Und vorher einen Eimer Wasser, um sich zu waschen, einen Kanten Brot. Das wäre es jetzt. Vielleicht hatte Erna Loose sogar etwas für ihn mitgekocht. Aber vor allem schlafen. Danach würde er wieder klarer denken können, um einen Plan zu entwerfen, mit dem es gelang, Fritz und seine Leidensgenossen zu befreien. Und Sawtschov zur Strecke zu bringen.

Endlich kam der Zug nach Süden.

Noch einmal stieg er ein, noch einmal ließ er sich auf einer harten Holzbank nieder.

»Na, Jungchen, kommst och von der Arbeijt?«, fragte ihn eine alte Frau mit schlesischem Akzent.

Wo hatte er dieses Schlesisch neulich noch gehört?

In Adlers Kopf tobten die Bilder durcheinander. Er nickte ihr zu, lächelte.

Er würde mit Stumm sprechen. Zusammen würden sie entscheiden, was getan werden musste.

Am Westhafen vorbei ratterte der Zug weiter Richtung Westend, Westkreuz.

»Lauter Ws«, grinste Adler übermüdet in sich hinein.

West, West, West. Ost, Ost, Ost. Ost und West. Was das wohl alles werden würde? Im Westen die Amerikaner, im Osten die Russen. Im Westen nichts Neues. Das konnte auf Dauer nicht gut gehen. Aber was würde dann passieren, wenn es nicht gut ging? Würden sich die Besatzungsmächte gegenseitig die Schädel einschlagen?

Würden sie nebeneinanderher regieren? Schwer vorstellbar. Würden die Russen Berlin übernehmen? Was war den Amis ihr bisschen Berlin wert? Ihr bisschen Westen? Der Ku'damm war nicht Piccadilly, 5th Avenue oder Champs-Élysées. Nur ein bisschen Ku'damm halt auf dem Weg in den Grunewald. Sein Ku'damm. Aber was interessierte das die Amerikaner und die Russen? Was interessierte das Wilkinson, der in seiner Villa am Wannsee saß?

Hohenzollerndamm. Er nickte der Alten zu und sprang aus dem Zug. Der Schaffner pfiff in die Nacht. Der Zug neben ihm fuhr an. Adler sah seinen Lichtern nach. Sie verschwanden in der Dunkelheit. Dann war Stille.

Vom Bahnhof Hohenzollerndamm war es nicht mehr weit zu seiner Hütte. Bei jedem Atemzug bildete sich jetzt eine kleine Rauchwolke. Der Boden war gefroren. Der Winter war noch immer nicht vorbei. Bis zu den Eisheiligen war Nachtfrost nicht ungewöhnlich. Und so weit war es noch lange nicht.

Adler lief die Treppe hoch zur Straße. Außer seinen eigenen Schritten war nichts zu hören. Stille Nacht. Dunkle Nacht. Der dumpfe Geruch des Rauchs aus den Holzöfen waberte durch die Luft. In Gedanken lag Adler bereits unter seiner Decke. Vorfreude durchzuckte ihn. Auch die übrige Kleingartenkolonie lag im Tiefschlaf. Nirgendwo brannte noch eine Kerze. So dunkel war es, dass Adler mehrmals stolperte. Er hielt sich mühsam an Zäunen und Büschen fest, um nicht zu stürzen. Seine Beine schmerzten vom vielen Laufen. Wie viele Kilometer er heute wohl gelaufen war? Egal. Er war viel zu müde, um nachzurechnen. Als Adler die Tür zu seiner Laube aufschloss, hätte er vor Glück losheulen können. Eine leichte Wärme schlug ihm entgegen. Looses hatten seine Bude eingeheizt! Und dann stand auf dem Ofen tatsächlich ein Topf mit Suppe. Was für ein großartiges Geschenk! Adler riss sich die schmutzigen Kleider vom Leib. Dann wusch er sich den Körper, rasierte sich behutsam mit dem scharfen Messer und schlüpfte in frische Wäsche. Wie herrlich. Gleich fühlte er sich besser. Mit einem Plopp öffnete er sich ein Bier und nahm den Topf vom Ofen. Vorsichtig goss er den Inhalt in einen der tiefen Steingutteller, den er vom Regalbrett über der Spüle genommen hatte. Der Duft von Wurzelgemüse schlug ihm entgegen. Dazu ein ausgekochter Rinderknochen. Was für eine Delikatesse. Was für ein Fest nach diesem grauenhaften Tag.

Ehe er sich setzte, legte er eine Platte auf das Grammophon. Leise Saxophontöne kratzten und knatterten daraufhin durch die Hütte. Adler zwang sich, langsam zu essen. Jeden Löffel zu genießen. Es war köstlich. Mit der Wärme des Ofens und der Suppe stieg auch in seinem Körper langsam wieder die Wärme empor. Er stellte den Teller in die Spüle. Den Abwasch würde er am nächsten Morgen erledigen. So wie alles andere auch. Jetzt nur noch schlafen. Nichts als schlafen. Er nahm einen letzten Schluck Schultheiss-Bier aus der Flasche. Dann schlug er die Decke über sich. Er war wirklich am Ende.

Doch der Schlaf, der schließlich über ihn fiel, war unruhig. Ein Schlaf, nicht besser als der Schmerz. Undurchdringlich verdichteten sich die Waldwege, über die er wanderte, während er Volgmann zu folgen versuchte. Immer panischer wurde Adler, wenn sich die Abstände zu Volgmann vergrößerten, er im Dunkel von Wald und Nacht zu verschwinden schien. Adlers Schritte blieben immer wieder im tiefen Sandboden stecken. Seine Beine waren steinschwer. Volgmann schaute ihn an, reichte ihm einen blassroten Aktendeckel.

»Dort steht alles drin. Alles. Lesen Sie, Kommissar Adler. Sie müssen nur lesen.«

Adlers Armstumpf schmerzte.

»Stehjen Sie auf, Kommissar Adler.«

Jemand schüttelte grob an seiner Schulter.

Adler hielt die Augen geschlossen. Lauschte. Was war das? Noch Traum. Albtraum? Oder bereits wieder Wirklichkeit? Adler atmete flach, um nicht zu verraten, dass er aufgewacht war.

Wieder durchzuckte ihn der stechende Schmerz in der Schulter.

Grobes Schütteln.

»Wird's bald!«

Durch seine schlitzschmal geöffneten Augen lugte Adler in den dunklen Raum. Schemenhaft konnte er drei Personen erkennen. Wie viele vor der Türe im Garten warteten, war ungewiss. Es war noch dunkel. Lange hatte er wohl nicht geschlafen. Immerhin. Volgmanns Aktendeckel fiel ihm ein. Gab es den wirklich? Oder war das nur im Traum gewesen? Fast war er froh, dass er aufgeweckt wurde, vermutlich hätte er dieses Detail sonst nach dem Aufwachen am Morgen gar nicht mehr erinnert. Was man so denkt in den letzten Sekunden …, schoss es Adler durch den Kopf.

Es waren Russen.

Die Rote Armee stand in seiner Laube.

Und er machte sich Gedanken über einen roten Aktendeckel …

Seltsames Gehirn.

Vermutlich würde es ohnehin gleich irgendwo an einer der Holzwände kleben und langsam heruntertropfen.

Aber noch war er nicht tot, noch hatten sie ihn nicht erschossen. Er war ihnen also noch zu etwas nützlich. Nur zu was?

Denk schneller, Adler, denk schneller, raunte er sich innerlich zu.

Seine Zunge war dick und pelzig. In seinen Augen klebte der Schlaf. Sie wollten wissen, was er wusste, und sie wollten wissen, wem er etwas gesagt hatte. Er müsste also schweigen und reden zugleich. Er brauchte Zeit. Zeit zu gewinnen war die einzige Möglichkeit, um zu überleben.

Aber wollte er das? Fünfundzwanzig Jahre in Bautzen? Oder in einem Straflager in Sibirien? Im Winter frieren, im Sommer von Mücken zerstochen schwitzen, hungern, winters wie sommers? War da Sterben nicht besser? Hier und jetzt?

Er hatte es in der Hand.

Aber hatte er es wirklich in der Hand?

Vorsichtig öffnete Adler die Augen.

Er entschied sich fürs Leben.

Vorerst.

»Was wollen Sie? Wer sind Sie?«, fragte er den Soldaten, der neben seinem Bett stand.

Doch der bellte nur ein: »Aufstehen!«

Adler schlug die Decke zurück. Es waren vier Soldaten, nicht drei, die hier standen.

Keine Frage, er hatte sich richtig entschieden: Jeder Widerstand wäre zwecklos gewesen. Er rieb sich den Schlaf aus den Augen.

»Schchnell«, raunzte der Mann neben ihm.

Adler schlüpfte schweigend in seine Kleidung. Der Duft der Suppe hing noch im Raum.

Wie schade, dachte er. Nun konnte er sich bei Erna Loose gar nicht für die Suppe bedanken. In Gedanken stellte er den Suppentopf gleich neben Volgmanns roten Aktendeckel in ein Regal. Wozu immer es später einmal gut war. So war die Erinnerung an beides aufbewahrt. Zumindest so lange, wie er lebte.

Durch die kühle Luft schubsten die Soldaten Adler quer durch die Laubenkolonie in einen Wagen. Er hatte das sichere Gefühl, dass Loose hinter dem dunklen Fenster seiner Laube die ganze Szene beobachtete.

Kaum dass Adler im Wagen saß, zogen ihm seine Entführer einen Sack über den Kopf. Für seinen lautstarken Protest erntete er einen heftigen Schlag in die Seite, der ihm den Atem raubte. Eingequetscht zwischen zwei Bewachern klemmte er bewegungsunfähig auf dem Rücksitz. Seine Hüfte schmerzte von dem Schlag. Mühsam rang er durch die Maschen des stinkenden Sacks nach Luft. Schweiß trat ihm auf die Stirn. Schon nach wenigen Minuten verlor er die Orientierung. Wohin fuhren sie? Nach Karlshorst? Hoch nach Oranienburg? Oder nach Potsdam?

Seine Entführer machten keinen Hehl daraus, woher sie stammten. Ungehemmt unterhielten sie sich während der Fahrt auf Russisch. Sie lachten ausgelassen, rauchten. Sie verhielten sich so, als wäre er gar nicht da. Trotz seiner Bedrängnis und dem Mangel an Sauerstoff versuchte sich Adler über seine Situation klar zu werden. Er schloss die Augen, kämpfte Angst und Schmerzen nieder. Je klarer er jetzt denken konnte, desto größer waren seine Chancen zu überleben. Und diese schätzte er ohnehin nicht sonderlich hoch ein.

Die entscheidende Frage blieb, wieso ihn die Sowjets eigentlich abgeholt hatten.

Vermutlich hatten die beiden Posten vom Bahnhof in Bernau Meldung gemacht. Vermutlich war die Meldung dann schnell zu Sawtschov vorgedrungen. Und der hatte sich natürlich gefragt, was ein Berliner Kriminalkommissar mitten in der Nacht in Bernau zu suchen hatte. Zumal er gerade eben einen Mitarbeiter der Berliner Polizei liquidiert hatte. Also hatte der Sowjetgeneral der ruhmreichen Roten Armee eins und eins zusammengezählt. Wenn er wollte, dass von seinen Verbrechen nichts weiter nach außen drang, was schwer genug war, dann musste er handeln. Aber warum hatte er ihn dann nicht gleich liquidieren lassen, so wie Volgmann?

Darauf gab es eigentlich nur eine Antwort. Und die gefiel Adler überhaupt nicht. Sie bedeutete für ihn Schmerzen. Stundenlange Schmerzen. Sawtschov würde versuchen herauszubekommen, was Adler wusste und wem er es mitgeteilt hatte. Daraus würde sich dann Sawtschovs weitere Strategie ableiten. Der Russe musste wissen, was die Polizei vermutete, was Markgraf wusste und was die Alliierten.

Sawtschovs Position war durch die Liquidierung und

vor allem durch die mögliche Entdeckung Adlers in Gefahr geraten. Wenn der Mord an Volgmann bekannt würde, drohte sich auch das Wissen über Sawtschovs Verbrechen zu verbreiten. Eine Lawine drohte über ihm hereinzubrechen. Also musste der General um jeden Preis versuchen, alle Mitwisser seiner Taten zum Schweigen zu bringen. Sonst waren seine Tage gezählt. Nicht nur die in Deutschland, sondern vermutlich auch die in der SU. Was für ein Wahnsinn. Sawtschovs Plan, alle Mitwisser aus dem Weg zu räumen, erschien Adler von vornherein zum Scheitern verurteilt. Aber war es auch Sawtschov klar? Wie ein angeschossenes Tier würde er auskeilen, ohne Sinn und Verstand. Der sowjetische General wurde immer gefährlicher. Mit den Kindern würde er noch viele weitere Tote auf seinem Weg zurücklassen, bis er endlich zur Strecke gebracht war.

Vor allem aber ärgerte sich Adler über seine eigene Unvorsichtigkeit. Spätestens nach dem Besuch der Amerikaner bei ihm hätte er Fallen aufstellen müssen, damit er merkte, wenn er erneut Besuch bekäme. Das war das eine. Das andere war, dass er heute Nacht überhaupt nicht in seiner Laube hätte sein dürfen. Die Müdigkeit hatte ihm das Hirn benebelt. Er hätte stante pede ins Präsidium fahren müssen, um Bericht zu erstatten. Seine Ausrede, mit der er sich selbst beruhigt hatte, dass vor dem Morgen so oder so nichts geschehen würde und er eine Mütze Schlaf nehmen könnte, war genau das: eine dumme Ausrede. Ein Riesenfehler, der ihn jetzt im schlimmsten Fall das Leben kosten würde. Wieso musste er immer alles auf eigene Kappe erledigen, fragte er sich und kannte die Antwort doch zu gut: weil er niemandem traute. Aber wenn das schon so war, dann sollte er doch wenigstens dafür sorgen, dass er einen klaren Kopf bewahrte. Doch gerade das hatte er in den letzten Tagen versäumt. Jetzt hatte er den Kladderadatsch. Er hatte selbst verschuldet, dass er nun knöcheltief im Morast feststeckte. Wie oder ob er da wieder herauskam, stand in den Sternen.

Die Schmerzen waren unerträglich. Adler schrie. Er brüllte. Er heulte.

Adler hatte das Gefühl, dass ihm sein Arm im nächsten Moment abreißen würde. Die Verzweiflung, die Hilflosigkeit, die Angst trieben ihn an den Rand des Wahnsinns. Kalter Schweiß rann ihm über den Körper.

Immer wieder sackten ihm seine Zehen weg, weil er vor Erschöpfung die Kontrolle über seinen Körper verlor, er für Sekundenbruchteile einnickte. Doch der reißende Schmerz in seinem Arm ließ ihn sofort wieder aufwachen.

Adler versuchte, seinen Atem zumindest für Momente zu beruhigen, noch einmal Kraft zu sammeln, sich zu fokussieren. Doch er wusste, dass es nur eine Frage der Zeit war, bis er vor Erschöpfung ohnmächtig wurde. Dann war es vorbei mit seinem rechten Arm. Egal, ob aus Schmerz oder vor Erschöpfung, sobald er das Bewusstsein verlor, würde das Gewicht seines erschlafften Körpers seinen Arm überstrecken. Dann würden Sehnen und Muskeln reißen, die Schulter auskugeln.

Deshalb hatte er keine andere Wahl. Er musste so lange wie möglich durchhalten. Sein Handgelenk in einer schmerzhaft einschneidenden Eisenmanschette gefangen, hing er mit gestrecktem Arm an einer Kette von der Decke.

Ohne ihn zu verhören, hatten sie ihn direkt vom Wagen hinab in einen Kellerraum gebracht. Ein muffiger Geruch war ihm entgegengeschlagen. Mit lustvoller Akribie hatten seine Peiniger die Länge der Metallkette eingestellt, an der sein rechtes Handgelenk gefangen war. Sie war genau so lang bemessen, dass er gerade eben noch stehen konnte.

Adler wusste, dass es nicht lange dauern würde, bis ihm jede Faser seines Körpers Schmerzen bereiten würde. Bis das kalte harte Metall scharf in sein Handgelenk einschnitt. Bis ihm das Blut stockte. Bis die Schmerzen unerträglich würden. Das war keine Frage von Stunden. Die Soldaten löschten das Licht, und auf einmal umfing Adler eine allumfassende Dunkelheit. Es war eine Dunkelheit, in der sich jedes Geräusch in seiner Intensität vervielfachte. Das Rascheln eines Tieres. Die Schreie in den Nachbarzellen. Die Wortbrocken auf Deutsch oder Russisch, die durch die Wände des Hauses hallten. Sein Herzschlag wurde zu einem lärmenden Pochen. Die Angst stieg ihm ins Herz.

Und dann begannen bereits die Schmerzen. Adler brüllte, auch wenn er wusste, dass es ihm nichts nutzen würde. Es würde seine Peiniger nicht beeindrucken oder milde stimmen. Aber er zog eine seltsame Kraft aus seinen Schreien.

Man wollte ihn weich machen, wollte, dass er gefügig würde vor dem ersten Verhör. Sie wollten ihn entehren und brechen, damit er sagte, was immer sie von ihm hören wollten. Er spürte, wie der warme Urin, den er nicht mehr zu halten vermochte, an den Innenseiten seiner Schenkel entlanglief. Scham und Wut stiegen in ihm hoch. Doch Adler richtete all seine Kraft darauf, stehen zu bleiben. Die Balance zu halten. Um jeden Preis stehen zu bleiben, um seinen Arm zu entlasten.

Es war ein Wettkampf mit der Zeit.

Einer Zeit, für die er schnell jedes Gefühl verloren hatte.

Auch wenn er wusste, dass er die Schmerzen wohl weit weniger lang aushalten konnte, als er es sich wünschte.

Seine Folterer hatten ihn in der Hand.

Sie konnten entscheiden, wann sie ihn aus seinem Leid wieder befreiten.

Sie waren die Herren über seine Schmerzen, seinen Arm, sein Leben.

Tränen der Verzweiflung, Wut und Schmerz waren das Letzte, was er fühlte, ehe er die Besinnung verlor.

Mit einem Schlag wurde er wieder wach. Eiskaltes Wasser lief ihm über den Kopf, tropfte von seinen Haaren. Sein Körper krampfte sich durch die Kälte zusammen.

»Schweine«, murmelte er unbedacht.

Doch die Beschimpfung war laut genug gewesen, dass er dafür einen Stoß mit dem Gewehrkolben in die Seite erhielt. Schmerzhaft zwar, aber so, dass es keine schwerwiegenden Folgen nach sich ziehen würde.

Das Eiswasser und der Stoß brachten ihm seine Wahrnehmung zurück.

Mit geschlossenen Augen durchwanderte er seinen Körper. Er registrierte, dass sein rechter Arm sich noch taub anfühlte. Doch er konnte die Finger bewegen. Immerhin.

Vorsichtig öffnete er die Augen.

Adler saß vor einem Schreibtisch. Dahinter saß ihm General Sawtschov gegenüber.

War er noch am Bogensee?

Hatten sie ihn gefangen, nachdem er Volgmanns Exekution miterlebt hatte?

Nein, nein.

Es war anders gewesen.

Langsam sortierten sich Adlers Gedanken. Da war die Kontrolle durch den sowjetischen Posten, die Fahrt aus Bernau. Sein Fehler, in die Laube zu fahren statt zum Präsidium, sein saudummer Anfängerfehler, dann die Gefangennahme.

Der Keller.

Die Folter.

»Nicht doch fluchen«, sagte Sawtschov.

Seine Stimme klang unerwartet weich, fast milde.

»Wer Goethe liest und Schiller wie Hans Adler, der verfügt über eine andere Sprache«, fuhr er in einem fast akzentfreien Deutsch fort.

Adler schloss erneut die Augen, sammelte sich.

»Wer Tschechow liest und Dostojewski, der foltert nicht«, antwortete Adler mit gesenktem Blick.

»Oha, *touché*, mein lieber Adler. *Touché*.« Sawtschov lächelte. »Sie haben recht. Und Ihre jetzige Situation tut mir ganz außerordentlich leid. Ich würde sie, glauben Sie mir, nur zu gerne erleichtern.«

»Ich fürchte, die Erleichterung, die Sie mir verheißen, würde ich wohl kaum überleben«, antwortete Adler.

Sawtschov lachte auf.

Gut so, dachte Adler. Je mehr Zeit er mir lässt, desto besser kann ich mich konzentrieren. Also bleib ruhig, antworte elegant, nicht unterwürfig, aber auch nicht aufmüpfig. Biete ihm Paroli, aber keine Angriffsfläche.

Wie schon an der Kette im Keller bemühte sich Adler, sich durch seine Atmung zur Ruhe zu zwingen. Sich zu konzentrieren.

»Nicht doch, Adler. Nicht doch gleich so pessimistisch. Was denken Sie von der ruhmreichen Roten Armee? Wir sind doch keine Unmenschen. Wir sind nicht die Barbaren, für die ihr uns haltet. Unser Ziel ist ein friedliches Zusammenleben mit allen Menschen. Wir wollen Frieden. Was sonst? Wie hätten wir sonst je diesen fürchterlichen Blutzoll entrichten können, um die faschistischen Horden zu besiegen? Diese elendigen Bestien, die unser geliebtes Heimatland überfallen haben? Die unsere Frauen vergewaltigt haben? Die unsere Kinder aufgeschlitzt haben und die Männer ermordet?«

Sawtschovs Stimme war immer kälter geworden, während er sprach. Jetzt hielt er inne und starrte Adler unversöhnlich an.

»Tschechows Ausruf ›nach Moskau‹ habt ihr allzu wörtlich genommen. Ihr hättet euch darauf beschränken sollen, die *Drei Schwestern* im großen Schauspielhaus auf die Bühne zu bringen. Stattdessen seid ihr aufgebrochen. Nach Moskau. So wie sie, Adler. Nach Moskau. So wie sie. Goethe und Schiller haben euch nicht daran gehindert, das friedliebende sowjetische Volk des großen Josef Stalin zu überfallen. Und Sie, Adler, waren dabei. Das wollen Sie doch wohl nicht bestreiten.«

Jede Milde war aus Sawtschovs Blick gewichen. Er hatte sich in Rage geredet, und sein Blick brannte sich in Adler ein.

»Und Sie«, brüllte Sawtschov, »sprechen von Folter? Mit welchem Recht sprechen Sie von Folter! Sie sind der Mörder. Sie sind der Folterer, das Ungeziefer, das nazistische braune Ungeziefer, das ausgerottet werden muss!«

Adler hielt den Blick gesenkt und schwieg.

Was hätte er auch sagen sollen?

Jetzt war es am wichtigsten, sich vom Jähzorn dieses Mannes nicht provozieren zu lassen. Er musste Ruhe bewahren, um jeden Preis Ruhe bewahren. Das war allerdings gar nicht so einfach. Mittlerweile fühlte sich sein rechter Arm an, als würde eine Armee von Ameisen darüber hinwegmarschieren.

Alles kribbelte.

Alles juckte.

»Kann ich bitte etwas zu trinken bekommen, Herr General?«, fragte Adler mit leiser Stimme.

Doch Sawtschovs Wutanfall war noch nicht durchgestanden.

»Etwas zu trinken? Vielleicht ein Glas Champagner, das ihr feinen Faschisten in Paris geraubt habt? Oder lieber einen Schluck Krimsekt? Rot vom Blut der gemeuchelten Sowjetsoldaten?«

Sawtschov atmete schwer. Schweißperlen traten auf sein rot gefärbtes Gesicht.

»Etwas zu trinken wünscht der Herr. Vielleicht noch ein wenig Hummer dazu?

Was denkst du eigentlich, wer du bist, Kommissar

Hans Adler? Du bist ein Nichts! Ein Krümel im Weltall. Wasser! Gebt ihm Wasser!«

Der Wachsoldat neben ihm verließ den Raum. Gleich darauf kam er mit einem weiteren Eimer eiskalten Wassers auf ihn zu und schüttete ihn über Adlers Kopf.

Adler prustete.

»Reicht das Wasser, Hans Adler? Oder bis du immer noch durstig? Willst du noch mehr Wasser? Sehr gerne. Wasser gibt es genug in Berlin. Märkisches Wasser. Spreewasser. Havelwasser.«

»Vielen Dank«, flüsterte Adler.

Nach der Folter war dieses Verhör also der zweite Versuch, ihn geschmeidig zu machen, ihn zu brechen, ihn zu zerstören. Vermutlich würden sie ihn nass und frierend bald wieder in seine Zelle bringen. Dort würde die Tortur weitergehen. Tagelang. Vielleicht wochenlang.

Offen war nur, ob sie ihn wieder von der Kette an der Decke hinabhängen lassen würden oder ob sie sich eine andere Teufelei ausgedacht hatten.

Adler schaute sich vorsichtig um.

Vielleicht sollte er versuchen zu fliehen. Doch er gestand sich ein, dass er dazu viel zu schwach war. Außerdem würde der Wachsoldat ihm wohl kaum den Gefallen tun, ihn auf der Flucht gleich zu erschießen. Sawtschov wollte ihn leiden sehen. Er musste ihn leiden lassen.

Denn nur so konnte er darauf hoffen, dass er erfuhr, was er wissen musste.

Was hatte Adler gesehen?

Und was hatte er weitergegeben?

Von den Antworten auf diese beiden Fragen hing ab, was sie mit ihm machten.

Adler schüttelte sich vor Kälte und Angst.

Sawtschows Ungewissheit war seine Lebensversicherung.

Mit eisernem Griff um seinen rechten Arm führte der Wachsoldat Adler zurück in den stickigen Kellerraum. Die Tür wurde verschlossen. Dunkelheit legte sich über Adler.

Er hatte sein Zeitgefühl völlig verloren. Hatten sie ihn vor Stunden aus seiner Laube abgeholt oder vor Tagen? Immer wieder spritzte das Blut aus Volgmanns Kopf. Sawtschov lachte unbändig, drehte sich um und ließ sich den kleinen Fritz zuführen. Adler schrie. Schrie sich die Lunge aus dem Hals.

»Pst, Hans. Sei leise«, flüsterte Ruth von Dedowsky ihm ins Ohr. »Du machst alles nur noch viel schlimmer.«

Sie nahm ihn an der Hand und führte ihn über den Flur des Polizeipräsidiums in Markgrafs Büro. Der Schreck fuhr Adler in die Glieder. Rücken an Rücken stand Sawtschov neben dem Polizeipräsidenten. Lachend beschrieb ihm der General, wie er Volgmann erschossen hatte.

»Und puff«, machte er und hielt Markgraf die Pistole an die Schläfe.

»Und puff«, lachte er, und Markgraf lachte auch, ehe er zurückstolperte, weil ihm das Blut und das Hirn aus dem Schädel schossen.

Sawtschov lachte Adler an.

»Da staunst du, Hans Adler.«

Adler erwachte auf dem Boden liegend, zitternd vor Kälte. Sein rechter Arm pochte unerträglich. Das Licht in dem Kellerraum war gleißend hell. Zwei Soldaten hatten die Holztüre geöffnet und standen vor ihm.

»Aufstehen«, brüllten sie.

Adler gehorchte.

Er quälte sich aus der Hocke empor. Seine Augen waren schwer und verquollen, seine dicke Zunge schien den ganzen Mund auszufüllen, Hunger und Durst bohrten in ihm.

»Chomm mit«, rief der Wachsoldat, der ihn schon in die Zelle gebracht hatte, und führte ihn zurück in dasselbe Büro, in dem er bereits gewesen war. Von irgendwoher kamen Stimmen. Ein Schluchzen war zu hören, dann gellten Schreie durch das Haus.

»Stehcheen bleiben.«

Adler nickte.

Hier stand er. In Sawtschovs Büro. In irgendeinem Büro. Wo das war, vermochte er immer noch nicht zu sagen. Es fand sich kein Anhaltspunkt. Ein alter Schreibtisch, darauf eine Lampe mit rundem Schirm, ein Stuhl. Ende. Der nackte Steinboden. Eine weiß gestrichene Holztüre. Kratzspuren an den schmutzigen Wänden. Das war alles.

Adler spürte, dass ihm das Stehen schwerfiel.

Er verlagerte vorsichtig das Gewicht auf das andere Bein.

»Stichlll«, brüllte der Wachsoldat und trat auf ihn zu, den Gewehrkolben erhoben.

Adler verharrte reglos.

Er stand. Fünf Minuten, zehn Minuten. Es kribbelte ihn am ganzen Körper.

Vorsichtig belastete er das andere Bein.

Diesmal brüllte der Soldat nicht. Stattdessen rammte er ihm den Gewehrkolben in die Seite.

Adler sackte in sich zusammen. Nur langsam bekam er wieder Luft.

»Ich …«, setzte er an zu sprechen.

»Sticchlll«, brüllte der Soldat.

Was sollte er nur machen? Er musste sich entleeren.

»Ich …«, flüsterte Adler.

Wieder sauste der Gewehrkolben auf ihn ein.

Tränen liefen ihm über die Wangen.

Er konnte nicht mehr.

»Hans, was hast du denn?«

General Sawtschov hatte den Raum betreten.

»Herr General, ich bitte austreten zu dürfen«, flüsterte er.

»Aber wir sind doch keine Unmenschen«, antwortete Sawtschov jovial.

Dann rief er dem Soldaten etwas auf Russisch zu.

Adler wurde zu einer Kammer geführt. Es stank bestialisch. Adler verschlug es den Atem. Mit angehaltenem Atem pinkelte er in einen Metalleimer, während die Tür hinter ihm offen stand.

Auf dem Rückweg zu Sawtschov versuchte Adler, sich den Grundriss des Kellers einzuprägen. Da war »sein« Raum, das Büro, der Flur, irgendwo musste eine Treppe nach oben führen, und es gab noch weitere Zellen. Wer wusste schon, wozu es gut sein konnte, sich mit den Räumlichkeiten vertraut zu machen.

Sawtschov saß hinter dem Schreibtisch.

»Du bist also ein Spion, Hans Adler.«

Adler wollte antworten.

»Ich …«

»Nein, nein, Adler, das war keine Frage. Das war eine Feststellung. Du weißt, was wir mit Spionen machen?«

Adler senkte den Blick.

Es hatte alles keinen Zweck mehr.

Es war vorbei. Er würde für seinen Fehler bezahlen. Teuer bezahlen. Mit dem Leben.

»Richtig, wir hängen euch auf. Alle.«

Sawtschov grinste sadistisch.

Es machte ihm Spaß zu quälen.

Adler durchfuhr ein Schaudern bei dem Gedanken, wie Sawtschov wohl die entführten Kinder behandelte.

»Nun hast du die Wahl, Hans Adler. Kommissar Hans Adler. Du kannst entweder schnell sterben oder langsam. Wenn du schnell sterben willst, dann sagst du mir, was du in Bernau wolltest. Ansonsten machen wir mit deinem Hals das Gleiche, was wir schon mit deinem Arm gemacht haben. Du verstehst?«

Sawtschov grinste ihn breit an.

»Oder nein, wir machen es noch anders. Wir lassen deinen anderen Arm erst noch absterben. Was meinst du? Vielleicht hast du dann ja Lust zu reden? Ohne Arme. Das wäre schade, nicht wahr?«

Sawtschov kam um den Tisch herum und trat an Adler heran.

Speichelspritzend brüllte er ihn an.

»Was wolltest du in Bernau?«

Adler schwieg.

Ein stechender Schmerz durchfuhr ihn. Er sackte zusammen.

Wieder der Gewehrkolben.

Stöhnend richtete er sich auf.

Jetzt konnte er den sauren Atem des Generals riechen, so dicht hatte der sich vor sein Gesicht geschoben.

»Was«, flüsterte er, »hast du in Bernau gemacht?«

Adler schwieg.

Das Letzte, was er sah, ehe er ohnmächtig wurde, war eine grelle Flamme, die mit stechenden Schmerzen einherging, als ihm Sawtschov mit einem gewaltigen Kopfstoß das Nasenbein brach.

Tag sieben

Adler erwachte mit donnernden Kopfschmerzen. Immerhin: Noch lag er auf dem Boden seiner Kellerzelle. Und immerhin war ihm nicht mehr so kalt. Irgendwer hatte ihm trockene Kleidung angezogen und ihn mit einer Decke zugedeckt.

Er formte mit der rechten Hand eine Faust. Der Arm war noch dran. Er funktionierte. Das war die Hauptsache. Unter Schmerzen richtete er sich in der Dunkelheit auf. Nicht nur Sawtschovs Kopfstoß hatte Spuren an seinem Körper hinterlassen, sondern auch die Stöße mit dem Gewehrkolben.

Adler fühlte sich wund und erschöpft.

Das Atmen fiel ihm schwer.

Er setzte sich im Schneidersitz auf den Boden und ließ sich seine Situation durch den Kopf gehen.

Irgendwann würde Stumm ihn vermisst melden und anfangen, ihn suchen zu lassen.

Nur wann? Wie spät es wohl war?

An der Wand vernahm er Kratzzeichen.

Adler robbte hinüber.

Vorsichtig klopfte er an die Wand.

Im selben Augenblick ging das Licht in seiner Zelle an. Er kniff die Augen zusammen, geblendet von der unerwarteten Helligkeit. Hände zerrten ihn hoch auf die Beine und schoben ihn voran. Noch immer konnte Adler die

Augen kaum öffnen. Doch er merkte, dass er nicht nach links geschoben wurde, dorthin, wo ihn Sawtschov verhört und gefoltert hatte. Stattdessen ging es nach rechts.

War es das nun?

Würden sie ihn jetzt aufhängen?

Adler riss die Augen auf.

Zwei Soldaten führten ihn vorbei an Zellentüren durch einen dämmerigen Flur zu einer Treppe. Adler machte sich bewusst schwer, wohl wissend, dass er keine Chance hatte zu fliehen. Die Soldaten zerrten ihn weiter. Schweigend, aber energisch. Dann ging es eine Treppe empor. Hier oben war es deutlich wärmer. Und auch die Luft war besser. Es stank nicht mehr nach muffigem Keller und Exkrementen.

Würden sie ihn nach draußen bringen?

Oder war der Exekutionsraum hier drinnen?

Sie würden ihm die Schlinge des Seils aus Hanf um den Hals legen. Sie würden eine Falltür öffnen oder einfach die Kiste wegstoßen, auf die sie ihn zuvor gestellt hatten. Eins, zwei, drei. Sein Genick würde brechen. Und alles war vorbei.

Adler lächelte.

Er würde wieder bei Charlotte sein.

Nur schade, dachte er, während sie weiter durch das Haus stolperten, dass er Frau Fischer nicht mehr wiedersehen würde. Aber vielleicht auch besser so. Wer wusste schon, zu welchen Komplikationen das sonst im Jenseits führen würde. Wenn er ihr Charlotte vorstellen müsste. Fast hätte er gelacht. Eine wunderbare Leichtigkeit erfasste ihn plötzlich in diesen letzten Sekunden auf der Welt.

Wer hätte das gedacht?

Die beiden Soldaten schoben ihn in ein Büro.

Ein richtiges Büro. Nicht so ein übler Verschlag wie der im Keller, aus dem er gerade kam. Hinter dem Schreibtisch saß ein anderer General. Er hatte ihn noch nie zuvor gesehen. Wo war Sawtschov?

Er musste seine Frage wohl laut gestellt haben, denn der Mann hob den Kopf und schaute ihn ruhig an.

»Adler? Kommissar Hans Adler?«

Wieso war Sawtschov nicht da?

Dieser Sadist würde es sich doch ganz gewiss nicht entgehen lassen, wenn ich aufgeknüpft werde, dachte Adler.

»Ja«, antwortete er zögernd. »Das bin ich.«

Der General schaute auf die Papiere vor ihm, schob sie hin und her. Doch Adler erkannte, dass er weder etwas suchte noch etwas darin nachlas. Das alles war nur Schau, um ihn weiter auf die Folter zu spannen.

»Sie haben mächtige Freunde, Hans Adler«, sagte er schließlich. »Aber seien Sie sich nicht zu sicher, dass die Ihnen auch in Zukunft helfen werden.«

Was meinte er damit?

Wer sollten seine mächtigen Freunde sein? Er kannte keine mächtigen Menschen. Der mächtigste Mann, den er kannte, war Markgraf. Und der würde ihm ganz sicher nicht helfen. Niemals. Selbst wenn er gekonnt hätte.

Der General nickte den beiden Soldaten knapp zu.

Sie griffen Adler und führten ihn aus dem Zimmer hinaus, zurück auf den Flur. Doch es ging nicht wieder in den Keller. Stattdessen öffneten sie die Haustüre. Von dort zwei Stufen hinab.

Adler erkannte, dass man ihn in einer Villa festgehalten

hatte. Wachposten an den hohen Kiefern sicherten das Grundstück. Die kühle Nachtluft umwehte Adler.

Wie erfrischend, dachte er. Und wie müde ich bin.

Er schaute sich um. Ein Garten, von einem hohen schmiedeeisernen Zaun umgeben, davor die gelangweilten Wachposten. Ein sowjetischer Kübelwagen, der wie ein Jeep aussah, stand mit laufendem Motor vor dem Haus. Aber kein Galgen. Kein Strick weit und breit. Was sollte denn jetzt passieren? Die Soldaten schoben ihn in den GAZ, der sofort losfuhr. Um ihn herum herrschte Schweigen. So eisig wie der Fahrtwind, der ihm ins Gesicht schnitt. Dann, auf einmal erkannte Adler, wo er war. Das war nicht die Umgebung der alten Goebbels-Villa am Bogensee. Nein! Sie waren in Potsdam. In wilder Fahrt rauschten sie über die Wege des Neuen Gartens, vorbei an Schloss Cecilienhof, wo die Potsdamer Konferenz vor zwei Jahren stattgefunden hatte, am Marmorpalais und vor zur gotischen Bibliothek, die in sich zusammengesunken am Ufer stand.

Kaum fünf Minuten später erreichten sie die Glienicker Brücke. Dort drüben lag der amerikanische Sektor. Dort war er in Sicherheit. War er dort in Sicherheit?

Der GAZ hielt. Die beiden Soldaten zeigten ihm mit ihren Händen an, dass er aussteigen sollte. Doch Adler zögerte.

Was, wenn sie ihn nur laufen ließen, um ihn gleich auf der Flucht zu erschießen?

Die beiden wurden ungeduldig. Machten mit den Händen weiter ihre wegwischende Bewegung.

»*Dawei, dawei*«, riefen sie.

Adler hatte keine andere Wahl.

Er stieg aus dem Wagen aus und lief langsam auf die Ersatzbrücke zu. Die Holzkonstruktion war für die Potsdamer Konferenz errichtet worden. Daneben ragte die Stahlkonstruktion der zerstörten Brücke dunkel aus dem Wasser. Eines dieser typischen Nachkriegsprovisorien, dachte er. So war Berlin heute.

Dann also nicht aufgehängt, dachte Adler. Aber auf der Flucht in den Rücken geschossen. Was war besser? Egal. Tot war schließlich tot.

Ruhig lief Adler weiter. Er kostete jeden Schritt aus. Es konnte ja sein letzter sein. Bloß nicht schneller werden. Nicht rennen. Er atmete tief ein und aus, spürte sein Herz schlagen. Als er die Brücke über die Havel zu zwei Dritteln überquert hatte, hörte er hinter sich den GAZ anfahren.

Er drehte sich um und erkannte die roten Rücklichter.

Er wurde weder gehängt noch erschossen.

Er würde nicht sterben.

Zumindest nicht jetzt.

Adler lief langsam weiter über die Brücke. Schweiß rann ihm über den Oberkörper. Er atmete angestrengt. Dann war da das Kopfsteinpflaster. Daneben stand die bröckelnde Gartenmauer von Schloss Glienicke mit der Rotunde der großen Neugierde, die von einer funzeligen Gaslaterne beleuchtet wurde. Ansonsten umgab Adler Dunkelheit. Undurchdringliche Grunewalddunkelheit. Stille.

Er lauschte in die Nacht.

Nichts.

Kein Vogel. Nur Schweigen.

Er war vollkommen allein. Auf einmal übermannte Adler die Erschöpfung, die Freude, alles. Er sank auf dem Kopfsteinpflaster auf die Knie und begann zu schluchzen. Es schüttelte ihn. Er war noch einmal davongekommen. Schon wieder. Und diesmal hatte er als Obolus für seine Rettung nicht einmal einen Arm entrichten müssen.

Nur langsam konnte er sich wieder beruhigen.

Er stand auf und begann zu laufen.

Schritt für Schritt. Trotz der brennenden Kopfschmerzen. Trotz seines Seitenstechens. Er lief die Straße nach Wannsee, den Schäferberg hoch.

Und jetzt, Kommissar Hans Adler?, fragte er sich.

Intensiv atmete er die frische Luft ein, die nach Wald und Frühling duftete. Bald schon würde das Scharbockskraut blühen. Er hätte juchzen mögen.

Schritt für Schritt lief er weiter. Seine Erschöpfung schob er beiseite.

Du bist so dämlich gewesen und hast einen solchen Dussel gehabt.

Er spürte, wie schwer es ihm fiel, seine Gedanken zu sortieren. Sein Körper schrie nach Ruhe. Schrie nach Schlaf.

Verdammt, Adler, was nun, wohin? Was ist der nächste Schritt? Nicht wieder Fehler machen. Pass auf. Pass gut auf.

Während er sich auf den Scheitelpunkt des kleinen Berges zubewegte, begannen die Vögel ihr morgendliches Frühlingskonzert. Bald darauf zeichnete sich ein erster Lichtschein der aufkommenden Dämmerung am Himmel ab. Dann kamen die ersten Häuser der Colonie

Alsen am Wannsee in Sichtweite. Hier hatte Liebermann gemalt und gelebt. Hier hatten Verleger und Bankiers ihre Villen gehabt. Hier hatten die Nazis sich verabredet, die Juden auszurotten. Jede einzelne, jeden einzelnen. Der Gedanke daran raubte Adler den Atem.

Weiter, weiter. Laufen.

Er musste die Kinder befreien. Er hatte durch seine Fehler schon viel zu viel Zeit vergeudet. Jeder Moment bedeutete Leid für sie.

Endlich kam die Brücke in Sicht, die den Großen vom Kleinen Wannsee schied. Dahinter lag gleich der S-Bahnhof, von wo er in die Stadt kommen würde.

Er musste sich entscheiden.

Wohin?

Er war so unendlich müde. Warum musste man sich im Leben nur andauernd für etwas entscheiden? Und warum hing von allen Sachen dann immer gleich so viel ab?

Adler blieb stehen und schaute auf die glatte Fläche des Wannsees. Im Wind kräuselte sich das Wasser zu kleinen Wellen. Hellblau und rosa lag es da, im schnell hell werdenden Morgenlicht. An Wochenenden im Sommer herrschte auf dem See ein reges Treiben. Dann flogen die weißen Segel nur so vorbei. Doch jetzt war Adler alleine.

Wenn er eine von Stumms Garbátys dabeigehabt hätte, er hätte sie sich vermutlich angesteckt. Dann wäre er weniger allein gewesen. Doch nicht einmal die hatte er.

Er ging seine Optionen durch.

Wie gerne hätte er sich mit Ruth von Dedowsky besprochen. Der Ruth von Dedowsky von vor einer Woche. Doch der von gestern – oder war es vorgestern gewesen? – konnte er auch nicht mehr trauen. Zu vertraut hatte sie mit Markgraf zusammengestanden. Der rote Markgraf. Was wusste er? Hatte er mit Sawtschov zu tun gehabt? Welche Rolle spielten das Kinderheim und Frau von Miller?

Ein Fischreiher kreiste über dem Wasser, um plötzlich hinabzuschießen und einzutauchen. Adler hörte Helens ruhige Stimme singen, während der Vogel wieder aus dem Wasser auftauchte, einen zappelnden Fisch im Maul. Vermutlich ein Barsch. Oder eine Rotfeder. Das konnte er aus der Entfernung nicht entscheiden. Die Erinnerung an Helens Stimme ließ ihn eine Entscheidung treffen. Er stieß sich vom Brückengeländer ab. Er würde nicht die S-Bahn zum Polizeipräsidium nehmen. Nicht als Erstes mit Ruth oder Stumm sprechen, nicht Erich und seinen *Tagesspiegel* anstupsen. Wenn es schnell gehen sollte, und es musste schnell gehen, so schnell wie nur möglich, dann waren die Amerikaner die einzig richtige Adresse. Adler verfiel in einen leichten Laufschritt, während er den Bahnhof rechts liegen ließ. Kurz darauf kam unter den hohen Bäumen jene Villa in Sicht, die er erst vor wenigen Tagen mit dem festen Willen verlassen hatte, nie wieder dorthin zurückzukehren.

Der Wachposten am Eingang, den er nach Major Wilkinson fragte, beäugte ihn kritisch.

»*Why do you wanna speak to Major Wilkinson?*«

Er sprach den Namen so aus, als hätte er ihn noch nie gehört.

Adler war verunsichert. Doch er ließ sich seine Unsicherheit nicht anmerken.

Er hatte nur diese eine Chance.

Doch innerlich fragte er sich, was wäre, wenn es diesen Major gar nicht gab?

Zumindest nicht hier. Nicht mehr?

Wenn er von jetzt auf gleich verschwunden war?

»Just ask him if he wanna see me, if he is in yet.«

Der GI tastete Adler vor dem Eingangstor akribisch ab. Sein Kollege hielt derweil die MP im Anschlag. Aber auch als der Soldat keine Waffen bei ihm fand, ließen sie ihn noch nicht auf das Grundstück.

»Show me your passport.«

»It's stolen«, antwortete Adler.

Langsam wurde ihm mulmig zumute. Hatte er schon wieder die falsche Entscheidung getroffen, indem er sich für die amerikanische Villa entschieden hatte?

»Listen, man. Wait here. Don't move«, raunte ihm der Ami zu.

Der andere drehte sich weg. Er ging zu einem Jeep, der etwas abseits vom Eingang stand. Offenbar verfügten sie dort über ein Feldtelefon. Die Amseln sangen jetzt mit voller Inbrunst. Der Himmel leuchtete verlockend blau über der Stadt. Die kahlen Äste der hohen Bäume zeichneten schwungvoll ihre Linien. Kastanienblüten waren bis zum Platzen gespannt, in vollem Saft.

Ohne Eile kam der Soldat zurück und nickte leicht.

»There is no Major Wilkinson.«

In Adler stiegen Wut und Verzweiflung empor.

»Verdammt noch mal. Vor ein paar Tagen habt ihr mich hierhergebracht. Ein Offizier, der sich Major Wilkinson nannte, hat mit mir gesprochen. Jetzt habe ich wichtige Informationen zu einem Mordfall für ihn. Verdammt, es ist *wichtig*!«

Ohne darüber nachzudenken, war Adler ins Deutsche gefallen.

»*Hey, man. Calm down*«, raunzte ihn der GI an und hob seine Waffe.

»*Better you leave now.*«

»*I will stay until I have seen Major Wilkinson.*«

»*Go away. Hurry!*«

»*No. I'll stay. You better should arrest me.*«

Ohne dass er es zuvor bemerkt hatte, näherte sich ein Mann auf der Auffahrt. Der Kies knirschte unter seinen Schritten. Er nickte den beiden GIs zu.

Wilkinson.

Er lächelte müde

»Kommissar Adler. Sie sehen etwas mitgenommen aus. Aber es ist ja auch noch verdammt früh. Wollen Sie wieder ein Frühstück bei uns schnorren? Wir sind aber kein Ausflugslokal am Wannsee, das wissen Sie schon, oder?«

Adler musste lächeln.

»Frühstück wäre prima. Aber deswegen bin ich nicht hier.«

»Dachte ich mir schon. *Okay, boys*, lasst ihn rein.«

Das Tor ging auf, und Adler lief unter den abschätzigen Blicken der beiden GIs neben Wilkinson die Auffahrt zur Villa empor. Der Amerikaner führte ihn im Haus dieselben Räume entlang, die er bereits kannte.

»Wollen Sie sich vielleicht kurz frisch machen, Adler? Ich schau mal, ob wir noch ein paar vernünftige Klamotten für Sie finden. Sind Sie unter die Räuber gekommen?«

»Fast. Unter die Russen. Fängt auch mit R an.«

»Trotz Ihrer krumpeligen Nase können Sie schon

wieder Witze reißen? Na, dann war es ja wohl nicht so schlimm bei den Kollegen.«

»Es hat mir vollkommen ausgereicht.«

Wilkinson hielt ihm die Tür zu einem Badezimmer auf, gleich gegenüber der Bibliothek.

Adler ließ sich das warme Wasser über seinen Arm und das Gesicht laufen. Wusch sich ausgiebig mit der nach Rose duftenden schaumigen Seife.

Es klopfte an der Tür. Wilkinson hielt einen Stapel Kleidung in der Hand.

»Größe 48, vermute ich?«

»Bis vor Kurzem ja.«

Wilkinson gab ein leichtes Stöhnen von sich.

»Gleich gibt's was zu essen.«

»Major?«

»Ja?«

»Was für einen Wochentag haben wir heute?«

»*Saturday*«, antwortete Wilkinson. Wenn er sich über Adlers zeitliche Desorientierung wunderte, ließ er es sich zumindest nicht anmerken.

Adler nickte.

Dann war er also bloß vierundzwanzig Stunden in den Händen der Sowjets gewesen.

Es hatte sich länger angefühlt.

Bedeutend länger.

»Wenn wir gesprochen haben, schlage ich vor, dass unser Doktor mal einen Blick auf Sie wirft. Oder gehören die lilafarbenen Rippen zu Ihrer Standardausstattung?«

Adler grinste. Dann stieg er in die Kleidung, die ihm der Amerikaner ausgehändigt hatte. Die beige Hose hielt nur, weil er den Gürtel festzurrte. Dazu ein blau-weiß kariertes Hemd und einen blauen Pulli mit V-Ausschnitt. Alles schien noch ungetragen zu sein.

Ein paar Schwäne stolzierten durch den Garten, während Adler gegenüber von Wilkinson Platz nahm. Das Frühstück duftete verführerisch. Schon wieder. Daran könnte man sich gewöhnen. Kaffee, Eier, Speck, Toast, echte Butter.

»Also …«, setzte Adler an.

»Erst Kaffee und Toast. Anschließend reden wir«, unterbrach ihn Wilkinson.

Nach dem warmen Getränk und dem Brot spürte Adler, wie er langsam ruhiger wurde. Und wieder müder. Jede Faser seines Körpers schmerzte. Seine Nase pochte unablässig.

Wilkinson reichte ihm ein Glas mit einer milchigen Flüssigkeit.

»Koffein und Aspirin. Das hilft.«

Adler trank das Glas in einem Zug aus.

»*Here we go*. Ich dachte, Sie wollten mit uns nichts zu tun haben? Alle moralischen Bedenken über Bord geworfen? Das ging aber ziemlich schnell«, stellte Wilkinson fest.

»Und das alles für ein paar *scrambled eggs*? Egal. Darüber sprechen wir später. Was kann ich für Sie tun, Hans Adler? Was wollen Sie mir so Dringendes erzählen?«

Die Schwäne watschelten nebeneinanderher hinab zum See. Die Friedlichkeit dieses Moments stand in krassem Gegensatz zu dem, was Adler langsam zu berichten begann. Wie in einem Film reihte sich Bild an Bild. Das tote Kind im Landwehrkanal, der kleine Fritz, Marie, die Suche nach dem Mörder, die nur mühsam in

Gang kam, das Kinderheim, Frau von Miller, das Verschwinden von Fritz, das Haus Vaterland und Volgmann.

Wilkinson hörte ihm zu. Regungslos. Adler hatte keine Ahnung, ob den Amerikaner interessierte, was er ihm da alles erzählte, ob es ihm gleichgültig war, ob er es längst wusste oder nicht.

Doch als Adler den Namen von General Sawtschov am Bogensee erwähnte, machte Wilkinson eine Handbewegung und gebot ihm Einhalt.

»General Sawtschov?«

»Ja.«

»Und Sie sind sich komplett sicher?«

»Aber ja. Es war General Sawtschov, keine Frage.«

Wilkinson erhob sich und platzierte seine Serviette auf seinem Stuhl.

»Warten Sie, Adler. Nehmen Sie noch einen Kaffee oder was Sie mögen. Ich bin gleich wieder bei Ihnen.«

Das kannte Adler schon von Wilkinson. Ob er diesmal wieder auftauchen würde? Oder ließ er ihn wieder vergebens warten?

Langsam begann sich der See zu beleben. Die ersten Segelpartien waren unterwegs und schwebten vorbei.

Die Erschöpfung kroch immer höher in ihm. Seine Augenlider wurden schwer.

Koffein? Aspirin?

Ganz sicher, dass das keine KO-Tropfen gewesen waren, die ihm Wilkinson da verabreicht hatte?

Adlers Kopf kippte nach vorne.

»Scheint, als würden Sie eine Mütze Schlaf gebrauchen können. Aber daraus wird vorerst nichts, schätze ich.«

Adler schreckte hoch. Ein Blick auf die Wanduhr

zeigte ihm, dass er für eine Viertelstunde eingenickt war. Adler war noch immer furchtbar müde, aber zugleich fühlte er sich seltsam erfrischt.

Wilkinson setzte sich ihm wieder gegenüber.

»Erzählen Sie weiter, Adler.«

Adlers Kehle war trocken. Schon beim Gedanken an das, was am Bogensee geschehen war, spürte er einen dicken Kloß im Hals.

Er nippte an dem Kaffee. Selbst abgekühlt schmeckte er köstlich.

»Nachdem Marie ihren Bruder mit Volgmann in einen Zusammenhang gebracht hatte, bin ich ihm abends zum Bogensee gefolgt.«

»Zum Bogensee?«

»Zu Goebbels' alter Villa.«

»Ich dachte, die hätten die Sowjets längst aufgegeben.«

»Keine Ahnung«, antwortete Adler. »Dort jedenfalls hat Sawtschov Volgmann liquidiert. Irgendwie habe ich es dann in meine Laube nach Wilmersdorf zurückgeschafft, von wo mich die Sowjets eingesammelt haben. Ich wusste nicht, wie lange ich bei ihnen war. Aber offenbar nur einen Tag. Hat sich verdammt viel länger angefühlt.«

»Das tut mir wirklich leid, Kommissar Adler. Wie sind Sie dort rausgekommen?«

»Oh, das war erstaunlich einfach. Sie haben mich heute früh einfach gehen lassen.«

Wilkinson nickte ruhig.

»Hätten Sie das vermutet? Ich für meinen Teil dachte, mein letztes Stündlein hätte geschlagen«, erläuterte Adler, den Wilkinsons zurückhaltende Reaktion ebenso sehr verwunderte, wie sie ihn verärgerte.

»Ehrlich gestanden wundert mich das nicht so sehr. Die Sowjets haben in der jetzigen Lage kein Interesse daran, dass die Situation mit der Berliner Polizei eskaliert. Insofern war das eigentlich Erstaunliche, dass Sie überhaupt verschleppt wurden.«

»Darauf hätte ich auch gut verzichten können.«

»Verstehe ich. Wie gesagt, tut mir auch sehr leid für Sie. *Anyway*. Aus Potsdam sind Sie gleich zu uns gekommen ...«

»Ich dachte mir, dass Sie in der Ostzone vielleicht schneller helfen können als wir von der Berliner Polizei. Die Kinder sind möglicherweise immer noch in dem Erdloch am Bogensee.«

»Möglich.«

»Und jetzt?«

»Jetzt trinken Sie aus und fahren mit der S-Bahn nach Mitte.«

Adler schaute verdutzt.

Wütend antwortete er Wilkinson:

»Und die Kinder? Ich denke, wir befreien sie gleich.«

»Wir werden nachschauen. Aber nicht sofort. Heute Abend, frühestens.«

»Wieso ...«

»Denken Sie nach, Adler. Wie soll eine Truppe amerikanischer Soldaten tief in den sowjetischen Sektor eindringen, ohne dass es zu heftigen politischen Verwicklungen kommt?«

»Aber ...«

Wilkinson zog ein leicht genervtes Gesicht.

»Adler, es war gut, dass Sie zu mir gekommen sind. Und entschuldigen Sie den etwas rauen Empfang, aber ich brauchte etwas Zeit, um mich frisch zu machen«, schob er grinsend nach.

Doch Adler war nicht nach Scherzen.

»Wir müssen die Kinder …«

»Die haben wir im Blick.«

»Ich verstehe nicht …«

»Werden Sie, werden Sie«, versicherte ihm Wilkinson. »Jetzt ist es wichtig, dass Sie *business as usual* machen. Verdammt wichtig.«

Er schaute auf seine Armbanduhr.

»Okay. *Hurry*. Ich bringe Sie zum Bahnhof, und Sie fahren *straight* zu Stumm. Verstanden?«

Adler verstand ganz und gar nicht. In ihm brodelte es. Wieso ging es jetzt nicht gleich los, um die Kinder zu befreien? Das mit den diplomatischen Verwicklungen erschien ihm eine bloße Schutzbehauptung zu sein.

Er schüttete den letzten Schluck kalten Kaffee hinunter und stand auf.

»Vertrauen Sie mir, Adler«, forderte ihn Wilkinson auf, dem Adlers Zweifel nicht verborgen geblieben waren.

»Okay, aber bis morgen müssen die Kinder befreit sein. Egal, wie Sie das anstellen. Ich habe Ihr Wort?«

Die beiden Männer schauten sich tief in die Augen.

Es schien Adler, als läge ein leichtes Lächeln der Zufriedenheit in Wilkinsons Blick.

»Wir werden alles tun, um das zu erreichen«, antwortete er und reichte Adler die Hand.

Doch Adler zögerte.

Immer noch schaute er Wilkinsons unverwandt an.

»Das reicht mir nicht. Die Kinder müssen binnen vierundzwanzig Stunden frei sein.«

»Verdammt, Adler. Das kann ich Ihnen nicht verspre-chen. Und das wissen Sie genau. Also. Sie sind dabei, wenn wir es versuchen. Reicht Ihnen das?«

Adler nickte und schlug in Wilkinsons Hand ein.

»Und jetzt los, wir sind spät dran.«

Entgegen dem ursprünglichen Plan brachte ihn Wil-kinson nicht nur nach Wannsee, sondern setzte ihn am Stuttgarter Platz ab, von wo es mit der S-Bahn nicht mehr weit bis nach Mitte war.

»Ich melde mich, Adler.«

Adler zögerte. Kurz überlegte er, ob er sein weiteres Vorgehen mit Wilkinson absprechen sollte. Doch wieso? Er war dem Amerikaner gegenüber zu nichts verpflich-tet. Eher andersherum wurde ein Schuh draus.

»Gut«, antwortete er. »Vielen Dank für den *lift*.«

»*Perfect*«, grinste Wilkinson und gab Gas.

Aspirin und Koffein wirkten bestens und umhüllten Ad-ler mit einer wohligen Wattigkeit. Was für ein wunder-barer Berliner Frühlingsmorgen, dachte er, als er auf dem Perron des Bahnhofs Charlottenburg auf seine S-Bahn nach Mitte wartete. Krokusse waren nach dem Regen der letzten Tage hervorgeschossen und in vollster Blüte, die Kastanien drängten, die verlorene Zeit der kalten Wintertage aufzuholen, und die Birken schickten sich an, ihre gelben Blütenpollen durch die angenehm laue Luft zu senden. Mörike lächelte in Adlers Erinnerung an seine Schulzeit um die Ecke. »Ja, du bist's! Dich hab ich vernommen!« Die Straßen hatten sich zunehmend belebt. Ältere Frauen mit Einkaufsbeuteln und jüngere mit fesch geschnittenen Kostümen eilten durch die Stadt.

Vorbei am Savignyplatz und dem Bahnhof Zoo mit dem nahen Flakbunker ging die Fahrt in den sowjetischen Teil der Stadt. Am Alexanderplatz stieg Adler aus und lief die Treppen hinab.

War er wirklich erst heute früh von den Russen freigelassen worden?

Alles fühlte sich seltsam verdichtet und unwirklich an.

Kurz erwog er, welche Strategie er wählen sollte. Wem sollte er was erzählen?

Wie seltsam auch das. Er bewegte sich durch ein Spinnennetz, dauernd in Gefahr, sich zu verheddern. Jeder Schritt musste genau überlegt sein. Doch es war nicht nur ein zweidimensionales Netz, durch das er da krabbelte. Sein Netz war mindestens dreidimensional. Gebaut aus Misstrauen zwischen den westlichen Alliierten und den Sowjets. Eine Linie, die sich quer durch die Berliner Polizei zog. Und dann waren da die alten Seilschaften der Nazis. Sie hatten bisher die Entnazifizierung problemlos überdauert. Währenddessen wusste man bei den Russen nie, ob heute noch das Gleiche galt wie gestern. Ansonsten, das war Adler klar, wäre er nicht einfach freigekommen. Das erschien ihm ohnehin wie ein Mysterium. Er hatte Arm und Leben behalten. Künftig musste er noch vorsichtiger sein. Sonst würde er sich über kurz oder lang in diesem verfluchten Netz verfangen und untergehen.

Alle Überlegungen, mit wem er als Erstes sprechen sollte, erübrigten sich, als er sein Büro betrat.

Rita schaute ihn verwundert an.

»Neu eingekleidet, Kommissar Adler?«, fragte sie.

»Man gönnt sich ja sonst nichts«, verkündete er lächelnd.

»Was gibt es Neues?«

»Und was haben Sie mit Ihrer Nase gemacht?«, schob sie nach, ohne auf Adlers Frage zu reagieren.

»Kleine Meinungsverschiedenheit. Kommt vor. Also, was gibt's?«

»Markgraf möchte Sie sprechen, sobald Sie aufgetaucht sind. Er ist außer Rand und Band.«

»Aha. Na dann. Vielen Dank, Rita. Was gibt's von Frau von Dedowsky?«

»Die hat es wie Sie gemacht und ist gestern auch nicht aufgetaucht.«

Adler zog die Stirn kraus.

»Wissen Sie …«

»Keine Ahnung«, fiel ihm Rita ins Wort.

»Seltsam«, murmelte Adler. »Geben Sie mir bitte unbedingt Bescheid, wenn sie auftaucht. Ist Stumm im Haus?«

»Der möchte Sie nach Markgraf sehen.«

»Na, das wird ein kurzweiliger Vormittag werden«, antwortete Adler und machte sich auf den Weg zu Markgrafs Büro.

»Wo waren Sie gestern, verdammt noch mal?«, herrschte ihn Markgraf an, kaum dass Adler dessen Büro betreten hatte.

Irgendwie war er Sawtschov auf einmal fast dankbar für den Kopfstoß auf seine Nase.

Er zeigte auf sein Gesicht.

»Mir ging es nicht so gut, Herr Polizeipräsident.«

Dazu zog Adler eine überzeugende Leidensmiene. Markgraf kam einen Schritt näher, schaute Adler ins Gesicht.

»Hat sich das ein Arzt angeschaut?«, fragte er dann mit einer ruhigeren Stimme.

»Bisher noch nicht, Herr Polizeipräsident. Ich wollte nicht so viel Zeit vergeuden, während wir die Kinder suchen.«

Die Antwort schien Markgraf nachvollziehbar.

»Und wo haben Sie sich die Verletzung zugezogen?«

»Das ist mir ein wenig peinlich, Herr Polizeipräsident.«

Markgraf schaute ihn fragend an.

»Es war dunkel und ich etwas unaufmerksam.«

Von Sawtschov musste Markgraf ebenso wenig erfahren wie von Adlers Exkursion an den Bogensee und von seiner kurzen Gefangenschaft in Potsdam. Tatsächlich schien auch diese Antwort Markgraf zufriedenzustellen, denn er hakte nicht weiter nach. Sollte der Trottel Adler doch gegen einen Laternenpfahl rennen oder gegen was auch immer, Hauptsache, er ließ seine Kontakte wie Frau von Miller in Ruhe.

»Gut, gut, Adler. Machen Sie weiter. Und halten Sie mich auf dem Laufenden.«

Adler nahm Haltung an und nickte dem Polizeipräsidenten knapp zu.

»Noch etwas, Adler. Was ist eigentlich mit der von Dedowsky los?«, fragte Markgraf.

»Waren Sie etwa beide zusammen in der Dunkelheit etwas unaufmerksam?«, ergänzte er anzüglich.

»Nicht, dass ich wüsste, Herr Polizeipräsident«, antwortete Adler zurückhaltend. »Habe Frau von Dedowsky heute auch noch nicht gesehen.«

Von Markgrafs Büro machte sich Adler umgehend auf

zu Stumm. Dabei beschäftigte ihn die Frage, wo Ruth von Dedowsky abgeblieben war. Musste er sich Sorgen machen? Hatten die Alliierten sich ihrer bemächtigt? Oder hatte sie doch ihre Berliner Zelte abgebrochen, um zu ihren Eltern ins Rheinland zurückzukehren? Aber warum hatte sie dann Erich Wellhausen nichts gesagt? Er würde den *Tagesspiegel*-Redakteur so schnell wie möglich aufsuchen. Aber vermutlich würde er dazu erst morgen kommen. Jetzt hatte er andere Prioritäten.

Stumm sah angespannt aus. Dicke Augenringe verrieten, dass er vergangene Nacht wohl ebenfalls nicht sonderlich viel zum Schlafen gekommen war.

»Setzen Sie sich«, forderte er Adler auf, ohne ihm eine Zigarette anzubieten. Auch Stumm hatte heute offenbar andere Prioritäten.

»Sie sehen furchtbar aus«, eröffnete er das Gespräch.

»Danke«, antwortete Adler und grinste. »Das kann ich nur zurückgeben.«

Mit einem Schlag wich ein Teil der Anspannung aus Stumms Gesicht. Fast schien es, als würde er lächeln.

»Und, Adler?«

Noch auf dem Flur war Adler sich nicht sicher gewesen, wie viel er Stumm berichten sollte. Doch nun brach es förmlich aus ihm heraus. Und zum zweiten Mal an diesem Tag setzte er gerade an, die ganze Geschichte zu erzählen, als Stumm ihm Einhalt gebot.

»Ich brauche dringend ein wenig frische Luft. Wie Sie schon richtig erkannt haben, leide ich heute schrecklich unter meiner Migräne.« Dabei schaute er an die Decke und blinzelte Adler zu.

»Darf ich Sie begleiten, Herr Polizeivizepräsident?«

»Nur zu, Adler, nur zu.«

Fünf Minuten später standen die beiden Männer auf dem Trottoir vor dem Präsidium. Ohne ein Wort zu wechseln, schlenderten sie nebeneinanderher in Richtung Alex. Dahinter lag die Ruine der Burg. Er hatte sie nie gemocht. Das galt eigentlich für all diese preußischen Verwaltungsbauten aus roten Backsteinen. Sie bereiteten ihm körperliches Unbehagen, denn sie verströmten eine bevormundende Autorität. Nein, damit konnte er nichts anfangen. Weit mehr mochte er da die Bauten des neuen Berlin, das Alexander- und das Berolinahaus von Professor Behrens. Inzwischen hatte sich die sowjetische Kommandantur hier eingenistet. Kurz dahinter an der Torstraße hing zwischen den zwei Ecktürmen ein riesiges Plakat mit dem Antlitz des großen Vorsitzenden Josef Stalin. Der weise väterliche Führer der Kommunistischen Partei der Sowjetunion. Erst Kaufhaus Jonaß, dann Sitz der HJ und jetzt der SED. Stalins starrer Blick durchlöcherte Adler. Der große Vorsitzende behält dich im Blick. *Lernt von Stalin* stand auf einem der Banner.

Frieden, Demokratie, Sozialismus.

Na, dann kann ja nichts mehr schiefgehen, dachte Adler und strich sich vorsichtig über die geschwollene Nase. Das mit dem Sozialismus klappt ja schon fast. Nur bei Frieden und Demokratie müsst ihr noch ein wenig üben.

Die beiden Männer bogen rechts auf den Friedhof St. Nicolai ein. Zwischen den Gräbern fühlten sie sich gleich weniger beobachtet.

»Wo zur Hölle waren Sie, Adler?«, brach es aus Stumm hervor. »Ihre fürchterliche Hütte war komplett durchwühlt.«

»Woher wissen Sie das?«

»Weil ich den alten Kunert gestern bei Ihnen vorbeigeschickt habe, als Sie nicht aufgetaucht sind. Ihr Nachbar hat ihm erzählt, dass Sie Besuch hatten, der Sie auch gleich zum Mitkommen aufgefordert hat. Stimmt das?«

Auf Loose war Verlass.

Adler bestätigte Looses Vermutung.

»Aber warum wurden Sie abgeholt? Und von wem? Und mindestens genauso wichtig: Wie sind Sie wieder weggekommen?«

Zart spross der zackige Löwenzahn zwischen umgekippten Grabsteinen. Leuchtend grünes Gras schoss aus dem Boden. Ein Buchfink beobachtete sie neugierig.

Vom Haus Vaterland bis zum Bogensee und weiter bis nach Potsdam erklärte Adler Stumm die ganze Geschichte. Den Besuch bei Wilkinson aber ließ er aus. Von seiner Verbindung zu dem Amerikaner musste niemand wissen. Schweigend lief Stumm neben ihm her. Offenbar war er zu schockiert, um Fragen zu stellen.

Die Russen also.

Aber wieso hatten sie Adler ziehen lassen?

Offensichtlich bohrten Zweifel in Stumm.

Wen immer die Sowjets in ihren Krallen hatten, der hatte für gewöhnlich schlechte Karten. Der konnte nicht damit rechnen, so schnell wieder in Freiheit zu gelangen. Wieso also Adler? War es möglich, dass die Russen seinen besten Mann durch Folter und Verhör umgedreht hatten?

Vor dem Grab seines Vorgängers, dem ehemaligen Polizeipräsidenten Hinckeldey, blieb Stumm stehen und schaute auf die Büste des Mannes. Hinckeldey war 1856 einer Intrige des Adels zum Opfer gefallen und in einem Duell erschossen worden.

»Damals waren die Zeiten auch nicht besser. Sie waren einfach nur anders«, nuschelte Stumm vor sich hin.

Doch Adler hatte ihn gehört.

Er wusste um Hinckeldeys Schicksal und schwieg.

»Haben Sie Hunger?«, fragte Stumm.

»Allerdings«, bestätigte Adler.

»Na los, kommen Sie. Ein Eisbein mit Erbspüree bei Bötzows und ein Bier haben wir uns verdient. Sie sind eingeladen.«

Von wegen Eisbein, dachte Adler.

Und doch lief ihm bei dem Gedanken an das dampfende fette Fleisch das Wasser im Mund zusammen.

»Was schlagen Sie vor, wie wir weiter verfahren, Adler?«, fuhr Stumm fort. »Können Sie einschätzen, wie gut es bewacht ist?«, fragte Stumm, während sie zwischen den Gräbern langsam zurück zum Ausgang des Friedhofs liefen.

Adler blieb stehen.

Wie sollte er Stumm klarmachen, dass er am besten gar nichts machte, ohne dass er dadurch seinen Kontakt zu Wilkinson verriet und dessen geplanten Befreiungsversuch für die kommende Nacht? Angriff schien ihm einmal mehr die beste Verteidigung zu sein. Sie hatten ja ohnehin keine andere Chance, als die Amis mit ins Boot zu holen.

»Wir sollten bei den Leuten des amerikanischen Stadtkommandanten Keating vorfühlen, was sie vorschlagen. Bei den Sowjets können wir schlecht nachfragen, und Markgraf sollten wir ebenfalls besser nicht ins Vertrauen ziehen. Ohnehin sollten wir den Kreis der Eingeweihten für den Moment so klein wie möglich halten, denke ich.«

»Klingt vernünftig.«

»Entweder bekommen es die Amerikaner auf dem kurzen Dienstweg mit den Russen geregelt, oder …«

Adler zögerte, den Gedanken auszusprechen. Bogensee lag in der Sowjetischen Besatzungszone. Dort war die SMAD zuständig. Und zu der gehörte General Sawtschov in führender Position. Aber würden die Sowjets gegen ihre eigenen Leute vorgehen? An dieser Stelle biss sich die Katze in den Schwanz. Über offizielle Kanäle hatten sie vermutlich keine Chance, zu einem Erfolg zu kommen. Und doch: Adler war wieder freigekommen. Auch dazu hatte eigentlich kaum eine Chance bestanden. Was, wenn er nicht der Einzige war, der um Sawtschovs Verbrechen wusste? Nicht der Einzige war, der ihm Einhalt zu gebieten versuchte?

Die Kernfrage war, wo war Sawtschov?

Warum war er morgens nicht mehr in Potsdam gewesen?

Adler spürte, dass sie einfach nicht die Hoffnung aufgeben durften, auch wenn sich ihr Zeitfenster zum Handeln schloss. Sie mussten auf allen Wegen versuchen, die Kinder freizubekommen. So schnell wie möglich.

Stumm und Adler überquerten die Straße und liefen die Treppe zum Biergarten der Bötzow-Brauerei hoch.

Sie hatten Glück.

Anstelle des illusorischen Eisbeins bekam Stumm immerhin zwei Knacker mit Senf für jeden. Offenbar ein kleines Privileg für den Herrn Polizeivizepräsidenten, wie Adler mit Blick auf die Teller der anderen Gäste feststellte.

Knacker statt Eisbein.

Egal.

Die Eisbeine würden zurückkommen, da war sich Adler gewiss.

»Also, Adler, ich nehme Kontakt mit Keating auf. Vielleicht kann Reuter weiterhelfen. Der hat ja beste Kontakte. Ansonsten sollten wir die Sache im Präsidium möglichst unter der Decke halten, bis wir eine Rückmeldung erhalten haben. Vielleicht sprechen Sie gleich noch mal mit Kunert, dass er ebenfalls mit niemandem über seinen Besuch bei Ihnen reden darf. Das sollte bei Kunert allerdings kein Problem darstellen. Ich halte ihn für absolut vertrauenswürdig.«

»Hat sich Frau von Dedowsky bei Ihnen gemeldet?«, fragte Adler, als sie gerade wieder Stalin passierten.

»Nein. Erst verschwinden Sie, dann auch die von Dedowsky. Ich mache mir die größten Sorgen.«

»Hat Markgraf mit Ihnen über sie gesprochen?«

»Versuchen Sie gerade, Ihre neuen Verhörmethoden anzuwenden, Adler? Dann müssen Sie aber noch bedeutend subtiler werden. Nein. Die Kommunikation mit Markgraf ist, wie soll ich es ausdrücken … vielleicht trifft es der Begriff ›sparsam‹ recht präzise.«

»Und meinen Sie, dass es gut ist, über Ernst Reuter den Kontakt zum Stadtkommandanten herzustellen?«

»Das lassen Sie mal meine Sorge sein, Adler. Schlafen Sie sich lieber mal aus und lassen Sie einen Arzt einen Blick auf Ihre Nase werfen.«

Und auf meine Flanken, dachte Adler, hielt aber den Mund.

Das Gespräch mit Kunert dauerte nur ein paar Minuten. Der erfahrene Wachtmeister verstand sofort, dass Adler auf seine Verschwiegenheit vertraute.

»Keen Wort kommt ma über die Lippen, Herr Kommissar.«

Dabei schaute er Adler ebenso mitfühlend wie neugierig an. Doch er traute sich nicht zu fragen, wie die Russen ihn behandelt hatten und wie er wieder freigekommen war. Der Zustand von Adlers Nase verriet ihm wohl genug.

Rita bat er, niemanden in sein Büro zu lassen.

»Nicht einmal Frau von Dedowsky, wenn sie auftaucht?«

»Nicht einmal die. Ich bin für niemanden zu sprechen.«

Rita schaute etwas erstaunt.

»Selbstverständlich, Herr Kommissar.«

Dann machte sie eine kurze Pause.

»Für *niemanden*.«

»Wunderbar.«

Damit schloss Adler die Tür hinter sich. Aus seinem Schreibtisch holte er sich eine alte Decke. So, dass er von der Tür aus nicht sofort gesehen werden konnte, legte er sich hinter dem Schreibtisch auf den Linoleumboden. Die Wirkung von Wilkinsons Aspirin hatte längst nachgelassen. Seine Nase und sein Oberkörper schmerzten entsetzlich. Auch sein Arm hatte wieder begonnen zu kribbeln. Er schlang die Decke eng um sich und war fast im selben Moment eingeschlafen.

Das Klingeln des Telefons weckte ihn. Draußen war es längst dunkel. Rita war schon gegangen und hatte einen Zettel vor seiner Bürotüre platziert.

Stumm lässt ausrichten, dass er wie besprochen Kontakt aufgenommen hat.

Erneut klingelte das Telefon. Adler hob ab. Eine weibliche Stimme verkündete: »Ich verbinde.«

Rauschen, Knacken.

»Kommissar Adler?«

Eine andere Stimme, wiederum weiblich.

»Ja, wer spricht?«

»Sie möchten sich bitte umgehend an der Rückseite des Bahnhofs Zoo einfinden.«

»Sagt wer?«

»Der Ausflug startet in zwanzig Minuten.«

»Wer …«

Die Teilnehmerin hatte aufgelegt.

Adler wusch sich sein Gesicht. Anschließend trank er gierig von dem kalten Wasser aus seiner bloßen Hand, die er zu einer Schale geformt hatte.

Bevor er das Haus in Richtung Alexanderplatz verließ, schaute er in der Wache vorbei.

»Hat der alte Kunert heute Abend Dienst?«

»Jawoll«, rief einer der Wachleute.

»Kunert«, brüllte er durch den dichten Zigarettenqualm in den dahinterliegenden Raum. »Dein Typ wird verlangt!«

Mit tadelloser Uniform, den Tschako auf dem Kopf, kam Kunert nach vorne.

»Entschuljen Se, Herr Kommissar, haben jerade 'nen feinen Skat jekloppt. Muss ja och mal sein.«

Adler lachte.

»Das muss. Kommen Sie mal kurz mit in den Flur, Kunert.«

Dort zog er aus der Jackentasche einen Umschlag.

»Sie werden ja nach und nach zu unserem toten Briefkasten, Kunert. Also. Wenn ich in den nächsten beiden Tagen wider Erwarten nicht auftauchen sollte, dann geben Sie diesen Brief bitte Stumm.«

Der alte Wachtmeister schaute ihn mit nachdenklichem Blick an. Adler befürchtete schon, dass er jetzt entweder eine Gardinenpredigt hören würde, was für einem gefährlichen Unsinn er sich da aussetze, oder dass Kunert ihn fragen würde, was er vorhabe, um ihm die Gardinenpredigt dann anschließend zu halten.

Doch Kunert verkniff sich derartige Ausführungen. Stattdessen ließ er sich nur zu einem »Jawoll, Herr Kommissar« hinreißen.

Adler zögerte kurz.

»Passen Se uf Ihnen uf«, ergänzte er.

Waren das Tränen, die in Kunerts Augen glänzten?

Adler griff nach Kunerts Hand und drückte sie.

»Mache ich, Kunert. Mache ich. Ich weiß, dass ich mich auf Sie verlassen kann. Trotzdem: Kein Wort zu niemandem, denken Sie daran.«

Adler musste sich beeilen, wenn er es noch rechtzeitig zum Zoo schaffen wollte. Es war die gleiche S-Bahn, die er schon am Morgen genommen hatte, nur in die andere Richtung.

Dunkel gekleidete Menschen drängten durch das Zwielicht der Straßen und im Bahnhof. Ein Amselmännchen sang aus tiefer Kehle.

Der Schlaf am Nachmittag hatte Adler gutgetan. Er fühlte sich erfrischt, auch wenn seine Nase weiter unangenehm pochte. Zugleich spürte er, wie aufgeregt er war. Die bevorstehende Aktion war gefährlich. Und trotzdem freute er sich. In ein paar Stunden würden die Kinder frei sein. Wie viele es wohl waren? Es würde eine Zeit dauern, bis sie die Eltern oder andere Verwandte ausfindig gemacht hätten. Zumindest den kleinen Fritz würde er seiner Schwester und den Eltern schnell zurückbringen können. Wenn alles gut ging.

Es musste einfach alles gut gehen.

Am Bahnhof Zoo war es auch nicht heller als am Alexanderplatz. Dämmerlicht überall. Immerhin ging es dem Sommer entgegen mit seinen längeren lichten Tagen. Und im nächsten Winter funktionierten dann vielleicht schon wieder ein paar Lampen und Laternen mehr. Die Lichter der Großstadt waren in Berlin noch in der Warteposition.

Schon beim Einstieg am Alex hatte Adler Bahnsteig und Waggon im Blick behalten. Er wollte sichergehen, dass ihn niemand verfolgte.

Am Zoo verließ er den Bahnhof in Richtung Hardenbergplatz. Vor ihm lag einmal mehr die Ruine der Kaiser-Wilhelm-Gedächtniskirche. Er wechselte die Straßenseite und lief am Zaun des Zoos entlang. Doch niemand schien ihm zu folgen. Die meisten Passanten liefen entweder zum Kurfürstendamm oder in Richtung Kantstraße. Adler ließ zwei ältere Frauen passieren. Er wartete, bis sie unter der Bahnbrücke in Richtung Fasanenstraße verschwanden. Mit gemächlichem Schritt folgte Adler ihnen. Doch hinter der Brücke lief er nicht weiter in Richtung der Ruine der Hochschule der Bildenden Künste, sondern bog in die Jebensstraße ab zur Rückseite des Bahnhofs. Dort parkten zwei grüne 47er Studebaker mit geteilter Frontscheibe. Es waren zwar zivile Autos, aber so elegant und auffällig für die Trümmerstadt Berlin, dass man sich auch gleich in einen Armeejeep hätte setzen können.

»Diese Amerikaner«, dachte Adler.

Sobald ihn Wilkinson erspäht hatte, stieg er aus dem Wagen.

»Niemand ist Ihnen gefolgt? Gut gemacht, Adler. Kommen Sie. Wir haben eine lange Nacht vor uns.«

Darauf hätte Adler gut verzichten können. Aber es half nichts. Schlafen konnte er später.

Adler setzte sich auf den Rücksitz des ersten Studebakers, in dem auch Wilkinson saß. Die anderen beiden GIS kannte er bereits aus der Villa.

Sie grüßten ihn knapp.

»Also«, begann Wilkinson, während sie in die Fasanenstraße einbogen.

»*We cannot take guarantee for you. Everything that happens tonight is on your own risk, Hans. You get me?*«

»Natürlich.«

»*Okay. For sure we will watch out for you. But you are not an American. And you are not part of the army. You're just Hans Adler. That must be very clear to you. If not, you better might leave now.*«

Auch wenn niemand eine Uniform trug, es handelte

sich um eine geheime Operation der US-Armee in der russischen Zone.

»*Let's go*«, antwortete Adler.

Am Knie bogen sie nach Norden ab und fuhren über die Spree und weiter durch den Wedding. Die Straßen blieben trist und dunkel.

»Was ist der Plan?«, fragte Adler, sobald sie die Berliner Stadtgrenze hinter sich gelassen hatten und in die Ostzone eingefahren waren.

»Wir werden in der Nähe von Sawtschovs Villa halten und uns anschleichen. Im Kofferraum haben wir zwar Waffen, doch die werden nur im Notfall eingesetzt. Und am besten gar nicht. Verstanden?«

Adler nickte.

Es klang merkwürdig, wenn von Goebbels' Liebesnest als Sawtschovs Villa gesprochen wurde, als wäre der Besitzerwechsel die normalste Sache der Welt. Zudem erschien ihm der Plan der Amerikaner nicht wirklich bis ins Detail durchdacht. Sie würden improvisieren müssen. Aber eigentlich war auch nichts anderes zu erwarten gewesen. Sie wussten nicht, ob Sawtschov noch in der Villa war. Sie wussten nicht einmal, ob die Kinder noch dort waren.

Wilkinson schien ihm im Zwielicht des Autos seine Zweifel anzusehen.

»Sawtschov ist nicht mehr dort. Da ist sich unsere Vorhut völlig sicher. Ich denke, da haben Sie recht. Was die Kinder angeht … Wir müssen sehen. In den letzten Stunden waren einige Russen in der Anlage unterwegs.«

Den Rest des Weges über schwiegen sie. Mühsam kämpfte Adler dagegen an, dass ihm wieder die Augen zufielen. Wie elend lange er für seinen Fußmarsch nach Bogensee gebraucht hatte … Immer hinter Volgmann her. Es schien ihm seitdem bereits eine Ewigkeit vergangen zu sein.

Die Wagen stoppten auf einem Waldweg.

Der Fahrer aus dem anderen Wagen war Adler unbekannt. Adler begrüßte ihn mit einem Nicken, das ausdruckslos erwidert wurde. Ansonsten war das Auto leer. Dort würden sie auf der Rückfahrt nach Berlin die Kinder unterbringen. Wenn alles klappte.

»Wir müssen von hier etwa eine Viertelstunde durch das Dickicht laufen«, flüsterte Wilkinson. »Vermutlich gibt es auf dem Weg keine weiteren Posten der Sowjets. Aber wir können uns nicht sicher sein.«

»*Watch out, be quiet and careful. Let's go*«, zischte er.

Die Anspannung stand ihm ins Gesicht geschrieben. Vorsichtig schoben sie sich zu fünft durch den Wald. Alle paar Meter blieben sie stehen und lauschten in die Nacht. Nichts war zu hören. So ging es langsam voran. Plötzlich hielt Wilkinson inne und hob die Hand.

Jetzt hörte es Adler auch, doch er musste grinsen. Das waren keine Russen. Das waren Kraniche, die laut schnatternd über ihnen durch die Nacht flogen.

Sobald die Villa hinter dem schmiedeeisernen Zaun in Sicht kam, wurde sich Adler des Wahnsinns ihrer Aktion bewusst.

Wie konnten sie die Kinder finden und befreien, ohne dass die Sowjets es bemerkten?

Adler staunte, dass im Gegensatz zu vorgestern am Wachhäuschen keine Posten platziert waren. Hatten die Russen das Haus vollständig aufgegeben?

Trotzdem entschied sich Wilkinson für Vorsicht.

Anstatt durch das offene Tor mussten sie über die gut zwei Meter hohen Gitterstäbe des Zauns auf das Grundstück eindringen. Das klang leichter, als es war, fand Adler. Während die GIS beinahe spielerisch darüberhüpften, brauchte Adler mehrere Anläufe. Innerlich verfluchte er seinen fehlenden Arm. Mit der Hilfe zweier Amerikaner rollte er sich über das Gitter. Dabei blieb er an einem der Stäbe hängen und zerriss sich sein neues Hemd.

Wie um Gottes willen wollte er hier wieder rauskommen, wenn er nicht so viel Zeit hätte, weil er von den Sowjets verfolgt wurde?

Hinter einer Gruppe Kiefern fanden sie Deckung und behielten von dort das Haus im Blick. Nichts rührte sich. Adler wies auf den Hügel mit dem Erdloch. Es lag seitlich der Villa, von Gestrüpp verdeckt. Schritt für Schritt schob sich der Trupp voran. Die Umgebung im Blick, jederzeit bereit, sich wieder zurückzuziehen. Am Erdloch führten fünf Stufen hinab zu einer Metalltür. Wilkinson ging voran. Akribisch untersuchte er, ob die Tür durch eine Sprengfalle gesichert war, doch er konnte nichts erkennen. Vorsichtig drückte er die Klinke hinunter. Zur Überraschung aller war die Tür nicht verschlossen. Mit einem lauten Quietschen öffnete er sie. Ein Mann blieb als Absicherung vor dem Eingang zurück. Die Übrigen erkundeten mit ihren Taschenlampen die dunkle Kammer, die sich anschloss. Der Raum war vollkommen leer. Der Erdboden war feucht, die Luft roch muffig. Die Wände bestanden aus grob behauenen Steinblöcken. Beklommenheit stieg in Adler empor. Er zwang sich, ruhig weiter zu atmen. Sie standen in einer Art Vorraum, von dem eine weitere Tür abging. Wilkinson wiederholte das Prozedere und untersuchte auch diese Tür nach einer Falle. Wieder schien die Tür sauber zu sein. Wieder öffnete er sie quietschend, aber ohne Widerstand. Der Raum dahinter war deutlich größer. Von der Decke hing eine einfache Lampe. Die Luft war feucht, und es stank erbärmlich. Auf dem Boden lagen Kleidungsstücke verstreut, dazwischen standen Feldbetten. Ansonsten war der Raum leer. Keine Kinder. Adler kniete sich nieder, griff nach einem Pulli. Keine Frage: Das waren die Kleidungsstücke der Kinder. Ihn schauderte. In dieser Kälte und Dunkelheit eingesperrt zu sein, war Folter. Was mussten sie gelitten haben. Er wollte raus, nur noch weg von diesem Ort. Ekel und Wut stiegen in ihm auf. Gemischt mit einer tiefen Enttäuschung. Adler war verzweifelt. Wo waren die Kinder? War alles umsonst gewesen? Er legte den Pullover zurück auf den Boden und verließ wortlos den Raum. Erst vor dem Erdloch blieb er stehen. Wie köstlich die frische Luft doch schmeckte! Schweiß rann ihm über die Stirn. Er schwitzte und fröstelte zugleich. Fort, bloß fort von hier. Erst langsam kam er wieder zur Ruhe. Inzwischen war Wilkinson mit den anderen Männern ebenfalls wieder ins Freie getreten. Ohne zu sprechen, wusste jeder, was sich alle fragten.

Wo waren die Kinder?

Hatte Sawtschov sie umgebracht? Konnten sie fliehen oder hatte man sie an einem anderen Ort auf dem Grundstück versteckt? Was sollten sie jetzt unternehmen?

Wilkinson schaute auf seine Armbanduhr. Sie mussten sich beeilen. Noch vor Sonnenaufgang mussten sie die Ostzone wieder verlassen haben. Sonst konnten sie sich sicher sein, dass sie entdeckt und festgesetzt wurden. Für ausführliche Beratungen über ihr Vorgehen blieb keine Zeit. Entscheidungen mussten jetzt getroffen werden. Wilkinson deutete auf die Villa, die keine zwanzig Meter entfernt stand. Noch immer war dort alles dunkel. Wilkinson entschied, dass sie nicht durch den Haupteingang mit seinem markanten Korbbogen hineingingen. Stattdessen schoben sie sich an der Hauswand entlang auf die Gartenseite. Eine großzügige Glasfront öffnete sich zur Terrasse. Nicht schlecht, konstatierte Adler. Der GI, der ihn in seiner Laube abgeholt hatte, schob sich an die Fensterfront und lugte in den Innenraum. Dort lag alles still. Vorsichtig drückte er die Klinke der Terrassentür herunter. Erneut stießen sie weder auf Widerstand noch auf eine Sicherung.

Zwei Soldaten blieben zum Schutz zurück. Die anderen drei betraten den Raum. An der einen Wand befand sich ein riesiger Kamin. Es roch, als wäre er vor nicht allzu langer Zeit betrieben worden. Doch jetzt war er leer. Kein Feuer, keine Asche. Davor war eine Sitzgruppe mit Sesseln arrangiert. Die Wände waren holzgetäfelt. Bilder mit Landschaften und Jagdszenen unterstrichen das Landhausambiente. Auf einem riesigen Tisch aus schwerem Eichenholz lagen Papiere. Es schien, als habe man sie in höchster Eile zurückgelassen. Mehrere Türen führten in angrenzende Räume. Mit gezückten Waffen drangen sie weiter vor. Auf der rechten Seite schlossen sich die Wirtschaftsräume an. Auch dort deuteten benutzte Töpfe und Pfannen auf einen überhasteten Aufbruch der Bewohner hin. Ein Flur verband die Küche mit der gewaltigen Eingangshalle. Alles an diesem Haus war zu groß, zu gediegen, zu üppig, selbst dort, wo es bescheiden sein wollte.

Gerade als die Truppe sich über die Treppe zum Obergeschoss begeben wollte, ging ein Licht an. Geblendet und überrascht standen sie in der Halle. Unfähig zu reagieren. Sie waren nach allen Regeln der Kunst in die Falle getappt.

»Ihr Amerikaner. So elegant, so selbstsicher, so überlegen. So dumm.«

Es dauerte einen Moment, ehe sich Adlers Augen nach der langen Phase der Dunkelheit an das Licht gewöhnt hatten.

Die Worte kamen von einem jungen Offizier, kaum dreißig. Vor ihm standen acht Rotarmisten mit MPs.

»Ich schlage vor, Major Wilkinson, Sie legen Ihre Waffen auf dem Boden ab, damit niemand zu Schaden kommt. Von ihren Wachposten dürfen Sie übrigens keine Unterstützung erwarten.«

Damit drehte er sich zum Wohnzimmer. Die Tür ging auf, und die beiden Amerikaner wurden hineingeführt. Entwaffnet, den rechten Arm auf den Rücken gedreht.

Die Machtverhältnisse waren eindeutig. Widerstand wäre tödlich gewesen.

Wilkinson hob die linke Hand, ging in die Knie und legte seine Waffe auf den Boden. Die anderen taten es ihm gleich.

»Sehr gut, meine Herren.«

Der Offizier sprach in flüssigem, elegantem Deutsch. Lediglich ein leichter Akzent verriet, dass Deutsch nicht seine Muttersprache war.

»Kommen Sie, wir haben einiges zu bereden, ehe der

Morgen graut«, erklärte er und führte sie mit einer Geste in den Wohnraum.

Adler war speiübel.

Wie seltsam.

Hier, wo Goebbels sein Liebesnest gehabt hatte, wo Sawtschov residiert und Kinder missbraucht hatte, würde nun endgültig alles enden.

Immerhin hatte sich damit auch die Frage erübrigt, wie er bei einer möglichen Flucht schnell über den Zaun kam. Tote Kommissare kletterten nicht.

»Kommissar Adler, Major Wilkinson. Bitte setzen Sie sich.«

Im großen Wohnzimmer waren die Wandleuchten angestellt worden. Der Raum verströmte trotz seiner holzvertäfelten Gemütlichkeit eine bedrückende Atmosphäre.

Adler und Wilkinson ließen sich in jenen Sesseln vor dem Kamin nieder, die sie eben noch in der Dunkelheit hatten stehen sehen.

Der Offizier setzte sich ihnen gegenüber. Die anderen GIs blieben stehen, aufmerksam bewacht.

»Ich denke, es lohnt sich nicht, ein Feuer im Kamin zu entfachen. Unsere Besprechung wird nicht lange dauern.«

Das klang nach kurzem Prozess.

Der Russe hielt ihnen ein silbernes Zigarettenetui hin. Doch beide lehnten dankend ab. Das hinderte den Offizier nicht, sich geruhsam und genüsslich eine Papirossa anzuzünden. Scharfer Qualm erfüllte umgehend den Raum.

»Was suchen Sie auf dem Hoheitsgebiet der Sowjetunion?«, fragte er.

Wilkinson schaute seinem Gegenüber tief in die Augen.

»Ich denke, das wissen Sie sehr genau«, antwortete er auf Deutsch. »Wollen Sie uns nicht verraten, mit wem wir es zu tun haben?«

Adler entging nicht die Ironie der Situation. Ein Amerikaner und ein Russe unterhielten sich als kleinster gemeinsamer kultureller Nenner miteinander auf Deutsch in dem besetzten Land. Zugleich vermutete er, dass der Russe das Gespräch ebenso fließend auf Englisch hätte führen können. Dass Wilkinson hingegen des Russischen mächtig war, bezweifelte er.

»Das tut nichts zur Sache. Entscheidend ist die Frage, was Sie erwarten, dass ich nun mit Ihnen machen soll? Sie dringen unerlaubt und bewaffnet auf das Gebiet der Sowjetischen Militäradministration ein. Ich könnte Sie, ohne mit der Wimper zu zucken, erschießen lassen. Niemand würde sich dafür interessieren. Vermutlich würden Ihre eigenen Vorgesetzten behaupten, sie hätten keine Ahnung von dem gehabt, was Sie hier veranstalten.«

Adler schluckte.

Der Offizier traf den Nagel auf den Kopf.

Kein Hahn würde danach krähen, was hier mit ihnen geschah. Weder wegen eines deutschen Polizisten noch wegen ein paar GIs und schon gar nicht wegen ein paar Kindern würde irgendjemand einen Konflikt anfangen.

Alles, was sie machten, geschah auf eigenes Risiko.

Wilkinson hatte es ihm gesagt.

Der Offizier redete weiter.

»Aber wir sind anders, meine Herren. Wir sind nicht nur anders, als Sie denken. Die Rote Armee und das friedliebende sowjetische Volk und auch unser friedliebender Anführer Josef Stalin sind anders als die imperialistischen Kriegstreiber in Amerika. Wir streben eine friedliche Entwicklung eines freien Europas an. Wir wollen, dass sich Kultur und Demokratie nach dem Terror der faschistischen Horden wieder entwickeln können. Völkerfreundschaft ist für uns nicht nur ein leeres Wort. Es ist uns ein Anliegen. Ein Bedürfnis. Demokratie und Kultur den Weg zu bereiten, darin liegt das Bestreben von General Sergei Iwanowitsch Tjulpanow.«

Er beugte sich vor und drückte seine Zigarette in einem Aschenbecher aus, der auf einem kleinen Beistelltisch stand. Inzwischen erfüllte der starke Tabakgeruch den gesamten Raum.

»Damit wollen und werden wir dem imperialistischen Treiben der angloamerikanischen Aggressoren ein für alle Mal einen Riegel vorschieben. Daher frage ich Sie erneut, aus welchem Grund Sie in sowjetisches Territorium eingedrungen sind?«

Adler sah Wilkinson an. Er suchte offenbar fieberhaft nach der richtigen Strategie. Schließlich entschied er sich dafür, auf Ausflüchte zu verzichten.

»Wir haben Grund zu der Annahme, dass auf dem Gebiet des Bogensees eine Gruppe von minderjährigen Kindern festgehalten wird, die zuvor entführt wurden.«

»Aha«, antwortete der Offizier knapp. »Das also trauen sie dem friedliebenden Volk der Sowjetunion zu? Kinder zu entführen?«

»Aber nein. Nicht dem sowjetischen Volk. Aber einem Verbrecher traue ich das durchaus zu, der sich hinter der ruhmreichen Roten Armee verschanzt und seine Stellung widerrechtlich ausnutzt. Ich bin mir vollkommen sicher, dass der Genosse Stalin ein solches Fehlverhalten nie zulassen würde.«

»Ich bin mir sicher, dass es ein solches Fehlverhalten seitens der Roten Armee nie geben würde.«

»Gewiss würde General Tjulpanow ein solches Verhalten als Mann der Kultur niemals billigen.«

»Das, Major Wilkinson, haben Sie völlig richtig erkannt. Wir Russen sind ein Volk der Kultur. Ein Volk der Musen. Die Zivilisation der sowjetischen Gesellschaft achtet die Werktätigen. Sie sind ein kostbarer Schatz. Das gilt für Kinder in noch weit höherem Maße. Sie bilden die Zukunft des Sozialismus. Als junge Pioniere tragen sie die Fackeln des Fortschritts und der Freiheit in die Zukunft. Sie sind die Garanten einer fortschrittlichen sozialistischen Gesellschaft. Wer immer einem Kind Leid antut, ist ein Feind des Sozialismus.«

Mehr gab es nicht zu sagen.

Staunend hatte Adler den Eindruck gewonnen, dass beide ihr Wortgefecht mit jedem Satz mehr genossen. Hier saßen sich zwei Meister der Zwischentöne gegenüber.

»Kommissar Adler, Major Wilkinson. Ich erwarte, dass Sie aus unserer Begegnung die richtige Lehre für die Zukunft ziehen. Die Sowjetunion wird jedem, der ihren berechtigten Anliegen entgegentritt, mit voller Härte antworten.«

Einer der Rotarmisten sammelte die Waffen der Amerikaner ein und verschwand damit durch den Wirtschaftsflügel.

Offenbar hielt der Offizier das Gespräch für beendet. Er hatte gesagt, was er zu sagen hatte.

Adler war allerdings völlig unklar, wie es nun weitergehen sollte. Er blickte zu Wilkinson. Der blieb ungerührt sitzen. Gleich darauf waren trampelnde Schritte zu hören. Erneut öffnete sich die Tür. Vier Kinder betraten den Raum. Sie sahen etwas unterernährt aus, waren aber sauber gekleidet und frisch gewaschen. Adler erkannte Fritz und lächelte ihm zu. Ängstlich schaute der Junge zu dem Bewacher neben ihm hoch. Dann hielt er es nicht mehr aus, rannte zu Adler und schloss ihn in die Arme.

Der sowjetische Offizier erhob sich.

»Selbstverständlich gelten für die Rote Armee die gleichen hohen moralischen Ansprüche, die wir auch an alle anderen stellen.«

Wilkinson erhob sich ebenfalls. Er reichte seinem Gegenüber die Hand. Einen kurzen Moment schauten sich beide Männer an.

Adler ahnte, dass manches ungeklärt bleiben würde.

Aber das Wichtigste war, dass die Kinder befreit waren.

Wilkinson schaute auf die Uhr.

»*We've got to hurry to get back in time.*«

Tag acht

Zwei Stunden später hielt einer der Studebaker mit Adler und Fritz vor dem Flüchtlingsheim. Schweigend waren sie durch die Nacht gefahren. Die Scheinwerfer hatten sich über das Kopfsteinpflaster getastet. Wie durch einen Tunnel, der sich über der Straße wölbte, waren sie zwischen den Alleebäumen der Mark Brandenburg hindurchgejagt.

Es gab nichts zu sagen.

Sie hatten ihr Ziel erreicht. Zugleich hatten sie eine Lektion erhalten. Wilkinson ebenso wie Adler. Etliche Fragen waren unbeantwortet geblieben. Was war mit Sawtschov geschehen? Wie war er an die Kinder gekommen? Und warum hatte er die Leichen nach Berlin gebracht? Warum hatte er sie nicht einfach im Wald verscharrt? Niemand wäre ihm je auf die Schliche gekommen. Welche Rolle spielte Frau von Miller? Und was hatte Volgmann veranlasst mitzumischen?

Ob sie je die Leiche des Polizisten finden würden, war ungewiss.

Andere Fragen würden sich im Nachgang vermutlich leichter lösen lassen. Andere würden wohl für immer unbeantwortet bleiben, fürchtete Adler. Das Entscheidende aber war, dass die Kinder befreit waren. Wobei sie nie herausfinden würden, wie viele Kinder Sawtschov tatsächlich gefangen gehalten hatte.

Adler fühlte sich unbehaglich angesichts all dieser un-gelösten Fragen.

Doch was sollte er tun?

In den nächsten Tagen würden die Ermittlungen ein-gestellt werden. Der Fall war geklärt. Der Täter war überführt, aber entkommen. Und doch wussten Wilkin-son wie Adler nur zu gut, dass sie lediglich die Spitze des Eisberges entdeckt hatten. Wie tief er ins Meer hinab-reichte, konnten sie nicht einmal erahnen.

Am Horizont zeigten sich erste Dämmerstreifen. Rosa und hellblau erhob sich der Tag. Wie von Tiepolo hinge-tupft. Auf einer Wiese hatten sich Störche und Kraniche zum Frühstück versammelt. Bodennebel umfloss ihre Beine in lichtem Grau. Das Versprechen des aufziehen-den Frühlings stimmte Adler milde. War ihr Vorgehen erfolgreich gewesen? Zumindest war es rückblickend den hohen Einsatz wert gewesen.

Die ganze Fahrt über drückte sich Fritz auf der Rück-fahrt ganz dicht an Adler.

»Wir bringen dich gleich nach Hause, Fritz. Deine El-tern und Marie erwarten dich schon.«

Der Junge blickte müde und glücklich zu Adler.

Stockend begann er zu erzählen, wie ihn Volgmann im Haus Vaterland angesprochen hatte. Er kenne ein Ver-steck, das die anderen nie finden würden. Hinter einem Tresen war ein kleiner Raum in der Wand. Dort warteten sie, bis alle weg waren. Einmal hatte Fritz Marie gehört. Sie suchte ihn. Da wollte er aus dem Versteck heraus. Doch der Polizist hielt ihn fest.

»Du willst doch gewinnen, Fritz?«, sagte er.

Fritz wollte gewinnen. Aber er wollte auch zu Marie.

Doch als sie aus dem Versteck krochen, war Marie längst fort. Volgmann führte Fritz in eine S-Bahn. Die Fahrt dauerte ewig. Fritz wachte auf, als sich ein Soldat neben sie setzte. Er gab Volgmann einen Umschlag. Am nächsten Bahnhof stiegen sie alle aus. Der Soldat nahm ihn grob an der Hand, und sie fuhren durch einen Wald. Fritz weinte und schrie, dass er zu seiner Mama wolle. Da schlug ihn der Soldat, und Fritz traute sich nicht mehr, etwas zu sagen, aus Angst, wieder geschlagen zu werden. Dann sperrten sie ihn in einen dunkeln Raum, wo schon die drei anderen Kinder waren. Irgendwann bekamen sie etwas zu essen und Wasser und noch viel später kam der andere Soldat und brachte sie in das Haus. Sie durften baden und bekamen Würstchen zu essen.

»Der war total knorke, der Soldat«, rief Fritz.

Würstchen! Das müsse man sich doch mal vorstellen! Und dann sagte er ihnen, sie würden bald nach Hause kommen. Aber sie sollten mucksmäuschenstill sein. Ob sie das schaffen würden? Und tatsächlich waren sie alle so leise, bis sie in das große Zimmer durften, in dem der Kommissar wartete, um sie abzuholen. Mit den anderen Kindern hatte Fritz kaum gesprochen. Wer denn der andere Soldat sei, der hier mit im Auto saß, der habe ja eine schicke Uniform an. Viel schicker als die vom anderen Soldaten. Kurz vor Berlin übermannte den Jungen die Müdigkeit.

Nahe dem Shell-Haus, wo vor einer Woche alles begonnen hatte, hielt der Studebaker an.

»Was immer Sie sagen, Adler. Sagen Sie nichts von mir.«

Adler verstand.

»Sie heimsen den Ruhm ein. Nun freuen Sie sich mal. Ist doch doll, wenn sich auch mal ein Deutscher als Befreier feiern lassen kann. Wir Amerikaner kennen das ja jetzt schon bestens. Ist übrigens nicht nur ein Zuckerschlecken.«

Adler fand Wilkinsons Vergleich wenig angebracht. Aber was sollte es.

»Was ist mit den anderen Kindern?«

»Kümmern Sie sich einfach um Fritz. Reicht Ihnen dieser Triumph nicht?«

»Mehr als das.«

Vorsichtig hob Wilkinson den Jungen aus dem Wagen und setzte ihn Adler auf den Arm. Den Kopf auf Adlers Schulter, schlang ihm Fritz die Arme um den Hals und schlief einfach weiter.

»Wir hören uns, Hans Adler.«

Kurz darauf brauste der Studebaker am Landwehrkanal entlang in Richtung der Brachfläche, die einmal der Lützowplatz gewesen war.

Fünf Minuten später drückte Fritz' Mutter in Tränen aufgelöst ihren Sohn an sich, übergoss ihn mit Küssen und Liebkosungen. Der schläfrige Junge wusste gar nicht, wie ihm geschah.

»Sie sollten ihn vorsichtshalber heute in der Charité vorbeibringen«, erklärte Adler. »Wenden Sie sich dort bitte an Frau Dr. Fischer. Ich werde ihr Bescheid geben, damit sie sich um den Jungen kümmert und alles Weitere veranlasst, damit er untersucht wird. Aber jetzt sollten Sie ihn am besten schlafen lassen. Der Schlaf reinigt seine Seele.«

Vom Präsidium aus informierte Adler Frau Fischer darüber, dass Fritz und seine Familie vorbeikommen würden.

»In der Gerichtsmedizin? Keine gute Idee.«

»Sie machen das schon. Ich möchte, dass Fritz gut aufgehoben ist.«

»Zwischen Leichen?«

»Na, vielleicht trefft ihr euch ja im Hauptgebäude?«

»Adler, Adler, Sie haben Vorstellungen.«

»Ich finde das eigentlich einen wunderbaren Vertrauensbeweis meinerseits für Ihre Einfühlsamkeit.«

»Na, da werde ich ja jetzt gleich rot. Also gut, wann werden sie hier ankommen?«

»Ich denke, am frühen Nachmittag. Bis dahin sollte sich Fritz einigermaßen ausgeschlafen haben. Während der Fahrt vom Bogensee saß er die ganze Zeit neben mir und hat ohne Punkt und Komma geredet. Er wirkte eigentlich ganz gut beieinander. Trotzdem wäre es besser, wenn Sie ihn mal untersuchen.«

»Vom Bogensee?«

»Da waren die Kinder gefangen. In einer Art Erdloch.«

»Die Kinder?«

»Insgesamt waren sie zu viert.«

»Und die anderen drei Kinder?«

»Um die kümmern sich die anderen.«

»Die anderen?«

»Ich komme mir ja schon wie ein Schweizer Käse vor, ganz durchlöchert von Ihren Fragen«, bemerkte Adler lachend.

Aber Fischer war nicht nach Scherzen zumute.

»Die Kinder werden ebenfalls ärztlich untersucht?«

»Ich gehe davon aus.«

»In wessen Obhut befinden sie sich denn?«

Adler gab es auf. Tatsächlich hatte er den anderen drei Kindern zu wenig Aufmerksamkeit gewidmet. Sie waren mit dem anderen Wagen fortgebracht worden. Wilkinson hatte zugesichert, dass er sich um sie kümmern werde. Und Adler hegte keinen Zweifel daran, dass Wilkinson zu seinem Wort stand. Dennoch gab er dem Drängen der Ärztin nach.

»Ich werde nachhaken und anbieten, dass sie einen Blick auf die Kinder werfen. Ist das so in Ordnung?«

»Sehr fein. Sagen Sie mir einfach Bescheid, wann die anderen Kinder kommen.«

»Oder wohin ich kommen soll«, ergänzte sie nach einer kurzen Pause.

»Vielen Dank.«

Adler zögerte.

»Den Rest der Geschichte erzähle ich dann ein andermal.«

»Ich bin gespannt. Warten Sie nicht zu lange damit.«

Gleich darauf setzte sich Adler mit Wilkinson in Verbindung. Er willigte ohne Weiteres ein, dass Frau Dr. Fischer einen Blick auf die Kinder warf. Anschließend würden sie in einem Kinderheim untergebracht werden, während man nach ihren Eltern forschte.

Rita stand im Türrahmen des Büros und schaute Adler mitleidig an.

Er wusste, wie miserabel er aussah. Übernächtigt und unrasiert, mit gebrochener Nase. Nicht einmal das zerrissene Hemd hatte er gewechselt.

Aber das war ihm egal.

Langsam begann die Anspannung der letzten Tage von ihm abzufallen. Er war wider Erwarten mit dem Leben davongekommen. Was machten da schon ein zerrissenes Hemd und ein paar Stunden zu wenig Schlaf?

»Wachtmeister Kunert würde Sie gerne sprechen.«

»Bitte, er soll reinkommen.«

Kunert salutierte, als er den Raum betrat.

Den Tschako unter dem einen Arm, zog er mit dem anderen den Brief aus seiner Jackentasche, den Adler ihm am Vorabend gegeben hatte.

»Bitte sehr. Wollte ick nur zurückjeben.«

»Danke, Kunert.«

Adler nahm den Umschlag entgegen und schob ihn in die Schreibtischschublade.

»Das ist ja nun noch mal alles gut gegangen.«

»Ja, dat issses wohl«, antwortete Kunert und senkte den Blick.

Einen Moment wartete er, als wollte er nachhorchen, ob seine Frage gegenüber seinem Vorgesetzten unziemlich wäre.

»Aber den Volgmann, den werden wa wohl nich mehr wiedersehn, nicht wahr, Herr Kommissar?«

Adler seufzte.

»Nein, Kunert. Den Volgmann werden wir nie wiedersehen.«

»Dummer Junge.«

»Ja«, bestätigte Adler knapp. Was Volgmann letztendlich zu dieser Dummheit, diesem Verbrechen getrieben hatte, würde wohl immer im Dunkeln bleiben.

»Brauchte wohl dringend Jeld«, setzte Kunert erneut an. »Hat mich schon mehrfach anjepumpt.«

»Aha.«

»Seine Muttern. Der jeht's wohl nich so jut. Brauchte dringend Medikamente.«

»Warum ist der Dummkopf denn damit nicht zu uns gekommen? Wir hätten doch versucht, ihm zu helfen.«

»Det saren Se so einfach, Herr Kommissar. Aber der Volgmann hat sich halt jeschämt.«

»Geschämt? Weil seine Mutter erkrankt ist?«

»Na ja«, druckste Kunert. »Is wohl eher wejen die Ursache von die Krankheit.«

Adler schaute den alten Herrn erwartungsvoll an.

»45 is sene Muttern mehrfach, na ja, jeschändet worden«, stieß Kunert hervor. »Und da hat se wohl von dem janzen furchtbaren Schock ne Diabetis von bekommen, heißt et. Und der Junge wollte ihr ufm Schwarzmarkt Medikamente besorjen. Aber die sind teuer. Und er broch ja och immer rejelmäßig wat.«

»Mensch, Kunert, warum sagen Sie mir das denn jetzt erst?«

»Weil ick mir bis jestern Abend kenen Reim uf dit Janze nich machen konnte. Deshalb wollte ick mir och bei Ihnen entschuldijen, Herr Kommissar.«

Adler schloss die Augen. Der kurze Moment, in dem die Last verschwunden war, war schon wieder vergangen.

»Wäre trotzdem besser gewesen, Sie hätten mir was gesagt.«

»Weeß ick ja. Aber weeß ick eben och erst jetzte. Und nu isset zu spät.«

Tränen rollten Kunert über die Wangen.

Adler kam hinter dem Schreibtisch hervor und legte

den Arm um den alten Mann. Zerbrechlich und verloren stand er dort vor ihm.

»Ick freu mir nur so, dat Ihnen nischt passiert is.«

»Danke, Kunert. Ich denke, das sollte auch alles unter uns bleiben. Haben Sie Kontakt zur Mutter von Volgmann?«

»Ick wollte heute Abend zu ihr jehen und ihr saren, dat se nich mehr uf ihren Sohn warten soll.«

»Danke, Kunert. Das wird kein leichter Gang werden.«

»Nee, dit wird et wohl nich werden.«

Für einen kurzen Augenblick standen die Männer schweigend voreinander.

Wie am Abend zuvor streckte ihm Adler die Hand entgegen.

Doch sie waren beide nicht mehr dieselben wie am vergangenen Tag. Kunert hatte seine Lektion gelernt. Und Adler auch.

Behutsam drückte Kunert seine Hand und verließ das Zimmer.

Keine fünf Minuten später stand Rita erneut im Türrahmen. Sie sah Adler an, wie dringend der ein paar Minuten Ruhe gebraucht hätte. Doch daran war nicht zu denken.

»Herr Kommissar?«

»Rita, was gibt's jetzt? Markgraf? Oder Stumm?«

»Letzterer.«

»Auf geht's«, seufzte Adler.

Wenigstens würde er nicht das Gebrüll von Markgraf ertragen müssen. Mit Stumm konnte er entspannter sprechen. Doch daraus wurde nichts. Zigaretten gab es diesmal auch wieder keine für Adler. Stumm saß kerzengerade hinter seinem Schreibtisch. In einem Sessel vor dem Fenster saß eine hintergründig lächelnde Dame mit einer großen Brille.

Kaum dass Adler das Zimmer betrat, stand sie auf und ging ihm entgegen.

»Gute Arbeit, Kommissar Adler. Es scheint, als hätten Sie den Fall der ermordeten Kinder überaus zügig lösen können.«

»Ich hoffe es, Frau Oberbürgermeisterin.«

»Polizeivizepräsident Stumm ist jedenfalls voll des Lobes.«

»Vielen Dank, zu viel der Ehre.«

»Setzen Sie sich, Sie sehen ja grauenhaft aus, wenn ich das mal so offen sagen darf.«

»Die letzten Nächte haben sich nicht durch übermäßig viel Schlaf ausgezeichnet.«

Frau Schroeder lachte fröhlich.

»Nicht nur ein erfolgreicher Polizeiler, sondern auch noch ein Wortakrobat. Nun erzählen Sie schon.«

Adler stockte. Natürlich durfte er nicht erzählen, was wirklich geschehen war, sondern musste in Windeseile eine offizielle Version aus dem Hut zaubern.

»Also, es war letztlich ein anonymer Hinweis, der uns zu einem Erdloch geführt hat, in dem der Junge gefangen war.«

»Uns?«, fragte die Berliner Oberbürgermeisterin interessiert nach.

»Ja, also, die Berliner Polizei …«

Stumm saß grinsend im Rücken von Schroeder und beobachtete, wie sie den Kommissar mit ihren Fragen ins Schwitzen brachte.

»Und nun haben Sie den Jungen erst einmal bei seinen Eltern abgeliefert.«

»Heute Nachmittag wird er dann in der Charité von Frau Dr. Fischer untersucht, ob er das alles unbeschadet überstanden hat.«

»Frau Dr. Fischer. Eine Kinderärztin?«

»Ähm, so etwas Ähnliches.«

Stumm hätte beinah laut losgeprustet.

»Wunderbar, nochmals meinen Glückwunsch, den ich Ihnen sehr gerne persönlich überbringen wollte.«

Adler verbeugte sich.

»Es ist mir eine Ehre, Frau Oberbürgermeisterin.«

»Die Herren entschuldigen mich, ich gehe dann mal wieder rüber zum Rathaus.«

Mit behänden Schritten verließ die ältere Dame den Raum. Für einen Moment erschien sie Adler wie der genaue Gegenpart zu Wachtmeister Kunert.

»So, nun setzen Sie sich mal hin, Adler. In einem hat Frau Schroeder natürlich mehr als recht. Sie sehen grauenhaft aus. Noch grauenhafter als gestern. Sie können übrigens noch so oft mit einem zerrissenen Hemd zur Arbeit kommen. Mehr Geld bekommen Sie deshalb nicht.«

Stumm öffnete das Fenster, um die milde Berliner Frühlingsluft in sein Büro zu lassen.

»So, und nun erzählen Sie mir mal, was wirklich passiert ist. Markgraf ist stinksauer. Offenbar ist einer seiner wichtigsten Kontakte holterdiepolter nach Moskau abberufen worden.«

Adler trat ans Fenster und atmete die duftende Luft tief ein.

»Was für ein herrlicher Frühling nach diesem grausamen Winter. Man sollte es der Frau Oberbürgermeisterin gleichtun und ein paar Schritte an der frischen Luft machen. Kann ja nicht schaden.«

Stumm nickte und nahm seinen Hut vom Garderobenständer.

»Es kann uns niemand dran hindern, Adler.«

Wie am Tag zuvor liefen sie über den Alex und weiter vorbei am Büro der Sozialistischen Einheitspartei Deutschlands mit dem Stalinposter.

Adler war sich nicht sicher, wie viel er preisgeben sollte, auch wenn er von Stumms Integrität vollkommen überzeugt war. Gleichwohl würde ihn ein Zuviel an Wissen in seiner Position eher schwächen. Adler hatte sich gerade dafür entschieden, Stumm eine leicht erweiterte Version dessen zu präsentieren, was er der Oberbürgermeisterin erzählt hatte, als Stumm ihm zuvorkam.

»Haben Sie schon gehört?«

»Was denn?«

»General Sawtschov wurde aus der SBZ abgezogen.«

»Tatsächlich?«

»Sehr überraschend. Vermutlich ist er in Moskau in Ungnade gefallen.«

»Weiß man, weshalb?«

»Es kursieren Gerüchte. Keating wollte nicht genauer werden. Er sprach von verdeckten Ermittlungen.«

»Na dann.«

»Markgraf jedenfalls rast.«

»Ach ja?«

»Es scheint, als habe er mit Sawtschov einen wichtigen Kontakt zu den obersten Etagen nach Moskau verloren.«

»Tja, das passiert.«

»Neben Frau von Dedowsky war ja übrigens auch Volgmann verschwunden. Hatten Sie das mitbekommen?«

»War verschwunden? Ist er denn wieder aufgetaucht?«, fragte Adler, dem das Blut in den Adern gefror.

»Furchtbare Geschichte. Wir vermuten, dass er von Schwarzhändlern ausgeraubt und ermordet wurde. Er soll versucht haben, sich auf dem Schwarzmarkt für größere Summen mit Insulin einzudecken.«

»Was ist denn mit ihm passiert?«

»Kopfschuss. Sah wohl furchtbar aus. Hoffmann berichtete mir. Heute früh wurde Volgmanns Leiche durch Zufall im Haus Vaterland entdeckt. Da haben Sie doch gerade erst recherchiert gehabt, nicht wahr? Garbáty … Und der kleine Fritz ist auch von dort verschwunden. Seltsame Koinzidenz.«

»Ja, sehr seltsam«, stimmte Adler zu.

Der Kloß in seinem Hals wurde immer dicker.

Volgmann war also doch noch einmal aufgetaucht. Wider Erwarten. Aber nur, um endgültig zu verschwinden. Sawtschov war abgezogen worden. Ob man je wieder von ihm hören würde? Und welche Rolle spielte dieser wundersame Mitarbeiter General Tjulpanows? Und Stumm? Wusste er mehr, als er zugab?

»Was werden Sie wegen Frau von Dedowsky unternehmen?«

»Wir werden sie suchen. Aber Sie wissen so gut wie ich, dass man in diesen Zeiten nur schwer gefunden wird, wenn man nicht gefunden werden will.«

»Vermuten Sie denn, dass Frau von Dedowsky nicht gefunden werden will?«

Vielsagend zuckte Stumm mit den Schultern.

»Oder nicht gefunden werden soll. Ich hoffe nur, dass sie nicht wie Volgmann einem so furchtbaren Verbrechen zum Opfer gefallen ist.«

Adler schwieg.

Ja, das hoffte er auch.

Trotzdem wuchs in ihm immer stärker das Gefühl, leidglich ein winziges Steinchen in einem gewaltigen Mosaik zu sein. Welche Farbe dieses Steinchen hatte, war völlig egal. In der Masse der übrigen Steinchen würde es selbst als Fehlfarbe völlig untergehen. Vielleicht war er auch einfach zu müde. Er wollte nur noch schlafen. Jeder Muskel tat ihm weh. Seine Nase pochte schmerzhaft, als er sich hinter seinem Schreibtisch in die Wolldecke einkuschelte. Rita sollte klopfen, wenn sie ging. Dann würde er aufwachen. Oder nicht. Es war ihm egal. Fritz war frei. Sawtschov war erledigt. Und er selbst lebte immerhin noch. Das reichte aus. Zumindest fürs Erste. Sein Nachmittagsschlaf im Büro würde wohl zur Gewohnheit werden, wenn er nicht aufpasste. Kurz bevor er hinwegschwebte, dachte er dran, dass er seine Nase ja auch einmal Frau Dr. Fischer zeigen konnte. Aber was sollte man schon tun? Gebrochen war gebrochen. Entweder es wuchs alles wieder zusammen, oder es blieb getrennt.

Es pochte.

In seinem Kopf.

An der Tür.

Adlers Schädel brummte gewaltig, als er von den energischen Schlägen gegen seine Bürotür erwachte.

»Ich mache mich jetzt auf den Heimweg, Kommissar Adler.«

»Wunderbar, vielen Dank«, krächzte Adler mit schlaftrunkener Stimme.

Wie am Vortag wusch sich Adler das Gesicht mit eiskaltem Wasser. Das half. Erfrischt schaute er in den frühen Abend.

Quer durch Kreuzberg fuhr Adler mit seinem Fahrrad die Berliner Straße zum Ullsteinhaus. Turmhoch und ziegelrot stand der expressive Bau weithin sichtbar am Tempelhofer Hafen. Beim Pförtner fragte er, ob er hier sein Fahrrad unterstellen dürfe und wo es zum Büro von Herrn Wellhausen gehe.

»Wat hatta denn ausjefressen, der Herr Redakteur, Herr Kommissar?«, bekam er anstelle einer Wegbeschreibung zur Antwort.

»Nichts.«

»Na, denn iss ja man jut. Det Rad können Se jerne hierlassen, ick pass schon uf, dat et nich abhandenkommt. Und wegen dit Büro schick ick mal ebend den Stift hoch.«

Der Junge, der hinter ihm gesessen hatte, trabte los.

Geduldig wartete Adler in der riesigen Halle im Erdgeschoss, bis er in Begleitung eines jungen Mannes zurückkam.

»Sie sind Herr Kommissar Adler?«

»Der bin ich.«

»Bölling, guten Abend. Ich bin der Volontär bei Herrn Wellhausen. Er hat mich gebeten, Sie abzuholen.«

Über einen Flur gelangten sie zum Fahrstuhl. Das Innere des Druckhauses zeigte Naturstein und dunkles Holz. Alles verströmte eine gediegene Vorkriegseleganz.

»Was verschafft mir die Ehre?«, begrüßte ihn Wellhausen.

»Ich dachte, ich könnte dir ein wenig über den kleinen Fritz erzählen.«

»Den kleinen Fritz? Habt ihr ihn gefunden? Wie geht's ihm?«

»So weit ganz gut, und ja, wir haben ihn gefunden.«

»Großartig«, rief Wellhausen, und auch Bölling schien sehr erleichtert.

»Allerdings«, bestätigte Adler.

»Wie siehst du übrigens aus, Hans?«

»So, wie ich mich fühle. Etwas abgerissen.«

»Das lässt sich ändern. Klaus, schaust du bitte mal im Rollschrank im Materialraum? Unten rechts müsste noch ein altes weißes Hemd von mir für alle Fälle liegen.«

Als Bölling das Zimmer verlassen hatte, nutzte Adler die Gelegenheit, um nach Ruth von Dedowsky zu fragen.

»Verschwunden. Immer noch. Oder schon wieder, wie du willst. Ich mache mir grässliche Sorgen.«

»Verstehe ich. Ich habe vorhin schon mit Stumm darüber gesprochen.«

»Und?«

»Ehrlich gestanden hat er keinen blassen Schimmer, was mit ihr sein könnte oder wo sie ist. Alle Wachtmeister sollen die Augen offen halten, die Schupos sind informiert.«

»Und du, was denkst du?«

»Ich habe keine Ahnung, Erich.«

Adler zögerte.

»Aber irgendetwas in mir will glauben, dass es ihr gut geht.«

»Geht mir genauso«, antwortete Wellhausen.

Bölling kam mit dem weißen Hemd zurück.

»Herr Wellhausen, ich mach mich dann auf den Heimweg. Herr Adler, war mir eine Freude«, sagte Bölling und schaute die beiden Männer mit seinen großen Augen lächelnd an.

»Machen Sie das, machen Sie das. Bis morgen, Bölling.«

»Auch so eine interessante Figur. Die Mutter hat Auschwitz überlebt, der Junge selbst war Flakhelfer, hat an der Humboldt studiert und ist in die KPD ein- und bald wieder ausgetreten. Wo findet man in diesen Zeiten Orientierung, Hans? Was ist richtig, was ist falsch? Eigentlich liegt es doch nach der ganzen Hitlerei auf der Hand und dann auch wieder nicht. Man könnte verzweifeln.«

»Könnte man. Aber gerade wir dürfen das nicht!«, antwortete Adler.

»Komm, wir versuchen, einen Whiskey in der Badewanne zu ergattern«, forderte er Wellhausen auf.

»Mit dem frischen Hemd ergatterst du gleich noch mehr.«

»Willst du gar nichts über den Jungen schreiben?«

»Doch. Morgen. Reger zieht mir zwar die Ohren lang, wenn die anderen vor uns veröffentlichen. Aber für heute sind wir ohnehin durch.«

»Fein, dann lass uns aufbrechen.«

Zwischen den Trümmerfeldern Schönebergs liefen sie in Richtung Nürnberger Straße. Vorbei an den beiden Gasometern, dem großen und dem kleinen, die wie Gerippe in den Himmel schauten. Kurz dahinter folgte das Schöneberger Rathaus. In ihrem Größenwahn hatte sich jede an Berlin angrenzende Stadt vor dem Ersten

Weltkrieg noch ein eigenes Rathaus gebaut. Je höher die Türme, desto wichtiger, hatte man sich gedacht. Doch dann wurde der bunte Haufen von Städten und Dörfchen als Bezirke unter den Mantel von Groß-Berlin gedrängt. Schwups war es vorbei mit der eigenen Stadtherrlichkeit. Was blieb, waren die Rathäuser mit ihren Ratskellern und Rathausuhren. Und dann war auch noch die bauliche Pracht der Bezirksrathäuser mit den abgeschossenen Turmhelmen und den notdürftig mit Pappe verkleideten Fenstern in sich zusammengesunken.

Wellhausen schob Adlers Rad. So musste der es nicht mit seinem einen Arm mühsam balancieren, während er dem Journalisten annähernd den gleichen Ablauf der Geschichte schilderte wie zuvor Stumm und der Oberbürgermeisterin. Lücken und Unstimmigkeiten inklusive.

»Und wo hast du den Jungen befreit?«

»Tja, das war, wie soll ich sagen, nicht ganz legal.«

»Also im Ostsektor?«

Adler schob die Unterlippe vor. Das mochte Wellhausen für sich selbst entscheiden.

»Und wer hat dir dabei geholfen?«

»Das Glück.«

»Aha. Deine Geschichte ist, wie soll ich es sagen, so löchrig wie eine alte Socke. Ich bin mir nicht sicher, ob du damit durchkommst, angesichts der Aufregung, die die Entführung zuvor in der Öffentlichkeit verursacht hat.«

Ohne Frage, da hatte Wellhausen recht. Vermutlich sahen das die sowjetischen und amerikanischen Militäradministrationen genauso. Konnte sein, dass sie dann kurzerhand eine Nachrichtensperre über den Fall verhängen würden.

»Hast du übrigens mitbekommen, dass General Sawtschov nach Moskau zurückbeordert wurde?«, wandte sich Adler einem neuen Thema zu.

»Selbstredend.«

»Und? Weißt du auch, warum?«

»Selbstverständlich. Heute früh klingelte bei mir das Telefon in der Redaktion, und Josef Stalin erklärte mir haarklein und in fließendem Deutsch, weshalb er seinen General lieber bei sich in Moskau haben möchte anstatt in Berlin«, erklärte Wellhausen vergnügt.

Sie würden sich daran gewöhnen müssen, dass sie auf absehbare Zeit mehr Fragen haben würden als Antworten.

»Alles wird verschwiegen. Du schweigst. Ich schweige. Sawtschov ist fort. Ruth ist fort. Es ist zum Aus-der-Haut-Fahren. Während das letzte Eis auf den Seen schmilzt, wird die Atmosphäre um uns herum immer kälter.«

Wellhausen schüttelte den Kopf. Das Verschwinden seiner Verlobten ging ihm an die Nieren.

»Ich meine das ganz ernst, Hans. Wir sind verpflichtet, die Menschen darüber zu informieren, was vor sich geht. Und ja, ich bin auch der Überzeugung, dass wir Position beziehen müssen. Was ist richtig? Was ist falsch? Es ist nicht alles einfach nur eine graue Soße. Es geht darum, diese verflixte Stadt, diese verflixte Welt wiederaufzubauen. Besser zu machen. Dazu gehört auch, dass wir unsere Positionen klären. Es ist ja nicht schlimm, wenn wir Fehler machen. Schlimm ist es, wenn wir sie uns nicht eingestehen, weil wir uns wegducken. Guck dir den kleinen Bölling an. Geht zu den Kommunisten, sieht, dass die nur machen, was man ihnen in Moskau vorkaut, und zieht die Konsequenzen. Mit neunzehn Jahren. *Chapeau!* Sind wir genauso ehrlich zu uns?«, fragte Wellhausen.

»Wir sollten ganz nebenbei das Überleben nicht völlig vergessen.«

»Wenn ich so auf deine Nase schaue und an dein zerrissenes Hemd denke, dann scheinst du damit gerade so deine Schwierigkeiten zu haben.«

»Was mich viel mehr umtreibt, ist, auf welchem Feld des Schachbretts der Weltgeschichte wir derzeit stehen und wer gerade am Zug ist«, überlegte Adler

»Geschlagene Bauern?«, schlug Wellhausen vor.

»Möglich. Vielleicht sind wir aber auch die Springer. Oder die Pferde.«

»König und Königin sind wir jedenfalls nicht.«

»Nein, sind wir nicht. Und möglicherweise wissen wir weder, wer das ist, noch ob wir selbst weiße oder schwarze Figuren sind. Wir stehen also immer in Gefahr, uns selbst zu schlagen.«

»Ein abgekartetes Spiel?«

»Keine Ahnung. So wie es derzeit in Berlin ist, kann es jedenfalls nicht mehr lange weitergehen.«

In der Badewanne schlug ihnen eine wüste Mischung aus Zigarettenqualm, Schweiß und Lärm entgegen. Günther winkte ihnen von der Bar aus zu. Helen betrat gerade die Bühne. Schlagartig verstummte der Lärm. Andächtiges Schweigen. Dann setzte die Musik ein, und die Masse klatschte euphorisch. Noch in den Applaus hinein begannn Helen zu singen: »*I'm gonna love you, like no-*

body else. Come rain or come shine.« Wann hatte er das gehört? Vor drei Tagen oder vor vier? Was seitdem alles passiert war … Eiskalt lief es Adler über den Rücken. Er hatte Glück gehabt. Tatsächlich. Er sollte sich für die Zukunft lieber nicht darauf verlassen. Durch die andächtig lauschende Menge schob er sich zur Bar.

»Bier?«, fragte Günther.

»Zwei Bourbon«, antwortete Adler.

»Sind bei dir Wohlstand und Reichtum ausgebrochen?«

Adler grinste schief und reichte Wellhausen ein Glas.

»Na dann, auf das, was war, und das, was kommt.«

»*Cheers.*«

Adler verlor sich in Helens Gesang. Ihre Stimme zog ihn in die Berliner Frühlingsluft. In das Versprechen des aufziehenden Sommers. Was für ein Glück, dass er hier sein konnte.

»Wie siehst du denn aus?«, begrüßte ihn Helen.

»Schickes Hemd, ich weiß, habe ich mir von Erich Wellhausen geliehen. Darf ich bekannt machen?«

»Freut mich, nenn mich Helen.«

»Mit Vergnügen. Erich.«

»Ich meinte eher deine Nase.«

»Schick, nicht?«

»Na ja, wenn du meinst … Wo wir schon beim Vorstellen sind, komm doch mal mit, Hans.«

Ohne auf eine Antwort zu warten, zupfte sie Adler hinter sich her zu einem Tisch gleich an der Tanzfläche.

»Darf ich dir meinen guten alten Freund Major Wilkinson von der US-Army vorstellen? Das ist Hans Adler, Kriminalpolizei Berlin.«

»Ist mir eine Freude, Major.«

»Und sein Freund Erich Wellhausen. Was der macht, weiß ich leider noch nicht«, erklärte Helen.

»Journalist beim *Tagesspiegel*.«

Intensiv musterten sich Adler und Wilkinson.

»Haben Sie mit der Sache mit dem verschwundenen Jungen zu tun?«, fragte Wilkinson unschuldig.

»Das spricht sich offenbar schnell rum«, antwortete Adler.

»Glückwunsch. Gute Arbeit.«

»Danke, Major.«

»Wir sollten uns einmal unterhalten. Die Arbeit der Berliner Polizei interessiert mich sehr. Kommen Sie doch einmal beim amerikanischen Stadtkommandanten vorbei, wenn Sie mögen. Es würde mich sehr freuen.«

»Sehr gerne.«

»Und Sie auch, Herr Wellhausen. Von welcher Zeitung sagten Sie, sind Sie?«

»Vom *Tagesspiegel*.«

»Sehr schön. Also bitte melden Sie sich. Beide. Wir müssen jetzt leider aufbrechen.«

Der Whiskey umnebelte Adlers müden Kopf auf wunderbare Weise. Am liebsten hätte er sich wie in seinem Büro einfach auf den Boden gelegt und wäre eingeschlafen.

»Ich glaube, ich sollte mich auch auf den Heimweg machen. Kleines Schlafdefizit.«

Helen drückte ihm einen Kuss auf die Wange.

»Du Rabauke«, flüsterte sie ihm ins Ohr.

Rabauke? Nun gut.

Adler drückte Helen kurz an sich, sog ihren Patchouliduft ein.

»Gute Nacht. Pass auf dich auf, Kommissar.«

Kurz vor der Tür stieß er auf Raade. Neben ihm stand Erika Wendt.

»Guten Abend, Herr Kommissar.«

Trotz der Dunkelheit in der Bar schien es Adler, dass Raade rot anlief.

»Guten Abend, Fräulein Wendt.«

»Fräulein Wendt ist übrigens seit heute vorübergehend die Leiterin des Kinderheims.«

»Glückwunsch«, antwortete Adler und schüttelte ihr die Hand. »Was ist mit Frau von Miller?«

»Wir wissen es nicht. Es scheint, als sei sie abgetaucht.«

»Viel Erfolg, Sie werden das wunderbar machen mit den Kindern.«

Über der Nürnberger Straße funkelten die Sterne. Sie wiesen Adler den Weg zum Hohenzollerndamm.

Behutsam öffnete er die Tür zu seiner Laube. Erschöpft sank Adler auf sein Bett. Hoffentlich ließ man ihn wenigstens in dieser Nacht schlafen.

Epilog

Ein Kranz aus Ruß umfing die Fenster in Tempelhof. Ansonsten aber war der Zirkelschlag des weit auskragenden Vordachs des Flughafens unbeschädigt.

Adler blinzelte in die Frühlingssonne.

In seine Vorfreude mischte sich Unbehagen. Noch nie hatte er ein Flugzeug betreten. Silbrig glänzend stand die Maschine vor ihm. Eine DC 54 Skymaster, die ihn nach Frankfurt bringen würde. Auf der Gangway drehte sich Adler noch einmal um. Hinter ihm lagen der Flughafen, lag Berlin, lag eine verrückte Woche.

»*Go ahead*«, raunzte der Zivilist hinter ihm.

»*Sorry, Sir*«, entschuldigte sich Adler und verschwand in der Eingangsluke der Skymaster. Einen Moment benötigte er, um sich zu orientieren. Dann entdeckte er seinen Sitzplatz am Gang. Freundlich nickte er seinem Sitznachbarn zu. Der Uniformierte lächelte zurück.

»*Your first flight?*«

»*Yes, Sir.*«

»*Let's wait a minute.*«

Damit schob er sich aus seinem Sitz heraus.

»*Maybe you wanna have a window seat. You will enjoy this first experience in the air even more. I promise you, it's amazing. You'll never forget.*«

»*Thank you, Sir. That's very kind.*«

»*No worries.*«

Das Ruckeln der Motoren forderte Adler und seinen Magen heraus. Langsam rollte die Maschine über das Vorfeld. Die Luft in der Kabine war stickig. Dann wurde der Lärm der Flugzeugmotoren schier unerträglich. Das Flugzeug nahm Geschwindigkeit auf, und plötzlich hob es ab. Sie schwebten über den Flughafen, auf dem er eben noch gestanden hatte. Die Häuser schrumpften zu Spielzeuggröße. Aufgeregt erkannte Adler, wie gewaltig die Abmessungen des Flughafens im Stadtgefüge waren. Dann ließen sie das Flugfeld hinter sich. In weitem Bogen schwebten sie über der Stadt, dieses Meer aus Trümmerbergen und Hausskeletten. Unvorstellbar, dass hier Menschen leben konnten. Unvorstellbar, dass er hier leben konnte.

Je höher die Maschine flog, desto stärker wurde der Druck auf Adlers Ohren. Das dämpfte den Lärm der Motoren. Alles um ihn herum nahm einen wattigen Klang an.

»*You should squeeze your nose. Look, like this*«, riet ihm sein Nachbar.

Er drückte die Nasenflügel zu.

»*That will balance the pressure.*«

Adler tat, wie ihm geheißen. Es knackte kurz in seinen Ohren, und er hörte wieder klar.

»*Perfect. Thank you.*«

Wie ein abstraktes Bild aus braunen und leuchtend grünen Rechtecken unterschiedlicher Größe breitete sich unter ihm die Landschaft aus. Durchzogen von geschlängelten Wegen. Dazwischen waren blühende Bäume getupft und kleine Ortschaften. Es war überwältigend. So überwältigend wie die ganze Woche, nachdem sie Fritz befreit hatten. Eine Woche, die drei gravierende Einschnitte für ihn bereitgehalten hatte.

Vergeblich hatte der Suchdienst des Roten Kreuzes sich darum bemüht, die Identität des toten Kindes aus dem Landwehrkanal zu ermitteln. Sie blieb ebenso unbekannt wie der Verbleib von General Sawtschov. Während Volgmann bei seiner Beisetzung das letzte Geleit all seiner Kollegen aus dem Präsidium erhielt, war die Trauerfeier für den toten Jungen eine einsame Angelegenheit. Gegenüber dem Postamt im Wedding lag das Krematorium. Adler passierte das Portal und schritt zwischen dem aufkeimenden Grün des Friedhofs auf die Trauerhalle mit ihrer hohen Kuppel zu. Wie zwei weit ausgestreckte Arme empfingen die Seitenflügel des Gebäudes die Trauernden. Die Stühle waren fast alle leer geblieben an diesem Nachmittag. Nur drei ältere Damen hatten in der zweiten Reihe Platz genommen. Adler vermutete, dass sie in der Nachbarschaft wohnten und sich kaum eine Trauerfeier entgehen ließen. Adler setzte sich in die letzte Reihe. Vor dem Altar stand der kleine schmucklose Sarg. Beklommen schaute Adler hinüber. Es hatte nicht viel gefehlt, und er wäre auch in eine solche Kiste gekommen. Etwas größer. Etwas luxuriöser. Mit viel mehr Blumen. Aber er wäre genauso tot gewesen wie das Kind.

Frau Fischer hatte sich entschuldigt. Sie hatte Adler begleiten wollen, doch dann hatte eine dringende Obduktion sie verhindert. Den Raum umschwebte ein kühles Dämmerlicht, das Adlers Beklommenheit ebenso erhöhte wie das Wissen um die Anwesenheit der Toten. Deren Asche war in den Urnen geborgen, die in den umlaufenden Nischen standen. Der Pfarrer wusste nichts über den Toten zu sagen, außer, dass er zu jung gestorben war. Er wirkte hilflos.

Gerade als er den Segen spendete und sich die kleine Gemeinde erhob, öffnete sich die Tür zur Trauerhalle. Während der Sarg in die Brennkammer des Ofens hinabgelassen wurde, setzte sich Ruth von Dedowsky neben Hans Adler. Den Zeigefinger der rechten Hand vor den Lippen, bedeutete sie ihm zu schweigen. Sie lächelte. Wohlwollend. Freudig.

»... und gib uns deinen Frieden. Amen.«

»Amen.«

Die Trauerfeier war vorbei. Die nächste Trauergesellschaft wartete bereits in der Vorhalle, als Adler und von Dedowsky hinausgingen. Man hätte sie für ein Paar halten können. Sie hatte sich bei ihm eingehängt. Im Gleichschritt schlenderten sie hinaus.

»Lass uns eine kleine Runde über den Friedhof drehen, einverstanden?«

Adler schwieg.

Sie zog ihn nach rechts zu den Gräberfeldern.

Viele der Verstorbenen waren erst seit Kurzem hier bestattet. Ein Feld war den Toten des »Endkampfes« um Berlin vorbehalten. Darunter manche Kinder und Jugendliche, die erst Anfang Mai 1945 den Tod gefunden hatten.

Erst als sie außer Hörweite des Krematoriums waren, begann von Dedowsky zu sprechen.

»Hör mir bitte einfach zu, Hans. Ich habe nicht viel Zeit, und es ist gefährlich. Für mich noch mehr als für dich.«

Sie seufzte.

In ihrem karierten Rock, den dunkelbraunen Schuhen und dem langen sandfarbenen Mantel sah sie bezaubernd aus.

»Du hast vielleicht in den letzten Tagen verstanden, dass es sich mit manchen Sachen nicht so verhält, wie es scheint, nicht wahr? Aber ich kann dich beruhigen. Ich bin Ruth, und du bist Hans, und Erich …, Erich ist Erich, und es bricht mir das Herz, dass wir uns vielleicht niemals wiedersehen werden. Versprichst du mir, dass du auf ihn aufpasst? Auch wenn du ihm niemals, hörst du, niemals von unserer Begegnung erzählen darfst. Versprichst du mir das?«

Adler zögerte.

»Du musst es versprechen, bitte. Sonst muss ich gleich fort.«

»Also gut. Ich verspreche es, auch wenn ich es eigentlich nicht will und auch gar nicht verstehe, warum.«

»Um ihn zu schützen. So einfach ist das. Gib acht auf dich, Hans. Vermutlich werden wir uns auch nicht mehr wiedersehen, und wenn doch, dann sorge dafür, dass niemand erkennt, dass wir uns einst kannten, ja? Alles andere wäre für mich wahrscheinlich tödlich. Du musst mir noch etwas versprechen. Sei nie wieder so dämlich wie neulich, als du Volgmann hinterhergefahren bist. Du weißt es vielleicht nicht, aber du hast mit deinem Leben gespielt. Ach was, du hattest es eigentlich schon verloren. Was immer du künftig machst. Und mit wem du es machst. Sei vorsichtiger. Viel, viel vorsichtiger. Ob wir dich sonst noch einmal retten können, ist eher unwahrscheinlich. Verstehst du? Und noch etwas: Nicht alle

Russen sind wie Sawtschov. Sawtschov war ein Schwein und ein Verbrecher.«

»War?«, unterbrach Adler sie.

Von Dedowsky nickte.

»Er war eine Schande für die Rote Armee. Eine Schande für alle, die eine bessere Welt wollen. Eine gerechte Welt. Eine glückliche Welt. Eine Welt, in der Sawtschovs nichts verloren haben. So, nun muss ich los. Ich musste dich nur noch einmal sehen, mein lieber Hans.«

Sie lächelte.

»Würde ich nicht Erich lieben, dann hätte ich mich vielleicht in dich verlieben können. In diesen aufrechten einarmigen Moralisten mit melancholischen blauen Augen, der wie Kästners Fabian durch die Welt tapst. Pass nur gut auf, dass du nicht so wie er vor die Hunde gehst, Hans.«

Sie küsste ihn flüchtig auf die Wange.

»Pass auf dich auf«, wiederholte sie. »Pass auf Erich auf. Und vergiss nie, dass du mich vergessen musst.«

Damit drehte sie sich um und ließ den verwirrten Adler zwischen den frischen Gräbern stehen.

Es war nicht die letzte Liebeserklärung, die er an diesem Tag erhielt. Zurück im Büro begrüßte ihn Rita mit einem ungewohnt süffisanten Lächeln.

»Sie hatten Besuch, Herr Kommissar.«

»Stumm? Oder Markgraf?«

»Weder noch.«

»Raade?«

»Nein, von außerhalb.«

»Und ist er noch da?«

»Kann er nicht sein. Er war eine Sie.«

»Rita, Sie sprechen in Rätseln.«

Adler schlug sich gegen den Kopf.

»Marie?«

»Leider schon wieder daneben. Etwas älter war die junge Dame«, grinste Rita. Das Spiel machte ihr Spaß.

»Aha. Verraten Sie mir nun, wer es war?«

Rita zog einen Schmollmund.

»Nö. Das erfahren Sie noch früh genug, denke ich, wenn Sie auf Ihren Schreibtisch gucken. Keine Angst, das habe ich dort hingelegt. Niemand Unbefugtes war in Ihrem Büro«, versicherte sie pflichtbewusst.

»Na, dann gehe ich mal nachschauen.«

Auf dem Schreibtisch lag ein Brief, ohne Adresse, aber mit seinem Namen. Adler öffnete das Kuvert.

Lieber Hans Adler,

es tat mir schrecklich leid, dass ich nicht zur Trauerfeier für den Buben mitkommen konnte. Sein sinnloser Tod, sein Leiden hat mich tief berührt. Ich hätte ihn gerne verabschiedet, denn gewiss war kaum jemand dort, der ihn auf seiner letzten Wegstrecke seines kurzen Lebens begleitet hat. Die Traurigkeit wird nur noch von solch einer tiefen Einsamkeit übertroffen, unserem hilflosen Verlorensein in der Welt.

Damit uns aber weder Einsamkeit noch Traurigkeit an einem solchen Tag vollständig übermannen, würde ich furchtbar gerne zusammen mit Ihnen heute Abend in den Admiralspalast ausgehen. Die Staatskapelle spielt Mahler. Ich hoffe, Sie haben Lust?

Herzlich, Ihre Karin Fischer

Adler war ein wenig schwindelig. Einen Anzug für das Konzert besaß er nicht. Zum Umziehen hätte die Zeit ohnehin nicht mehr gereicht. Also lieh er sich die Kleiderbürste von Rita aus, verstaute das Fahrrad über Nacht in seinem Büro und machte sich zur Friedrichstraße auf.

Karin Fischer wartete in einem dunkelblauen Kleid mit großen weißen Punkten vor dem Admiralspalast. Sehr schick und sympathisch keck, befand Adler. Nach und nach füllte sich der Innenhof vor dem Konzerthaus. Im Februar 1945 war die eigentliche Spielstätte der Staatskapelle zerbombt worden. Die letzte Vorstellung hatte Johannes Schüler dirigiert. Der stand nun wieder am Pult. Doch statt Mozarts *Zauberflöte* dirigierte er an diesem Abend Mahlers 2. Sinfonie. Die Auferstehungssinfonie. Eine Musik mit Symbolkraft. Nicht nur für diese zerstörte Stadt. Adler versank in der Musik. Er schwebte und schwelgte mit den Streichern empor, um sich im nächsten Moment fallen zu lassen, der Kraft der Bläser zu folgen.

Der Mensch liegt in größter Not.

Der Mensch liegt in Pein.

Aber diese Not, diese Pein hatten ihre Ursache. Sie waren weder gottgewollt noch gottgemacht. Sie waren menschengemacht.

Immer wieder trieb Adler mit der Musik fort. Zu dem seltsamen Treffen mit Ruth von Dedowsky am Nachmittag, zur Rettung von Fritz, zu dem unbekannten toten Jungen, den sie zu Grabe getragen hatten, zu Wilkinson, mit dem er sich für den kommenden Tag am Wannsee verabredet hatte. Doch hinter all diesen Gedanken zuckte eine Angst. Da war ein Schmerz, der sich tief in seinen Körper gegraben hatte. Er wusste, sie würde seine Seele nicht mehr verlassen. Die Kette an seinem Arm, die Angst vor dem Verlust würden ihn sein restliches Leben begleiten.

Der Mensch liegt in größter Not.

Der Mensch liegt in Pein.

Die Pein des Krieges. Der Toten. Des ermordeten Volgmann. Der Verlust seines Arms. Doch jetzt war er hier. Im dunkeln Saal umhüllte ihn die unerhörte Musik Mahlers. Und neben ihm saß tatsächlich die wunderschöne Ärztin Karin Fischer. Immer wieder lächelte sie. Mal spöttisch. Mal zugeneigt. Strahlend. Schön. Was für ein wohliges Beben das in Adler auslöste. Er lächelte zurück. Unbeholfen, schüchtern. Glücklich. Ein Beben, wie er es vor langer Zeit einmal gespürt hatte. Vor sehr langer Zeit.

Wilkinson erwartete ihn im Garten. Es würde noch ein paar Tage dauern, bis der Flieder sich in Violett und Weiß die Ehre gab. Doch der Frühling stand bereit. Die Luft war warm an diesem Nachmittag und flirrte über dem See.

Seite an Seite schlenderten sie über die Wiese, der eine Mahd gutgetan hätte.

»Und, Kommissar Adler, wie haben Sie unser Abenteuer verkraftet?«

Was sollte er antworten?

Die gemeinsame Befreiung der Kinder hatte sie einander nähergebracht. Natürlich. Das gemeinsame Überleben schweißt zusammen. Doch es hatte zugleich die vorhandene Distanz verstärkt. Adler war sich überhaupt nicht im Klaren drüber, ob er nicht in ein abgekartetes Spiel geraten war. Wer wusste was von wem? War alles ein glücklicher Zufall? Welche Rolle spielte Ruth von Dedowsky und welche Wilkinson?

War Adler am Ende nur für fünf Minuten der Spielball der Weltgeschichte gewesen?

Was für ein hoher Einsatz, der die Kinder das Leben hätte kosten können.

»Ich weiß es ehrlich gestanden nicht so genau, Major Wilkinson.«

Segelboote zogen über das Wasser. Die Welt glühte vor Friedlichkeit.

»Eigentlich habe ich mehr Fragen als Antworten.«

»Das ist meistens so im Leben«, antwortete Wilkinson. Adler sah ihm an, dass er es keineswegs ironisch meinte.

»Und es ist vielleicht sogar ein Vorteil. Wer schnelle Antworten findet, der findet meistens falsche Antworten.«

Adler schwieg.

»Es gibt nicht nur Gut und Böse. Vielleicht wundert es Sie, dass das ein Angehöriger der us-Army zu Ihnen sagt. Und wenn: Es ist gar nicht so einfach zu erkennen, wer überhaupt der Gute und wer der Böse ist. Denn es gibt unter den Bösen Gute und unter den Guten Böse. Nicht alles ist so, wie es scheint. Aber das muss man erst einmal herausfinden.«

Wilkinson hielt inne.

»Adler, Sie sehen selbst, dass sich die Situation zwischen den westlichen Alliierten und der Sowjetunion verschlechtert. Jeden Tag ein bisschen mehr. Der Riss geht nicht nur durch ihr Polizeipräsidium. Er geht durch die ganze Stadt, durch das ganze Land, durch die ganze Welt. Wir wissen nicht, wie Berlin in einem oder in zehn Jahren aussehen wird. Aber anders wird es auf jeden Fall aussehen. Hoffentlich besser. Wir beide haben darauf vermutlich kaum einen Einfluss. Trotzdem müssen wir die Rolle finden, die wir spielen wollen.«

Wilkinson musterte ihn aufmerksam.

»Sehen Sie, Adler, es ist absehbar, dass Berlin zu einer geteilten Stadt wird, wenn die Russen nicht gleich alles einnehmen, was ich mir persönlich nicht vorstellen kann. Unmöglich ist es aber nicht. Der Konflikt zwischen Ost und West wird sich verschärfen. Präsident Truman ist darin sehr klar. Und Adler, irgendwann müssen Sie sich entscheiden, auf welcher Seite Sie stehen. Bei Markgraf? Oder bei Stumm? Bleiben Sie im Osten? Oder im Westen? Ich weiß, ich werde Sie nicht mit Geld davon überzeugen können, für uns zu arbeiten. Uns zu informieren und uns zu helfen, wenn wir versuchen, die Welt ein bisschen freier zu machen.«

Wilkinson lachte.

»Nun gucken Sie nicht gleich so angewidert, Hans. Wir haben die Kinder befreit, oder? Das ist doch ein kleines bisschen mehr Freiheit. Immerhin für vier Kinder.«

»Ja«, gab Adler zu, »sie sind frei. Aber frei wozu? Frei, ihr Leben zu leben. Freiheit ist ein verdammt schillernder Begriff.«

»*That's right, Hans. Maybe you should find out what we as Americans think about freedom. And maybe you should also find out what's your idea of freedom. Maybe it will be the same?* Vielleicht sollten wir das gemeinsam versuchen. Was denken Sie, Kommissar Adler?«

Adler schaute über das blitzende Wasser.

Vielleicht hätte er Nein gesagt, wenn das Wetter an diesem Nachmittag nicht so bezaubernd gewesen wäre. Gewiss hätte er Nein gesagt, wenn sie Fritz nicht gerettet hätten. Und vielleicht hätte er auch Nein gesagt, wenn ihm Ruth von Dedowsky nicht dazu geraten hätte, zwischen den Zeilen zu lesen.

So aber drückte er Wilkinson die Hand.

Am Horizont zogen die ersten Schönwetterwolken über dem Wannsee auf. Morgen sollte es Regen geben.

»Lassen Sie uns reingehen, Adler, ich möchte Sie gerne demjenigen vorstellen, der künftig die Verbindung zwischen uns hält. Ich denke, Sie werden sich bestens verstehen. Sie kennen sich ja schon eine Weile, nicht wahr?«

Adler lächelte.

Wieso überraschte es ihn nicht, dass Helen sie im Türrahmen der Villa erwartete?

Nachbemerkung

In seiner Poetikvorlesung *Wie Romane entstehen* (2008 in der Sammlung Luchterhand als Buch erschienen) schildert der Schriftsteller Hanns-Josef Ortheil, wie aus dem eigenen Erleben in Prag, Venedig und Rom nach und nach seine Romanstoffe erwuchsen, die Ende der neunziger Jahre in einem fulminanten Terzett historischer Romane mündeten. Darüber, wie Romane entstehen, sagt Ortheil: »Nur sehr allmählich und meist nur auf großen Umwegen entsteht dabei aus wenigen, ersten Impulsen (oder ›Einfällen‹) ein Weiteres: Eine Figur, ein Raum, eine Gesellschaft, ein zeitlicher Hintergrund, die Stimmen eines Erzählers ... All diese Momente des Erzählens aber sollen zum einen in einen Zusammenhang gebracht werden und sich zum anderen auf jene *Welt-Folien* beziehen, durch die sich ein Roman-Schriftsteller die Welt in einem unendlich langwierigen Prozess der Beobachtung (und vielleicht auch des Notierens) angeeignet hat.«

Dieser Aneignungsprozess ist zugleich ein Prozess der Loslösung. Sind die Informationen, Fakten und Daten für eine Geschichte erst einmal gesammelt und in eine vage Ordnung gebracht, dann beginnen sie sich beim Schreiben neu zu sortieren, zu verschieben und zu verschränken. Es mag lapidar klingen, aber ein Roman ist kein Sachbuch, ist keine wissenschaftliche Arbeit. Er erweist sich vielmehr als eine Konstruktion von Welt und Möglichkeiten. Das gilt auch für *Berliner Monster*, in dem sich wirkliche und fiktive Charaktere und Orte im Nachkriegsberlin begegnen. Dieser freie Umgang mit Fakten macht es beispielsweise erst möglich, dass Helen bereits 1947 in der später legendären Badewanne singt, die erst im Juli 1949 als Künstlerkabarett gegründet wurde, in dieser Form jedoch nur kurz Bestand hatte. Die Freiheit der Komposition erlaubt es zudem, die Goebbels-Villa am Bogensee 1947 noch in den Händen der Sowjets zu belassen, obgleich das Haus bereits seit 1946 als Kaderschmiede der kommunistischen Jugendorganisation FDJ genutzt wurde.

Glücklicherweise ist das Schreiben zwar ein langer, gelegentlich auch langwieriger Prozess. Aber er ist überraschenderweise (selten) einsam. Dafür sorgen die vielen Figuren, die den Autor in Kopf und Herz begleiten. Damit aber aus Gedanken und Wörtern ein Buch entsteht, bedarf es umfangreicher Unterstützung. Daher gilt mein Dank in erster Linie meinem Bruder, der mich in meinen Bemühungen, die richtigen Worte auf Papier zu bringen, seit vielen Jahren so wohlwollend geduldig wie kritisch unterstützt. Ich danke meiner Familie und Freunden für eine erste Lektüre des Manuskripts. Dank für ihre Unterstützung geht zudem an meine Agentin Gudrun Hebel, an meinen wagemutigen Verleger Daniel Kampa und an meine wortgewandte Lektorin Regina Roßbach. Danke!

Berlin, im März 2022

Jürgen Tietz

Jürgen Tietz, geboren 1964 in Berlin, hat eine Ausbildung zum Buchhändler gemacht und anschließend Kunstgeschichte studiert. Seit vielen Jahren schreibt er als freier Journalist über Architektur und Baudenkmale. Dabei lag sein wesentliches Augenmerk immer schon auf dem Essayistisch-Literarischen. Früh hat er die Klassiker der Kriminalliteratur als »spannungsreiche Spiegelbilder der Gesellschaft, ihrer Abgründe und ihrer Leidenschaften« für sich entdeckt. Sein erster Krimi *Sylter Flammenmeer* ist unter dem Pseudonym Max Ziegler im Kampa Verlag erschienen. In *Berliner Monster* durchstreift er an der Seite von Kommissar Hans Adler die Ruinenlandschaft, die in der Nachkriegszeit das Bild seiner Heimatstadt Berlin bestimmte.

KAMPA VERLAG

Max Ziegler
Sylter Flammenmeer
Der erste Fall für Ed Koch
Kriminalroman

Auf Sylt geht ein Feuerteufel um.
Und er steckt mehr in Brand als nur Reetdachhäuser.

Kurz nach Neujahr, wenn auch die letzten Touristen abgereist sind, ist es auf Sylt am friedlichsten. Kommissar Eduard »Ed« Koch liebt diese Tage, an denen nur der Wind und das Rauschen der Wellen die Ruhe stören. Erst zum traditionellen Biikebrennen im Februar werden sich die Hotels wieder füllen. In diesem Jahr aber riecht die kühle Winterluft schon Wochen vorher nach Feuer: Im Nobelort Kampen brennt ein Reetdachhaus lichterloh. Verletzt wird zum Glück niemand, das Haus befindet sich noch im Bau. Wenig später brennt ein zweites Haus. Benzinkanister zeugen von Brandstiftung. Ed und seine Kollegen stehen vor einem Rätsel: Will hier ein Immobilienhai seinem Konkurrenten das Handwerk legen? Handelt es sich um Protest gegen die Sylter Baupolitik? Ed erfährt die Wohnungsnot auf der Insel am eigenen Leib, lebt immer noch mit seiner Ex-Frau und den beiden Kindern in einem Haus. Und inzwischen auch mit ihrem neuen Freund. Aber ist Ed überhaupt bereit für ein neues Leben? Mit seiner Vorgesetzten Elsa vielleicht, in die er heimlich verliebt ist? Als bei einem dritten Brand ein Mann stirbt, ändert das alles – auch für Ed persönlich.